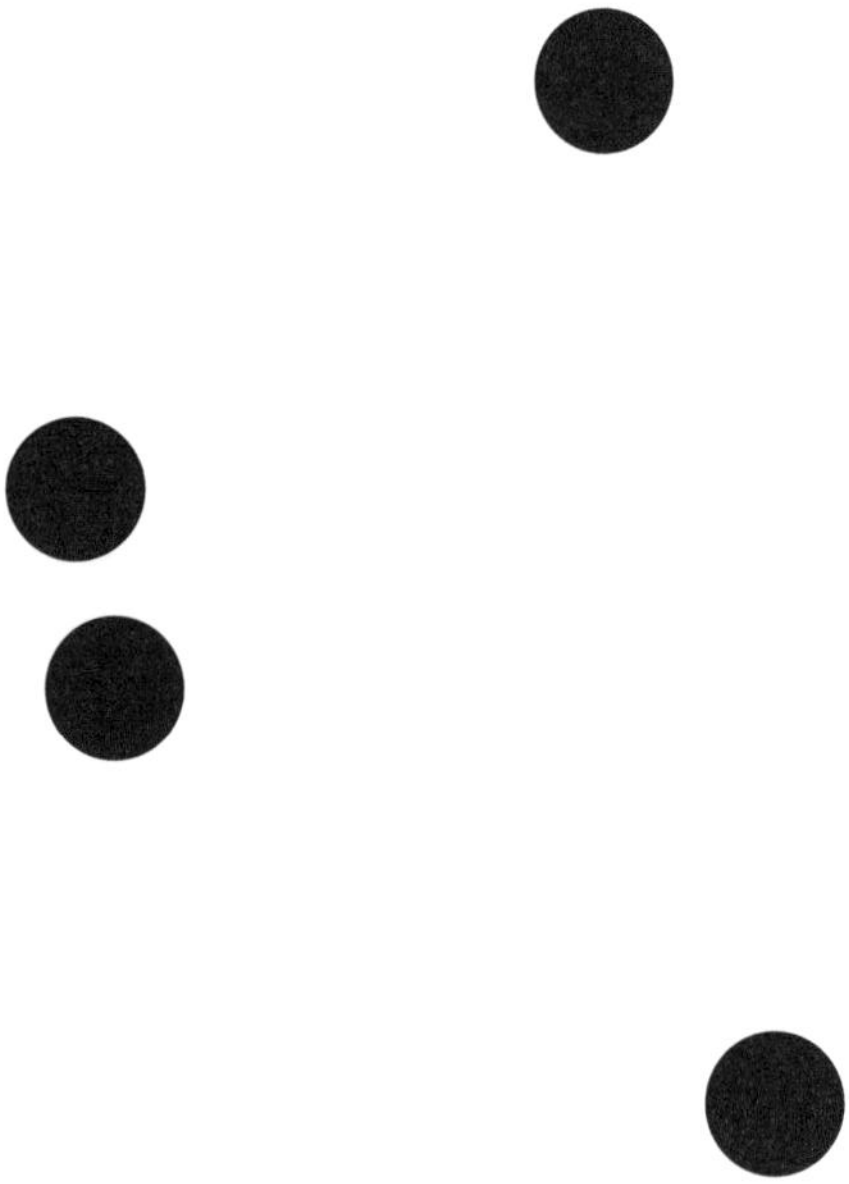

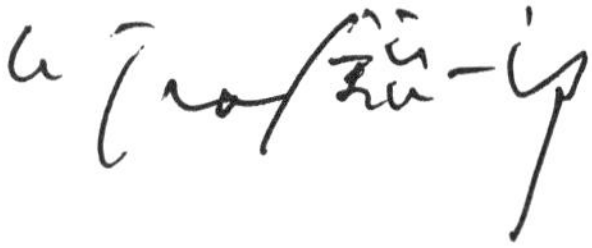

自選戯曲集

竹内銃一郎集成

Juichiro Takeuchi Compilation Book

Volume IV

引用ノ快

in'yo no kai

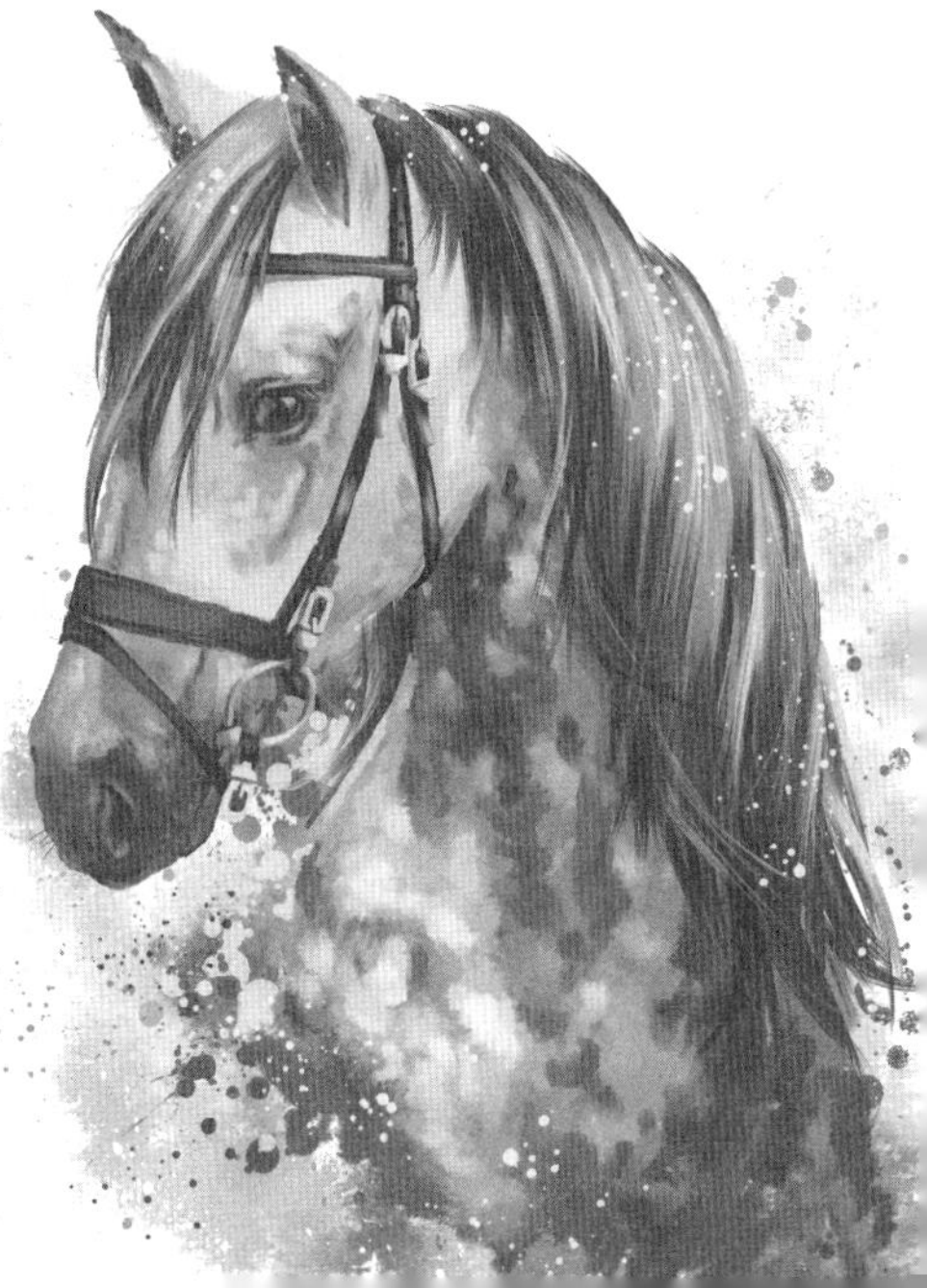

松本工房

目次

凡例

1　本書は竹内銃一郎集成全五巻の第四巻（Volume Ⅳ）である。集成全体の構成および各巻の編輯は著者自身によるものである。

2　作中における別作者作品からの引用は当該箇所に注番号を付し戯曲の最後に注記した。また、参考文献および参考作品についても戯曲の最後に列記した。

3　上演および演出するにあたって重要と思われる事項は戯曲の最後に記した。

4　三点リーダー（…）の使用方法および前後の空白は、著者独自の台詞の間合いの表現であるが、読解および解釈は読者ないし演者に委ねられる。

酔・待・草

登場人物

第一発見者・カオル先生
刑事・ブッチ
刑事・サンダンス
目撃者・チャーリー
被害者の兄・ヒムロ
被害者・カスミ

田舎道。一本の木。

夕暮れ。

木の根元には宵待草の花が咲いていていて、その花に包まれて少女がひとり、死んだように眠っている。

いや、眠るように死んでいるのかも？

少女の名はカスミという。

木の脇、やや離れたところに古ぼけた木製のベンチ。そして、下手前方にひっそりと、ボックスのない裸の公衆電話（？）がある。

カオル先生が自転車に乗ってやってくる。まるで夢の中の出来事のようにスローモーションで、必死にペダルをこいでいる。そのまま舞台を横切っていったんは消えるが、しばらくすると、今度は自転車をひいて戻ってくる。立ち止まって、カスミの様子をうかがう。

カオル　……（記憶を取り戻しつつ話し始める）幼稚園を出たのが五時をまわった頃でしたから多分、五時二十分くらいだったと思います。最近は父のからだの具合が芳しくないので、園長先生は早く帰ってもいいからとおっしゃるのですが、ほかの先生方の手前、なかなかそうもいきません。ハイ、行きも帰りもこの道を通ります。

その語り口調はまるで、事件を取り調べる刑事に語った、自らの返答を思い出しつつ反復しているかのよう。いや、もうひとりのわたしに話しているのかも？

カオル　あまり人通りもなく、今頃の季節ですと、六時を過ぎる頃にはもう真っ暗になってしまいます。父も園長先生も、危険だから下の県道を通って帰るようにと言うのですが、こちらの方が近道だということもあり、いえ、本当のことを言うと、小さい頃によく、このあたりで遊んだ思い出があるからでしょう、この木の前を通るたび、なんだかとても懐かしい気持ちになり、その懐かしい気持ちにひたる快感はなかなかどうして、簡単に手放せるものではないのです。

わたしは急いでおりました。暗くなる前に家に着かねばならないからです。薄暗い部屋の中、ひとりポツンと蒲団の上に座り、ぼんやり窓の外を眺めている父の姿を見るのはたまりません。父はわたしが帰るまで灯りをつけずいつもそうしているのです。早く速く、一秒でも早く家に帰らねばと確かにわたしは急いでおりましたが、もちろん、その木の下に誰かひとがいるのはとうに気づいておりました。気づくどころか目にした瞬間、もしかしたらと妙な胸さわぎを覚え、その一方で、いえ、だからこそなにかの錯覚に違いないのだと、ことさらに鼻歌などうたいながらそっちを見ないように、見ない方がいいのだと自分に言い聞かせながら、その木の前を通り過ぎようと思っていました。

風が吹いておりました。夕方に吹く風特有の、甘い香りがいたしました。ちょうどその木の前を通り過ぎようとした時、風に吹かれて前髪が額にかかり、それを右手でかき上げながらなにげなく捉えてしまった彼女の姿に、…こういう表現が適切なのかどうか、なんだか淫らな感じがいたしました。もちろん、それは一瞬の出来事ですから、ハッキリと彼女の顔など見たわけではなく、ただ彼女を中心としたそのあたりの雰囲気が、わたしには淫らなものに感じられたのです。知りたくもない秘密を無理矢理知らされた時のような、奇妙にドキドキ、それでいてどこか後ろめたい気持ちになりました。ハンドルを握る掌からはジワっと汗が吹き出し、多分怖くもあったのでしょう、心のどこかで変な関わりあいになりたくないとの思いもあったに違いありません。わたしは必至で自転車を走らせました。もしかしたら、その時わたしは泣いていたかもしれません。　…ちょっとお水を飲んでいいですか？


カオル、自転車を置き、ベンチに座って持っていた水筒の水を飲む。

カオル　どうして引き返してみようと思ったのか。なんとなく落とし物をしたような気がしたのは確かです。いいえ、もちろんなにも落としてはおりません。
怖いもの見たさの好奇心、放ってはおけない正義感、ああ、それに、そこはわたしの場所ですからと、抗議の気持ちもありました。が、それにしても何故？　……彼女は自分の右手を枕にして眠っておりました。ア、いえ、眠っているように見えました。歳の頃なら十五、六・七・八、九。よくよく見ればまだまだ幼さの残る顔だちで、どうしてほんの少し前にはあんなに淫らな感じがしたのか、わたしは不思議でなりませんでした。
足元まですっぽり隠れた、ふんわりした黄色い服を着ていたように記憶しておりますが、もしかしたらそれは、彼女をとり囲むように咲いていた、宵待草の花の色とごっちゃになっていたのかもしれません。近くに寄って声をかけようかと思いましたがそれがなかなか出来ません。すやすやと気持ちよさそうに眠っているのを起こしては可哀そうだ、というのはもちろん口実で、たとえ死んではいないにせよ、事実を明らかにしてしまうのがとても怖かったのです。だって、あんな時間にこんなところでひとり眠っている少女が、明るい現実など抱えていようはずはありません。行こか戻ろか、声をかけよかかけまいか、思案投げ首していたその時に、突然、電話のベルが鳴りました。

公衆電話のベルがけたたましく鳴り響く。

カオル　（勇気をふるって受話器を取り）もしもし、もしもし。　…モチモチ、アリハドウシテ甘イモノガ好キナノデスカ。　…それはラジオの「子供電話相談室」へかけたつもりの、小学二年のコンドウタカシくんの間違い電話でした。
「うん、それはねえ、タカシくん」と、わたしは無著先生の似てない物真似で答えました。「とっても難しい問題なんだよね。甘いものの中に、アリが生きていくために必要な成分があるからなんじゃないかって、こういう風にしか先生にも答えられないんだよね。タカシくん、どうして世の中にはわけ分からないことがいっぱいあるんだろうねえ。先生、ほんとに嫌になっちゃった。ハッハッハ」と笑いながら受話器を置いたその時、フフフと誰かが笑ったような気がしました。まさかと慌てて木の下を見ると、彼女の口元からひと筋、赤い血が流れておりました。

カスミの口元からツッとひと筋の血が。

カオル　ハイ。もちろん彼女が笑ったと思ったのはわたしの単なる気のせいで、多分、梢が風に騒いだのだと思います。口元から血を流した彼女は前にもましてとても淫らに感じられ、なぜかわたしは耳の中まで真っ赤に火照って、ただただ呆然となす術もなく、しばらくそのまま立ちすくんでおりました。

カオルの語りの途中、遠くからパトカーのサイレンが聞こえ、それがドンドン近づいて来るのと、明かりが暗くなっていくのが重なって、暗転。

明るくなると、木の周りを「立ち入り禁止」の札がさがったロープが取り囲んでいる。カスミがそこで横たわっているのは変わらないのだが、口元の血は消え、枕にしていた手も右から左に変わっている。

古ぼけたベンチに座り、コートの裾を繕っている古ぼけた男は、刑事・ブッチ。

刑事・サンダンスが現れる。ブッチ、それに気づくがかまわず作業を続ける。

サンダ　勤務の合間に雑巾作りの内職とは、田舎の刑事も大変だなあ。

ブッチ　口のきき方には気をつけろ。コートの裾のほころびは針と糸とで直せるが、関係ってヤツ、こいつがほつれてしまったら、お釈迦様でも直せねえ。よく覚えとけッ。

サンダ　うれしいよ、また逢えて。

ブッチ　俺もさ。

サンダ　何をしようか、再会を祝して。

ブッチ　手を振ってこのまま右と左に別れようか、お互いケガのないうちに。

サンダ　チェッ、ひとりじゃなにも出来ない癖に。

ブッチ　おまえの顔を見ると糞の出が悪くなるんだ。

サンダ　助けてくれと俺を呼んだのはどこのどいつだ。

ブッチ　カン違いしてもらっては困る。俺は「猫の手の一本も」って電話したんだ。お前に来てくれなんて頼んじゃいねえよ。

サンダ　ツベコベご託を並べる前に、たまにはネズミの一匹でも捕まえてみろ。

ブッチ　よし、これでＯＫ。

ブッチは作業を終える。サンダンスは横たわった少女を見ている。

サンダ　気持ちよさそうに眠っていやがる。

ブッチ　死んでも夢見るって年頃なんだ。

サンダ　ガイシャの身元は？

ブッチ　死者は語らず。

サンダ　死因は？

ブッチ　雲をつかむが如し。

サンダ　じゃ、死亡推定時刻も？

ブッチ　暗中模索。

サンダ　つまりは手つかずのまんまってわけだ。

ブッチ　犯人《ホシ》さえ挙げればすべてが分かる。無駄なことはしない主義なんだ、俺は。

サンダ　ああ、あ。あくびが出るぜ、田舎の事件は。

ブッチ　だったらトットと帰ってもらおうか。

サンダ　はるばる出張《でば》って来たんだ、もう少しいさせてもらうよ。

ブッチ　いつまで？

サンダ　もちろん、ホシが挙がるまで。

ブッチ　じゃ、夜になって暗くなるまでだ。
サンダ　冷えてるぜ。

　サンダンス、ブッチに缶ビールを投げる。

ブッチ　なんだい、こりゃ。
サンダ　お近づきのしるしさ。
ブッチ　二日酔いの薬かと思ったぜ。
サンダ　友、遠方より来たる。
ブッチ　なにかお返しをしなくっちゃ。そうだ、盲腸の手術の跡を見せてやろうか。
サンダ　気を使う前に、その足を引っ込めろ。

　ふたり、ベンチに並んで座る。

ブッチ　そう言えば、めでたい時に酒を満たしたグラスを重ねてひと声叫ぶ、おかしな決まり事があったな。
サンダ　別にめでたい気分でもないが。
ブッチ　たまには世間の常識ってヤツを受け入れてみようじゃねえか。
ふたり　乾杯！（と、缶を合わせて）

　ふたり、競うように一気に飲み干す。

ブッチ　ああ、本物のビールはうまいなあ。
サンダ　同感だ。そこで一句。秋風や
ブッチ　秋風や？
サンダ　ミュンヘン　サッポロ　ミルウォーキー。ちょっとハイブリッドだったかな。
ブッチ　おまえは詩人になればよかったんだ。
サンダ　詩人だったさ、おまえと会うまでは。
この盃を受けてくれ　どうぞなみなみ注がしておくれ
花に嵐のたとえもあるぞ　サヨナラだけが人生だ。［注①］
ああ。…俺は酒を飲むたびいつもしみじみと実感するんだ、確かに地球は回ってるんだって。
ブッチ　バカが。回っているのは地球じゃなくてお前の目玉だよ。
サンダ　この糞リアリストが。
ブッチ　シッ。
サンダ　どうした？
ブッチ　いま誰かが笑った。
サンダ　誰か？
ブッチ　ここにいるのは、俺とお前と　…
サンダ　（カスミを見て）バカ。
ブッチ　しかし、確かに　…
サンダ　オッと、いけねえ。大事なことを忘れてた。（と、慌ててポケットをあちこち探って）すまん。
ブッチ　なんだよ。お前が頭を下げて頼めばグレタ・ガルボのサインだって貰ってきてやるぜ。
サンダ　十円貸してくれ。（と、掌を差し出す）
ブッチ　キャラメルでも買うのか。
サンダ　電話するんだ。
ブッチ　リカちゃんにか？
サンダ　ハイ、モシモシ、わたしリカちゃん人形です（と、リカちゃん人形の声で）この野郎、なにやらせるんだ。
ブッチ　全然似てねえ。
サンダ　課長に電話するんだよ。
ブッチ　ホレ。（と、十円玉を渡す）
サンダ　（受け取ってそれを歯で噛み）確かに本物だ。（と、公衆電話へ）
ブッチ　（手帖を取り出し）九月六日　サンダンス・キッドに十円貸し、と。
サンダ　（ダイヤルを回し）…ア、もしもし、課長ですか？　サンダンスです。どうも連絡が遅れまして。ええ、いまやっと現場に。いや、参りましたよ。何がって、とんでもねえ田舎ですぜ、ここは。駅まで出迎えのパトが来てくれたのはいいんですが、これが途中でエンスト起こしやがって。現場までもう目と鼻の先だって言うから、しょうがねえ、車を降りてそこからひとりで歩いたんですが、なんだかんだで山道小一時間かかりましたわ。笑いごとじゃありませんよ、犬には吠えられるわ、子供に石を投げられるわ。ホントですって。横あいからガキが四、五人、急にバラバラ飛び出して来たかと思ったら、「アッ、タヌキだ、キツネだあ」なんて言いながら、石を拾ってバンバン投げつけるんですから。えっ、酔っぱらってデタラメ言ってる？　わたしが？　またまたあ。飲んでなんかいませんよ、ホントですって。正気も正気。ニニンガシ、ニサンガロク、ニシガハチ、ニゴノジュウ、と。ホラね、九・九だってスラスラ言えるし。？　どうしたんですか、課長、ずいぶん受けてますけど。……（ブッチに）おい、俺いま計算間違えたか？

ブッチ　完璧だよ。

サンダ　アレ？　ちょっと待って下さいよ。その笑い声は、この野郎、お前タナカだな、また課長の声色なんか使いやがって。やっぱりそうか、ああ、アタマ痛エ。エ？　飲んでねえわけねえだろ、こんな田舎までやらされて。おまけにブッチと一緒なんだゾ、シラフで仕事なんか出来るかよ。ああ、分かった分かった、温泉饅頭二十個入りだろ。しつこいヤツだな。いいから早く課長に代わってくれよ、こっちは忙しいんだから。いつまで笑ってんだ。早くしないと俺はミスターになっちゃうゾ。「ウーンいわゆるそのう、インパクトの瞬間のフィーリングというものがですね。（と、アノ長嶋茂雄の口調を真似て。ブッチに）おい、いまの、誰の物真似だか分かった？

ブッチ　ナガシマさんだろ？

サンダ　よく分かったな。

ブッチ　だってクリソツだったじゃないか。

サンダ　ア、もしもし、課長ですか。サンダンスです。どうも連絡が遅くなってすみません。いまタナカにも話したんですが、ハイ？　時刻？　ええっと、（ブッチに）おい、いま何時だ。

ブッチ　五時まであと少し。

サンダ　五時少し前だと思いますが、え？　西の空の色ですか？　それはなんたって今は夕方ですから、ええ、赤く染まって……、え？　酔っぱらってるから空まで赤く見えるんだろう？

それはないでしょ、ひどい言いがかりだな、それは。勤務中ですよ、飲んでるはずないでしょう。証拠を見せろ？　じゃ、早口言葉でもやりましょうか？「青巻紙赤巻紙黄巻紙」（と、素早く三回）東京特許許可局（と、これも三回繰り返す）…バカが。手ェ叩いて喜んでるよ。

ブッチ　それ、電話の向こう、ほんとに課長か？

サンダ　えっ？

ブッチ　（受話器を取って耳を澄まし）…案の定だ、アラキだよ。

サンダ　（受話器を奪って）バカヤロー！　分かってんだよ、お前アラキだろ。なにやってんだ、入れ代わり立ち代わり。課長はどうしたんだ、課長は。出せよ、早く。ああ、アタマ痛エ。…エ、酔っぱらってるからだろ？　誰？　お前。イシカワ？　なんでバイトのお前が。早く出してよ、課長を、お願いだから。なにがそんなにおかしいんだ！　えっ？　本当はイシカワじゃない？　ヤツの物真似してるだけ？　いい加減にしねえと手前らまとめて（とまで言って、急にハッとし）…エッ？　エッ！　ちょっと待ってくださいよ、その声はもしかして……

ブッチ　どうしたんだ。

サンダ　切れちまった。

ブッチ　…よかったじゃないか、明るい職場で。

サンダ　ああ。俺がいないからみんな寂しくて、だからみんなで演芸大会なんかやってお茶を濁してるんだ。ああ、アタマ痛エ。

ブッチ　プエルトリコのまじない師は、レモンを二つに切って腋の下をこするっていうぜ。

サンダ　？

ブッチ　二日酔いの治療法さ。

サンダ　ひと晩ぐっすり眠れば二日酔いなんて一発さ。そのためにも、早くこのヤマの犯人《ホシ》を挙げないとな。（と言いながら、ロープ内に入ろうとする）

ブッチ　ダメだ、そこに入っちゃ！　立ち入り禁止って書いてあるだろ。

サンダ　分かってる。草花は大切にしなきゃな。田舎の事件だ、調べるまでもねえ。

ブッチ　時間が経ってすっかりぬるくなっちまったが…（と、小瓶のワンカップをサンダンスに投げる）

サンダ　（受け取って）なんじゃこりゃ。

ブッチ　コノサカズキヲ受ケテクレ
ドウゾナミナミツガシテオクレ
ハナニアラシノタトエモアルゾ
「サヨナラ」ダケガ人生ダ［注②］

サンダ　じゃ、今度は犯人逮捕の早からんことを祈って

ふたり　乾杯！

さきほどと同様、競いあうように一気に飲み干す。

サンダ　ああ、本物の日本酒は死ぬほどうまいな。

ブッチ　同感だ。そこでジョークを一発。「可哀想なひと」。親切な老婦人が飲んだくれにやさしく言った。「ウイスキーだけが心の慰めなのね」「いいえ、奥さん」と男は答えた。「やむを得なければビールでも慰めになるんで」［注③］…（おもむろに手帖を出し）九月六日　受けた客六名、と。（書いて）俺はタヌキって言われたぜ。

サンダ　えっ？

ブッチ　お前はキツネって言われたんだろ。

サンダ　お前も子供に石ぶつけられたのか。

ブッチ　さっき犬に噛まれたんだ。お陰で大事な一張羅がホレこの通り。（と、コートの裾を示し）

サンダ　俺たちをいったい誰だと思ってンだ。

ブッチ　しかし、なんでお前がタヌキで俺はイヌなんだ？

サンダ　きっと俺の干支がキツネだってことを見抜かれたんだ。うん？　てことは…

ブッチ　バカ、タヌキの干支なんてあるか！

サンダ　シッ！

ブッチ　どうしたんだ？

サンダ　いま、確かに誰か　…

ブッチ　誰かが笑った？

サンダ　風かな。

ブッチ　風は笑わない。ただ泣くだけだ。

ふたり、少女を見ている。

サンダ　極楽往生って顔をしてるぜ。

ブッチ　きっと眠ってるところを殺《や》られたんだ。

サンダ　どうしてこんなところで寝てたんだろう？

ブッチ　俺にひとこと声をかけてくれたら毛布くらい貸してやったのに。

サンダ　酔いつぶれちまったのかな、ここで。

ブッチ　お前じゃあるめえし。ああ……（と、からだをくねらせて）

サンダ　やめろ。おかしな声を出すな。

ブッチ　最近アルコールが入るときまって背中がむず痒くなるんだ。

サンダ　掻いてやろうか。

ブッチ　気をつけろ、うっかり触ると火傷するぞ。俺の背中はサントロペの真夏の海岸だからな。

サンダ　フン。俺の指先は南氷洋に浮かぶ氷山の裏側さ。

サンダンス、ブッチの背中を掻く。

サンダ　ここらへんでいいのか？

ブッチ　ああ。…俺のからだは変わってる。左目の方がよくって右の耳が悪い。鼻は高いが背は低い。右手は長いが左足は短いんだ。

サンダ　なるほど。うまくバランスがとれてるってわけだ。

ブッチ　足の大きさだって左右ずいぶん違うんだ。嘘だと思うんなら試しにこいつを履いてみな。（と、左足を振り）お前のバカな大足だってスッポリ楽々納まってしまうはずだ。

サンダ　（ブッチの左の靴を手に取り）こんな小さな靴がお前……

ブッチ　入らなかったらさっきの十円、返してくれなくていいから。

サンダ　ずいぶんチンケな賭けだな。まあ、いいや。（と、ブッチの靴を履こうとし）…アッ、入った。

ブッチ　ヨシッ、俺の勝ちだ。（と、手帖を取り出し）九月六日　サンダンス・キッドに貸し、一万円プラス、と。

サンダ　なんだ？　俺が勝つと十円でお前が勝つと一万円だ？

ブッチ　なにしてンだ。

サンダ　(履いた靴が脱げず) 手伝ってくれ。

ブッチ　痛いのか。

サンダ　痛い！　こいつときたら、いまさら痛いのかときた。

ブッチ　そうだろうとも、苦しむのはいつもおまえだけだろうよ。俺は問題にならないんだ。おまえが俺の身代わりになったところを一度見たいよ。少しは言うことが変わる(だろうからな)

サンダ　(遮って) ちょっと待て。以前にもここでこんな風にしてたことがあったような気がするんだが…、田舎道

ブッチ　一本の木。

サンダ　夕暮れ。[注④]

ブッチ　道端に座って片方の靴を履こうとしているお前。

サンダ　脱がそうとしているお前。

ふたり　そして一本の木の下にひとつの死体。

ブッチ　こういうの、ジャ・デ・ビュっていうんだ。

サンダ　ジャ・デ・ビュ

ブッチ　デ・ビュ・ジャだったかな？　なんでもいいや。

サンダ　…ひとが見たらなんと思うだろう？

ブッチ　うん？

サンダ　いまの俺たちのこの光景を。

ブッチ　武者小路実篤ならば

サンダ　白樺派！

ブッチ　色紙に二つ三つじゃがいも転がして、「仲良きことは良きこと哉」なんて書き添えるだろうさ。

サンダ　俺たちが刑事だなんていったい誰が見抜けるだろう。

ブッチ　犯人だって見抜けめえ。みてろよ、油断してそのうちノコノコ顔を出すから。

サンダ　来るかな。

ブッチ　来る来るパー。なぜか必ず犯行現場に立ち戻る。これは古今東西変わらぬ犯罪者の行動パ

ターンだ。

サンダ　しかし……

ブッチ　なんだい？

サンダ　ホトケの身元も、死因だってハッキリしねえのに、どうしてこれが殺しだと分かるんだ？

ブッチ　だからホシを挙げるんだろ。そのためにここへ来たんだろ、俺たちは。

サンダ　そうか。ヤツに聞けばいいんだ、ホシはなんでも知っているっていうからな。

ブッチ　オッと、噂をすれば影だ。

チャーリーが現れる、バスケットを両手に抱えて。

サンダ　なんてヤツだ、まだ物語は始まったばかりだというのにもうヌケヌケと。

ブッチ　落ち着け。まだヤツが犯人と決まったわけじゃない。

サンダ　しかし、ヤツの顔には挙動不審って書いてある。

ブッチ　単なるあがり症かも。

サンダ　こっちを見てるぞ。自首しに来たんだ、きっと。

ブッチ　油断は禁物。そう、あいつの方に油断をさせなきゃ。俺たちはただの名もない路傍の人だと思わせて確たる証拠を握るんだ。どうしよう。

サンダ　どうすれば……？

ブッチ　歌をうたおう。

サンダ　いま？　この状況で？

ブッチ　意表を突くグッドアイデア。ママさんコーラスならぬ刑事《デカ》さんコーラスなるものがこの世に存在することを、いったい誰が想像できよう！

ふたりは静かに舞台中央に歩み出て、「静かな湖畔」の輪唱を始める。
チャーリーが足を忍ばせ、そっと近づいてくる。
緊張の度を増して、ふたりはさらに声を張り上げ歌う。手に汗握るその瞬間、な、なんとチャーリーも一緒に並んで歌い始めた。驚いたふたりが歌をやめても、チャーリーは止まらない。

ブッチ　いつまで歌ってンだ。

チャー　あ、スミマセン。緊張を解きほぐすつもりがついつい弾みがついてしまって。わたしごときが出過ぎた真似を。

サンダ　乗りやすいヤツ。

ブッチ　興奮するとわれを忘れるタイプなんだ、きっと。

サンダ　宴会などではみんなから、「浮いてるゾ」ってよく注意をされる。

ブッチ　注意されたって生まれつきだから治しようがない。

サンダ　浮くときはめいっぱい浮くが、いちど沈んだらとことんドツボにはまるのがこういう男の特徴。

ブッチ　そんな感情の起伏の激しさに周囲もなかなかついてはいけず

サンダ　いつの間にか、親しかった友人もひとり減りふたり去り

ブッチ　ひと恋しさに、見知らぬ誰かと文通でもしてみようかと思ってはみたものの

サンダ　改めて自分の字の下手さ加減にあきれはて

ブッチ　腹いせに、不幸の手紙を書いてしまう。

ふたり　暗〜い。

サンダ　電話だと妙に大胆になれるのもこういう男の特徴。

ブッチ　大体が根は軽口野郎なのだから

サンダ　見知らぬ女性にも薄気味悪い声で

ブッチ　「おたくのパンティ、何色ですかぁ?」

サンダ　なあんて恥知らずな質問も平気で出来る。

ブッチ　しかし、かけ終わったあとの虚しさもまた格別。

サンダ　アルコールがなんの慰めになろう。

ブッチ　肌と肌との触れ合いを求めて、コインランドリーで盗んだ女性の下着を頭から被ってみるが

ふたり　淋しさはますますつのるだけ。

サンダ　近所のおばさんの証言。

ブッチ　「道で会っても挨拶もしないんですよ」

サンダ　さあ、ここまでくれば制限時間いっぱい。あとは行司の軍配が返るのを待つだけだ。
ブッチ　よし。犯行に至る背景はこれで分かった。

ふたりはチャーリーに反論の隙を与えない。

サンダ　お次は直接の動機だ。
ブッチ　動機なんかあるものか。もともとカッとなったらわれを忘れるタイプだ、いわゆるひとつの理由なき犯行に決まっとる。
サンダ　太陽がまぶしかったのか。
ブッチ　事件は夕暮れの田舎道。一本の木の下で起きたんだ。
サンダ　じゃ、沈む夕日が憎らしかったんだ、きっと。
ブッチ　分かったような、分からないような。
サンダ　世の中には分からないことはいっぱいある。いくら努力したって出来ないことはいっぱいあ～る。
ブッチ　ガイシャとはいったいどういう関係だったのか。
サンダ　無関係に決まっとる。
ブッチ　行きずりの犯行か。
サンダ　行きずりも行きずり。こいつの顔を見れば誰でも分かる。
ブッチ　言われてみれば、まるでゴマの半ズリみたいな面構え。

チャーリー、あまりの扱われ方に帰ろうとする。

サンダ　待て。どこへ行くんだ。
チャー　僕、帰ります。
ブッチ　俺たちになにか用があって来たんじゃなかったのか。
チャー　だって、僕のつけいるすきが全然ないじゃないですか。
サンダ　不満なのか、それが。
チャー　そりゃ不満ですよ。ここで黙ってただボーっと立ってるだけなら、あの木と同じじゃないですか。
ブッチ　なんて自己顕示欲の強いヤツだ。

サンダ　自分の思うようにならないと、すぐにカンシャクを起こすタイプ。
ブッチ　宴会などでは、カラオケのマイクを握ったらちっとやそっとじゃ放さない。
サンダ　そんなワガママ振りに周囲もあきれて、いつの間にか親しかった友人もひとり減りふたり去り
ブッチ　ひと恋しさに、見知らぬ誰かと文通でもしてみようかと思うが
サンダ　改めて自分の字の下手さ加減にあきれはて
ブッチ　腹いせに、不幸の手紙を書いてしまう。
ふたり　暗〜い。
チャー　わーーっ！（と、突然大声で）

ふたり、驚いて逃げる。

サンダ　どうしたんだ？
ブッチ　注意しろ、興奮すると善悪の見境がつかなくなる男だからな。
チャー　刑事さん、どうして僕にも話をさせてくれないんですか。
ふたり　ギクッ。
ブッチ　どうして俺たちが刑事だって分かった。
チャー　フツーの一般市民が死体のそばで、カッコウカッコウなんてのんきに歌なんか歌うと思います？
サンダ　鋭い指摘。
ブッチ　鋭すぎるのがまた憎い。
サンダ　俺たちに話したいことっていったいなんだ。
ブッチ　話を聞く前に、まず名前を聞かせてもらおう。
サンダ　その前に年齢を確認しないと。
ブッチ　そうか。もしかして未成年だったら扱いは慎重にしなきゃいけないからな。

またもやチャーリーのつけ入るスキがない。

サンダ　取り調べが長引いたときのことも考えて、住所と電話番号も聞いておこう。
ブッチ　家族を心配させてはいかんからな。
サンダ　この親不孝者が！

ブッチ　家には食費くらい入れてるんだろうな。
サンダ　幾ら貰ってンだ、月給。
ブッチ　厚生年金なんかガバッと引かれて、いい若いもんがご苦労なこった。
サンダ　さあ、話してもらおうか。
ブッチ　硬くなってるな。話題を変えよう。今朝はなに食った？
サンダ　俺はカレーパンに豆腐のみそ汁だ。
ブッチ　一日の平均睡眠時間でもいいぞ。
サンダ　五時間以上だなんてぬかしたら、即、網走送りだからな。
ブッチ　最近観た映画の感想でもいい。
サンダ　虫歯は何本あるんだ。
ブッチ　中学一年のときの担任の名前は？
サンダ　きみにとって甲子園とはいったいなんだ。
ブッチ　穴の中に住んでいて、誰も呼ばないのに勝手に返事する、愛嬌者だけど嫌われ者っていったい誰だ。
サンダ　一発撃つと必ず鼻に命中するものだよ。
ブッチ　見かけによらず口のかたい野郎だ。
サンダ　屁だよ、答えは屁。
ブッチ　黙秘権か、それもよかろう。
サンダ　少し痛い目にあわせてやった方がいいんじゃないのか？
ブッチ　まあ待て。慌てる乞食はなんとかって言うだろ。
サンダ　泣くまで待とうほととぎすってか？
ブッチ　ほととぎすって漢字でどう書くか言ってみろ。
サンダ　行ってみろ、ＵＳＪ。疲れるだけだから。
ブッチ　疲れをとるにはやっぱり風呂が一番だ。
サンダ　二番はシノヅカ。非力だが流し打ちがうまい。
ブッチ　うまくないのが最近の豚肉鶏肉。
サンダ　あいにくだが俺たちは忙しいんだ、いつまでもおまえと遊んでるわけにはいかないんだよ。黙ってないでいい加減、吐いちまったらどうなんだ。
ブッチ　どうなってるんだ、チェルノブイリ原発事故は。
サンダ　殺しの時効は十五年だからな。
ブッチ　鶴は千年、亀は万年。

サンダ　「千年も万年も生きたいわ」って誰の台詞だか知ってるか。
ブッチ　覚えとけ、浪子さんだよ。「ほととぎす」のヒロインだ。
サンダ　ほととぎすって漢字でどう書くか、言ってみろ。
ブッチ　行ってみろ、ＵＳＪ。疲れるだけだから。
サンダ　疲れをとるにはやっぱり風呂が一番だ。
ブッチ　二番はシノヅカ。非力だが流し打ちが
サンダ　ストップ。いつになったら終わるんだ、このヤリトリは。
ブッチ　こいつのせいだ。お前、どうして口を割らないんだ。

チャーリー、泣く。

ブッチ　泣いてる場合か。

チャーリー、笑う。

サンダ　この野郎、笑ってごまかそうったってそうはいかんゾ。（と、チャーリーの襟元をつかむ）
チャー　いい加減にしてくださいよ、もう！（と、振りほどく）
ブッチ　（逃げて）オッ、抵抗する気だな。
サンダ　（同じく）乱暴はよせ、話せば分かる。
ブッチ　分かったよ。殴って気がすむんならこの俺を殴れ。
サンダ　そうだ、殴るんならこいつを殴れ。
ブッチ　なんだ、そういうヤツだったのか、お前は。
サンダ　殴らせといて別件逮捕の口実にするんだよ。
ブッチ　悪い奴。
サンダ　カーーッ。（と、立ったまま眠る）
チャー　アレ？　どうしちゃったんですか、このひと。
ブッチ　悪い奴ほどよく眠るんだ。
サンダ　ああ、よく寝た。さあ、話の続きを聞かせてもらおうか。
チャー　まだなんにも話してませんけど。
サンダ　いつまでモタモタしてやがるんだ、早くしないと日が暮れちまうだろうが！

ブッチ　いったいなんなんだ、俺たちに話って。ええっ、ショウキチ。
チャー　ショウキチ？
サンダ　お前の名前じゃないか。
チャー　ひとの名前を勝手に決めないでくれますか。
ブッチ　だったらダイキチか？
サンダ　まさかダイキョウじゃないんだろ？
チャー　僕は神社のおみくじではありません。
サンダ　この罰あたりが！　ひとがせっかく、四つに畳んであの木の枝に結わえつけてやろうと思っていたのに。
チャー　僕の名はチャーリー。「スヌーピーとチャーリー」のチャーリー・ブラウンです。
サンダ　顔に似合わぬハイカラな名前なんかつけやがって。
ブッチ　というと、その大事そうに抱えてるバスケットの中身はスヌーピーのぬいぐるなんだ。
チャー　（遮って）ノー。デス　イズ　マングース。これはマングースです。
サンダ　コブラやハブを食っちまうアレが？
チャー　そうです。これから友達に会って軽く一杯やるんですが、一杯が二杯、二杯がすぐに四杯五杯になってどうにも止まらなくなるのが僕の悪い癖。
サンダ　分かる。
チャー　不思議なことに、酔うときまって僕の目の前にとぐろを巻いた蛇が現れるんです。そいつが赤い舌をペロペロやるのが怖くて怖くて。だから、酒を飲むときにはいつもこのマングースを傍に置いて、蛇が出てきたら戦わせるんです。
ブッチ　いいか、よく聞け。お前が酔うと出てくる蛇は本物じゃない、お前の想像の中にしかいない蛇なんだ。
チャー　分かってますよ、そんなこと。だからこのバスケットの中のマングースも、ホラ、（と、フタを開け）僕の頭の中にしかいないマングースなんです。
サンダ　とんでもねえ野郎と関りを持っちまった。
チャー　多分、時刻は六時少し前だったと思います。

ブッチ　な、なんだ、唐突に。
チャー　だから事件の。見たんですよ、僕。犯人らしき男が彼女とそこのベンチで、なにやら深刻そうな話をしてるのを。
サンダ　シジミの味噌汁で顔を洗って一昨日出直すんだな。
チャー　それはどういう？
ブッチ　お前の話を聞く耳はドブに捨てたって言ってるんだ。
チャー　僕の話は嘘だって言うんですか。
サンダ　本物のマングースを見せてくれたら信用してやるよ。
チャー　そんな。だって見たんですよ、ほんとに僕は。このベンチにこうやって座って、歳は三十七、八かな。背が低くてヒゲ面で、いかにも好色そうな目つきをしてて。それに、そうだ、耳！　耳がこんなにデカくて、あ、こんなに大きくはないか、これじゃまるでウサギですもんね。ハ、ハ、ハ。（と、笑う）

自転車をひいてカオルが現れる。

ブッチ　お前、もう帰れ。
サンダ　早く帰らないと、この野郎、公務執行妨害で逮捕しちまうゾ。
チャー　だって僕は本当に……
ブッチ　お気持ちだけはありがたくいただいておくよ。でも、目撃者の証言ほどあてにならないものはないんだ。自分の足と勘しか信用しない。これが俺たちのやり方さ。分かったら早くその可愛いマンちゃん抱いて、飲みにでも行くんだな。
サンダ　（カオルに）なにかわたしどもにご用でも？
カオル　もしかして、刑事さんですか。
サンダ　当人はそのつもりでいるんだが。
カオル　彼女が亡くなっているのをここで最初に発見したのはわたしです。
サンダ　ほう。
ブッチ　名前は？
カオル　みんなからはカオル先生と呼ばれています。

サンダ　自分で「先生」って言うくらいだ、こちらはきっと相当なお方だ。
ブッチ　そうらしいな。応対にはくれぐれも要注意。
カオル　いつまで彼女をこのままにしておくんですか。
ブッチ　鑑識の調べが終わるまで、動かしてはいけない規則になっているのです。
カオル　もうまる一日も経っているんですよ。
ブッチ　このところめっきり涼しくなってきましたから四、五日は大丈夫か、と。
カオル　四、五日も放っておくんですか。
サンダ　ハイ。最近は仕事がたてこんでいて、どこの鑑識も前もって予約をとっておかないと、後回しにされてしまうのであります。
チャー　まるで歯医者だ。
サンダ　お前、まだいたのか。
チャー　帰れって言うんなら帰りますよ、僕だってそんなに暇じゃないんだから。でも、いいんですか？　このまま帰っちゃって。僕は本当に見たんですよ、この目で。
ブッチ　そんなもののメとは言わん、ムだ。虚ろな穴ぼこ、糞の役にもたたんケツの穴だ。
チャー　ショ、証人だっているんです。
ブッチ　なんだ？
チャー　僕が犯人らしき男を見たのを証明してくれる、貴重な第三者がいるんです。
サンダ　誰だ、それ。
チャー　おふたりもよくご存じの……
ブッチ　どこにいるんだ、そいつは。
チャー　どこって、ここに。（と、バスケットを示す）
サンダ　お前なあ。
チャー　だって昨日もこいつと一緒だった（んですから）。
ブッチ　（遮って）なんでマングースが人間なんだ！
チャー　よくぞ聞いてくれました。マン・グース。つまり、人並に遇すという意味（なんですね）。

ブッチとサンダンス、チャーリーに皆まで言わせず拳銃を抜く。
「ワー」とチャーリーは大声を上げて逃げ出し、ふたりは彼を追い、ともにこの場から消える。

ひとりになったカオルが恐る恐る、立ち入り禁止のロープの中に入ろうとしたところに、ブッチとサンダンス、戻ってくる。

サンダ　カオル先生！　チョイ待ち草のやるせなさ。そのロープに引っかかってるお札の文字が読めないんですか。

カオル　すみません。

ブッチ　早くお帰りになった方が。ここは先生のようなお方が長くいらっしゃるようなところではありません。

カオル　この、宵待草という花、いまは黄色く咲いていますけど、夜が過ぎ明け方になると、赤みがさしてきてそして、しぼんでしまうんですよ。

ブッチ　じゃあ、誰かさんと同じだ。夕方になると黄色い顔を見せ、夜になると酒を飲み、明け方になると真っ赤な顔して半分死んでる。

サンダ　しょうがねえだろ、飲まなきゃ寝られないんだから。ああ、アタマ痛エ。

ブッチ　誰かが言ってたぜ。二日酔いの苦しみは馬鹿と一緒で、死ななきゃ治らないって。

サンダ　フン。あの子みたいにスヤスヤ気持ちよさそうに眠れたら、死ぬのも満更じゃねえって思うよ。

ブッチ　そんなに死にたきゃ死ねばいいさ。但し、貸した金はキチッと払ってからにしてくれねえとな。

チャーリーがそっと再び現れる。

サンダ　(気がついて) ヤロー、また性懲りもなく。

ブッチ　ほっとけほっとけ。ああいう輩には見て見ぬふり聞いて聞かぬふり。シカトするのが一番だ。

チャー　刑事さん、刑事さん。

ブッチとサンダンス、ともに突然、目の不自由なひとに変身して、歩く。

サンダ　市っつあん、いるかい？
ブッチ　ああ、いるよ。水たまりがあるから気をつけな。
チャー　出ました、来ましたよ、犯人が。
サンダ　アッ、しまった。（と、水たまりに足を突っ込んでしまった真似）
ブッチ　何をしてるんだ。だから言ったじゃないか、気をつけなって。
サンダ　誰かがおいらを突き飛ばしやがったんだ。
ブッチ　いやな渡世だなあ。
チャー　なにやってンだろう、このふたり。
カオル　きっといまはお遊戯の時間なのよ。
チャー　幼稚園児じゃあるまいし。
ブッチ　おまえさん。
チャー　え、僕ですか？
ブッチ　座頭の市がお迎えに参りました。
チャー　（すぐその気になって）ドメクラめ、いったい俺をどこに連れて行こうってんだ！
ブッチ　へい。三途の川の向こうです。（と、言って仕込み杖で斬る真似）
チャー　ワーッ。（と、倒れるが、すぐに起きて）何をやらせるんですか。遊んでる場合じゃないでしょ。アッ。（と、息を飲む）

カスミの兄、ヒムロが現れる。

ヒムロ　（眠るカスミを発見し）カスミ。…どうしたんだ、カスミ！（と、反応のないのに驚いて駆け寄る）
サンダ　ダメだ、入っちゃ。ここは立ち入り禁止だ。（と、ヒムロを止める）
ブッチ　カスミというのは彼女の名前だね。
サンダ　誰なんだ、きみは。
ブッチ　彼女との関係は？
チャー　肉体関係があったのかどうか聞いてるんだよ、この助平野郎が。男のくせに化粧なんかしやがって。
ヒムロ　そっちこそ誰なんですか、あなた方は。
ブッチ　この場の雰囲気、及び、俺たちの態度物腰から容易に推察出来るはずだが。
サンダ　少なくともマックの店員ならこんな仏頂面は

していない。

ヒムロ　まさか　…。カスミがどうかしたんですか。

ブッチ　したんじゃない、されたんだ。

サンダ　昨日の夕方、何者かによってな。

ヒムロ　昨日の夕方？　だったらそれはなにかの間違いですよ。

チャー　間違いでした、スミマセンでことが済むんなら、警察はいらねえんだよ！（と言ってすぐに引っ込む）

ヒムロ　だってカスミは今朝も、アッ、イテッ。なにするんですかッ。

ブッチがヒムロの額に貼ってあったバンドエイドをはがしたのだ。

ブッチ　どうしたんだ、この傷。

ヒムロ　昨日ちょっと

サンダ　（被せて）昨日ちょっと誰かに噛みつかれたとか引っかかれたとか？

ヒムロ　違います。

チャー　嘘をつくんじゃねえ！　彼女を殺そうとして揉みあった時に出来たんじゃないのか、ええっ！（と言って、すぐに引っ込む）

ヒムロ　違いますよ。すぐそこの坂を降りたところで昨日、横合いから急にバラバラっと飛び出してきた四、五人の子どもに

ブッチ　（間髪入れず）石をぶつけられたのか。

ヒムロ　どうしてそれを？

サンダ　やられたんだよ、俺たちも。

チャー　刑事さんたちも?!

ブッチ　なんだ、お前もやられてるのか。

チャー　ええ。「アッ、ネズミだ、ネズミだ」なんて言われて。

ヒムロ　僕はターザンと呼ばれた。

サンダ　俺はキツネだ。

ブッチ　俺はタヌキ。

ヒムロ　キツネにタヌキにターザンにネズミ　…。なんですか？　これは。

サンダ　ウーン。なにか怪しい秘密の謎が隠されているような気もするが　…

四人の男　（揃って）ウーーン。（と考え込む）
ブッチ　バカ。こんなことに首を捻ってる場合かッ。
サンダ　この野郎、うまい具合に話をそらせやがって。
（と、ヒムロに）
カオル　あっ。
ブッチ　どうしたんです、カオル先生。
カオル　いえ別に、ちょっと。　…いま誰かが笑ったような気がして　…
ヒムロ　やっぱりそうだ。カスミです。カスミが笑ったんですよ。
カスミ、もういいよ、分かったからもう起きろ。兄さんを驚かせようと思ってこんなことしたんだろ。それがどこをどう間違えたのか警察まで来ちゃったから、それで起きられなくなってしまって。そうだろ。バカだな、お前は。大丈夫、兄さんがついてる。刑事さんたちには兄さんが一緒に謝ってやるから。さあ早く起きろ。　…カスミ、どうしたんだ。いい加減にしないと兄さん、お前を置いて帰ってしまうぞ、いいのかそれで。カスミ！
（と、ロープを越えようとすると）
サンダ　ジャスト・モメント。ここは立ち入り禁止だ。
ヒムロ　だってカスミが
カオル　このヤロー、臭い芝居なんかしやがって。てめえは役者か。
ヒムロ　そうです、役者です。劇団四季の、いまはまだ研究生ですが。
ブッチ　この指、何本に見える？
ヒムロ　三本でしょ。
サンダ　じゃ、これは？（と、自分の靴を脱いでヒムロの鼻先に）
ヒムロ　クサッ！
ブッチ、思いっきり靴の踵でヒムロの足を踏みつける。
ヒムロ　イタッ！（と、跳び上がる）
ブッチ　少しは目が覚めたか？
サンダ　多少気は動顛しとるようだが、まずまず意識はしっかりしてる。

ブッチ　いまのきみの気持ちはよく分かる。あまりといえばあまりの出来事だ。この目の前の光景をいますぐに信じろという方が無理なのかもしれない。しかし、残念ながらここは舞台じゃないんだ、妹思いの研究生くん。これが三本の指であり、この靴の匂いは鼻をつき、足を踏まれたら脳天を激痛が貫くのと同様、昨日の夕方、ここで彼女が何者かによって殺されたこと、これはもう誰が何と言おうと動かしがたい事実なんだ。

ヒムロ　困ったな。どうしてこんなことになっちゃったんだろう。

チャー　とぼけるんじゃねえ！　殺《や》ったのはてめえだ。ネタはあがってンだよ！（と言ってすぐに引っ込む）

ヒムロ　どうして僕がカスミを殺さなきゃいけないんですか。

ブッチ　そう。いまそれを聞こうと。

サンダ　とりあえず、昨日の昼過ぎから夕方までのアリバイを聞いておこうか。

ヒムロ　確かに昨日の夕方、僕はここで

チャー　（被せて）ネ、ネ、ネ。僕の言った通りでしょ。ネ、ネ

サンダ　うるせえんだ、お前は！　静かにしてねえと、その大事なマングースを八つ裂きにしちまうゾ！

チャー　ワァー、ハゲタカだあ。（と、逃げる）

ヒムロ　僕はここでひとりで、芝居の稽古をしてたんです。ここは夕方になるとほとんど人通りもなくなるし、思いきって声が出せますからね。（以下、「ロミオとジュリエット」の一場面）う、やられた！（倒れる）情けがあるならあの扉をあけ、ジュリエットの傍に寝かせてくれ。（と、死ぬ）よし、そうしてやろう。顔を見せろ！　マーキューショーの身内、伯爵パリスか！　馬を飛ばして駆けつける途中、下郎が何と言っていた、心乱れてよく聞いていなかったが、パリスがジュリエットと結婚するはずと。そうではなかったか？　あれは夢だったのか、こ

いつの口からジュリエットの名を聞いただけでそう思い込んでしまうとは？　おお。手をよこせ、この身とともに痛ましい悲運の名簿にその名を書き加えられた男！　すばらしい墓に葬ってやろう。墓？　違う、墓ではない！　明かり窓だぞ、パリス。それ、ジュリエットが横たわっている。その美しさゆえにこの穴倉も光輝く宴の席さながら。さあ、ここに横たわれ、死人の手が死人を葬るのだ。おお、ジュリエット、俺の妻！　なぜ今もなおそう美しいのだ？　姿なき死神、あの痩せさらぼうた化物までがお前の色香に迷い、この暗闇の中にお前を囲っているのでは？　それが気懸かりだ、俺はいつまでもお前のそばにいてやるぞ、決してこの薄暗い宮殿を出まい。ここに、俺はここにとどまる、お前の侍女の蛆虫とともに、おお、ここをとこしえの安住の地と定め、悲運の星の縛《なわ》めから、憂世の煩《わずら》いに疲れはてた五体を解き放ってやろう。目よ、これが見納めだ、腕よ、最後の抱擁を！　唇よ、おお、命の息の扉、お前は今こそ、この世のあらゆる物を独り占めせねば気のすまぬ死神に口づけし、奴と無期限の契約を取り交わすがよい！　さ、この苦い手引きを、お前の出番だぞ、飲みにくい水先案内！　波にもまれ疲れはてたこの船を、今こそ堅牢無比の岩角へ打ち当てろ、この杯を愛する妻のために！（飲む）おお、嘘はつかなかったな、薬屋！　この効き目の早さ。こうして口づけをしながら俺は、死ぬ。（死ぬ）［注⑤］

サンダ　？　これで終わりかな。

ブッチ　せっかくだから拍手してやろうか。

サンダ　よせよせ、図に乗るだけだ。若いうちは苦労せにゃあ。

ブッチ　それにしても長かったな。

サンダ　俺は途中でもう帰ろうかと思ったよ。

ブッチ　右に同じだ。しかし、俺たちの捜査に一条の光を与えてくれたことには感謝せにゃいかん。

サンダ　うん？

ブッチ　彼女の死因が分かったんだ。外傷がなく首を絞められた形跡もないとすれば、ズバリ、いまの芝居のロミオと同様、毒物を飲んだんだ、いや、飲ませたんだ。

サンダ　てことは？

ブッチ　芝居の台詞を借りて自白するなんて、四季の研究生とは思えぬ見上げた役者根性だ。

サンダ　惜しい役者を亡くした。

三人、ヒムロに向かって両手を合わせて首を垂れる。

ヒムロ　ちょっと待ってくださいよ。（と、起きる）

サンダ　アラ。きみ死んだんじゃなかったの？

ヒムロ　ふざけないで下さい。あなたたち本当にちゃんと調べたんですか。

ブッチ　ずいぶん無造作に性感帯を刺激してくれるな、せっかく褒めてやったのに。

ヒムロ　だってカスミは、今朝も元気に出かけたって、うちのおばあちゃんも言ってるんですよ。

サンダ　きっと元気がありあまってンだ。

ブッチ　死んでも働きに行ける若さがうらやましい。

ヒムロ　カスミ、なんとかしてくれよ。お前のお陰で兄さん、殺人犯にされかかってるんだぞ。カスミ、もういい加減に起きて、ことの次第を刑事さんたちに説明してやってくれよ。

サンダ　そう願えればこっちもありがたいんだが、幸か不幸か、死人に『くちなしの花』は渡哲也の持ち歌だ。

カオル　（ヒムロに）もっと近くに寄ってよくご覧になった方がいいんじゃないですか。

ヒムロ　？

カオル　このひとは本当にあなたの妹のカスミさんなんですか？

ブッチ　カオル先生。折角まとまりかけてる話を、また元の振り出しに戻すようなことは言わないで下さいますか。

カオル　だって妹さんが朝、お仕事に出かけたっていうのは嘘じゃなさそうだし、それに、このひとは彼女の顔をちゃんとまともに見てないんですよ、まだ一度も。

ヒムロ　顔なんか見なくたって分かります、兄妹《きょうだい》なんですよ、僕たちは。いくらしばらく会ってないからって、あそこで横になっているのは妹のカスミだってことくらい、百メートル先からだって分かりますよ。あの服には見覚えがあるし、あの靴だって。あれはカスミが高校に入った時、僕がお祝いに買ってやったものなんです。

ブッチャー　じゃ、なんでお前は彼女の顔を見ないんだ。怖いからだ、後ろめたいからだ、違うか！

ヒムロ　（と、言って定位置に引っ込む）違いますッ。だって……、恥ずかしいじゃないですか。

サンダ　兄妹なんだろ？　お前たちは。

ヒムロ　兄妹だから恥ずかしいんです。僕が東京に行き、離れ離れに暮らすようになってもう五年。久しぶりの再会をいったいどういう顔で演じたらいいのか分からないんですよ。

サンダ　浅利に聞け、浅利慶太に。

ヒムロ　先生の頭の中は『キャッツ』のことでいっぱいなんですよ。

サンダ　辞めちまえ、四季なんか！

ブッチ　つまり、昨日ここで彼女とは会っていないと言うんだな。

ヒムロ　そうです。まともに顔も見られないのに、こんなところでふたりっきりで会うわけないでしょ。

チャー　（被せて）嘘をつけ！　お前は狼、いくら純情ぶったって俺には分かる。お前はセックス・アニマルだ！（と、言って定位置に）

カオル　ひょっとして、田舎に帰って来てからこうして妹さんに会うの、これが初めて？

ヒムロ　言われてみれば……。まだあいつの声も聞いちゃいなかった。

ブッチ　いつ帰って来たんだ。

ヒムロ　一昨日の夜遅く。

サンダ　まる二日もひとつ屋根の下にいて声も聞いてないのか？　信じられん。

ブッチ　家族の声も届かぬほどの豪邸に住むおぼっちゃまとは思えんが。

ヒムロ　別にお互い避けてたわけじゃないんです。日中はカスミが仕事で家にはいないし、カスミが仕事で帰ってくる頃には、昨日も一昨日も、高校時代の友人と遊びに行ってて僕はいないし、僕が飲んで帰って来る頃にはカスミは寝てるし、朝になって僕が起きる頃にはカスミは仕事でもういない、という具合で。

カオル　まるでメロドラマのすれ違い。

ヒムロ　だからこそ今日はあいつの仕事が終わる時間を見計らって、こうしてここまで

サンダ　（被せて）ということは？　この男の言ってることがすべて本当だとすると……

ブッチ　答えその①彼女が殺されたのは昨日ではなく今日である。

ヒムロ　答えその②彼女は死んだふりをしている。

カオル　答えその③彼女が彼の妹だというのは間違いである。

チャー　答えその④ヤツの言ってることはすべてデタラメ。（と言って定位置に）

サンダ　（考えても分からないので）ああ、アタマ痛え。

カオル　大丈夫ですよ、刑事さん。一番と二番の答えはありえないんですから。だってわたしは昨日、ここで彼女が殺されているのをハッキリ見たんですから。こんがらがることないわ。答えは三番よ。

チャー　待ってください、答えは四番まであるんですから。そうか。

（以下、芝居がかって）あの時のふたりの様子をなんとなく僕が奇妙に感じたのは、そして、バスケットのマングースが突然あんなに騒ぎだしたのは、ふたりが兄妹だったからなんだ。ありふれた若いアベックがありきたりの会話をしているようには見えなくて、もちろん、仲のよい兄妹とはつゆとも見えず、ありうべき兄と妹の一線を超えた、こいつらふたりが醸し出す、固有のあやしい空気感のなせる業だったんだなあ！

ブッチ　お前も相当クサいなあ。

チャー　はい。僕も村の青年団で芝居をやってるんです。

ヒムロ　ふん。

チャー　お前、青年団をバカにしたな。
ヒムロ　証人がいればいいんだろ？　お前がここで俺を見かけた時間に、カスミはここことは別のどこかにいたという証明が出来れば。
チャー　そんなこと出来るもんか。（バスケットを軽く叩いて）俺には心強い証人もいる。お前は昨日の夕方六時、確かにここでこうして彼女といやらしい話をネッチョリしてたんだ。（と、ふたりネッチョリの真似をして）
カオル　昨日の六時？
チャー　そうです。家に着いたのは六時十五分頃でしたから。
カオル　わたしが彼女を発見したのは、五時二十分くらいだったのよ。
チャー　ウソ?!
カオル　なんだかあなたの話もあやしくなってきたわね。
チャー　いや、だって……
ブッチ　もしかして時間を間違えてるんじゃないのか？　一時間くらい。
チャー　ああ、そうかも、きっとそうです。うちの時計は日によってずいぶん進んだり遅れたりするから。訂正します。五時です。ここで卑猥なふたりを目撃したのは確か五時前後、……いや、待てよ。家に着いた時、確か六時のニュースをやっていたからな。ということは……
サンダ　（被せて）ということは、途中で寄り道でもしたんだよ。
チャー　寄り道したんでしょうか？　僕。
サンダ　知らねえよ。マンちゃんに聞け、お前の可愛いマンちゃんに。
ブッチ　酒でも飲んでたんだよ、こいつ。
サンダ　そうか。だからここを通りかかった時、マングースが騒いだんだ。
チャー　確かに、前の晩に飲み過ぎて少々二日酔い気味だったけど、でも、僕は本当に見たんです。
ブッチ　見た見たっていったい何を見たんだ。だいたい、お前さっきなんて言った？
チャー　さっき？

ブッチ　お前が昨日ここで見かけた男だよ。
チャー　歳は二十七、八。背は高くて目はパッチリと色白で。
ブッチ　（被せて）嘘つけ！　歳は三十七、八。背が低くてヒゲ面で、目つきがいかにも好色そうだって言ったんだぞ。
サンダ　あ、よく考えたらソレ、お前のことなんじゃないか？（と、ブッチに）
ブッチ　（チャーリーに）お前……
チャー　すみません。刑事さんがそばにいたもんだからツイツイ口が滑ってしまって。
ブッチ　分かった。滑り止めにその口の中に鉛のタマを詰め込んでやろう。（と、拳銃を抜く）
チャー　ワー。（と叫びながら、カオルの後ろに隠れる）
サンダ　まったく。大山鳴動して鼠一匹とはこのことだ。
ヒムロ　でも、彼と会うのはこれが初めてじゃないような気もするな。
チャー　バンザーイ。でしょでしょ。昨日の夕方、僕らはここで会ってるんです。ああ、捨てる神あれば拾う神あり。昨日の敵は今日の友。握手して下さい。
ヒムロ　だけど、昨日はひとりだったんですからね、僕は。
チャー　いや、まあ、その件はこっちに置いといて。（と、ヒムロの手を握り）
ブッチ　時間は？
チャー　六時ですよ、六時。
カオル　五時半くらいだったはず。
ヒムロ　でも、もうずいぶん暗かった。
カオル　そうね。昨日はあまり天気も良くなかったし。（自分に言い聞かせるように）わたしが時間を間違えてるはずはありません。昨日も家には六時前には着いていますし。嘘だと思ったらうちの父に聞いて下されば。
サンダ　カオル先生、嘘ツカナイ。インディアン、信ジル。
チャー　なんだよ、女にばっかりいい顔しやがって。
サンダ　いまなんか言ったか？
チャー　いえ、こいつがボソボソ。（と、バスケットを

前に出し）

ヒムロ　（ブッチに）彼女は確かに昨日、ここで殺されてたんですね。

カオル　そうよ、昨日の夕方。

ヒムロ　ということは、少なくともカスミが今日も仕事に出かけてることが証明できれば、とりあえず僕は無罪放免になるわけだ。

ブッチ　そう、とりあえずは。

サンダ　となると、アレはこの男の妹じゃないってことにならないか？

ブッチ　そう、カスミという妹が彼女のほかにもうひとりふたりいなければ。

ヒムロ　カスミは生きてるんですよ、あそこで、ああやって。

カオル　自分の目で見て、手で触れたらなにもかもハッキリするのに。

ヒムロ　だからいまハッキリさせますよ、あいつの仕事先に電話して。世話のやけるやつだ。もう、カスミのバカ！（と、怒鳴って公衆電話へ）

サンダ　あいつもお利口さんとは言えないな。

ヒムロ　（ダイヤルを回して）アッ、もしもし、タチバナ生花店さんですか。僕、そちらで働いているヒムロカスミの兄なんですけど、えっ？　カスミは病気？　だって今朝もそちらに……、来てない？　いえ、僕にはなにも連絡は……。いえ、こちらこそ。失礼します。

ブッチ　仕事先に行ってないんだな。

サンダ　やっぱり殺されたのは

ヒムロ　（遮って）死んじゃいませんよ、カスミは。……（不安になり）そうだ、ばあちゃんに聞けば……（と、ダイヤルを回す）……（出ないのでイライラ）出ろよ、早く。

ブッチ　いないんじゃないのか？

ヒムロ　もうろくしてて耳が遠いんです。

サンダ　うん？　殺されてンじゃないのか？　婆さんも。

ヒムロ　アッ、もしもし、ばあちゃん？　えっ、僕だよ、僕。だからチョウスケだよ。蝶々のチョウ、助平のスケ。チョウスケ。いまカスミの仕事先に電話したらあいつ、今日は来てないって言うんだけど、何か連絡なかった？　デンガクじゃないよ、レンラク。デンタクじゃないよ、レンラク。ケンガクじゃないよ、センタクでもない、レンラクだって。ああ、もう！　あのねえ

ブッチ　代わろう。（と、受話器を受け取り）もしもし、わたし警察のものなんですが、え？　いや、ケイソツではなくケイサツ。ええ、まあ、制服を着ているのもいます。持ってる鋏でパッチンパッチン。いや、これはカイサツですな。おばあちゃんも冗談がお上手で。そうじゃなくって、そう、笑顔も大事です。なんたって公僕ですから。おはようございます、今晩は。ア、これは挨拶ですね。参ったな、どうも。ああ、それそれ。悪いヤツのところに忍び込んで、覗いたりメモしたり　…。馬鹿野郎、それは偵察だ！（と、電話を切り）あのくそ婆あ、俺たちをきっと舐めてンだ。

カオル　（サンダンスに）あのう、ちょっとおたずねしますけど。

サンダ　はい、なんでしょう？

カオル　さっき、まだ鑑識のひとが来ていないから彼女は動かせないっておっしゃいましたけど、でも刑事さんたち、、このロープの中に入ってはいるんですよね。

サンダ　いえ。わたしは一度も　…

ブッチ　右に同じです。わたしがこの現場に到着した時には、もうすでにこうして立入禁止の札が下がっていましたから。

カオル　じゃ、誰かが動かしたのね。

ブッチ　動かした？　何を。

カオル　彼女です。昨日は右手を枕にしていたんです。それがいまはああやって　…

ヒムロ、突然の大笑い。

サンダ　どうしたんだろう？

ブッチ　さっきの電話のせいだよ。俺だってあんな会話があと三十秒も続いたら、どうなったか分からないからな。

ヒムロ　カスミはやっぱり生きてる。昨日と今日と手の位置を変えて、自分は生きてるってサインを送ってるんです。あいつも、僕との五年ぶりの再会をどう演じたらいいのか自分なりに考え、考えに考えた挙句の答えがこれ。お前は「ロミ・ジュリ」の第五幕第三場、ヴェローナの墓地でのふたりのように、俺たちの再会を演じたらどうかと考えたんだ、そうだろ。兄さんが実家に帰ってきてからそろそろ四十二時間。誰の目にも死と映る、その長い眠りから目覚める時間はとうに過ぎた。いいか、シェイクスピアの指示する通り、兄さんのロミオが死んだら、ジュリエットのお前はすぐに起きるんだ。

(以下、再び「ロミオとジュリエット」より)

さ、この苦い手引きを、お前の出番だぞ、飲みにいく水先案内人！　波に揉まれ疲れはてたこの船を、今こそ堅牢無比の岩角《いわかど》に打ち当てろ！　この杯を、愛する妻のために！（飲む）おお、嘘はつかなかったな、薬屋！　この効き目の早さ。こうして口づけをしながら俺は、死ぬ。（死ぬ）［注⑥］

ブッチ　ここまでだ。せっかくの熱演もどうやら空回りだったようだな。

ヒムロ　カスミ……

サンダ　しっかり顔を見てよく確かめた方がいいんじゃないのか、本当にこれは妹さんなのかどうかを。（と、ヒムロの体を強引に起こす）

ブッチ　どうなんだ？　やっぱり妹さんなのか。

サンダ　黙ってちゃ分からねえんだよ！

ヒムロ　……分からない。

サンダ　兄妹なんだろ、お前たちは。

ブッチ　さっきは百メートル先からだって分かるって言ったじゃないか。

ヒムロ　この年頃の女の子を見ると誰もがカスミのように見え、と同時に、合わなかった五年の間に、カスミはすっかり変わっているはずだという思い込みが僕の中にあり、だから、この女の子が僕の瞼に焼きついているカスミに似てれば似てるほど、なんだか別人のように思えるんです。でも　…、彼女が死んでいるとは思えない。

ブッチ　誰でもみんなそう言うよ。

サンダ　どんな死顔も、そいつが亡くなって初めてお目にかかるんだからな。

ブッチ　マルデマダ生キテルミタイ　…

カオル　中に入ってはいけませんか。

サンダ　いけません。ここは立入禁止です。

　　カオル、ロープの向こうに入ろうとする。

ブッチ　駄目だっていってるだろ！（と、止める）

カオル　なぜ？

ブッチ　どうして中に行きたいんだ。

カオル　だって、昨日と違うんだもん。

サンダ　毎日違う。毎日が新しい。だから生きてたって退屈しないんですよ。違いますか？　カオル先生。

カオル　いったい誰が彼女を　…

ブッチ　死人だってきっと寝返りくらいうつんですよ、退屈な時にはね。誰も死んだことがないから、そういうことを知らないだけさ。

カオル　あなた方、本当に刑事さんなんですか。

サンダ　風が出て来たな。

ブッチ　夕方の風だ。

チャー　すみません。いま何時ですか？

サンダ　だから夕方だって言ってるだろ。

チャー　（バスケットを揺すり）静かにしてろ！　家に帰ったらすぐにエサはやるから。

ブッチ　夕方のことを黄昏時ともいう。誰《た》そ彼。彼は誰だろう？　つまり、誰が誰だか判別がつきにくい時間だってことだ。

サンダ　そう。だからこの時間になると、誰でも誰かになれるんだ。

チャー　僕は事件の目撃者。確かに見たんだ。昨日の夕方、彼女と犯人らしき男がベンチに座って、なにやら深刻そうに話しこんでいたのを。

ヒムロ　僕はカスミの兄。僕らはロミオとジュリエット。

ブッチ　夕方は、魔物に逢う時と書いて、「逢魔が時」

とも言う。
サンダ　だからこの時間になると、どこからかやって来た、見たこともない誰かと出くわすことが出来るんだ。
ブッチ　空が赤く染まってきてる。
チャー　夕方だからさ。天気が良ければ夕方になると西の空が染まるんだ。
サンダ　え？　こっちは東でしょ？
チャー　バカ。東の空が染まるのは夜明けの朝焼けじゃないか。
サンダ　ああ……。そうですよね。これからまた一日が始まるんじゃ、たまりませんもんね。
ブッチ　しかし、どうしたんだろう？　いつもならもう日が落ちきっていい頃なのに。
チャー　ホシが上がらないからさ。
カオル　そうか。西の空があんなに赤いのは、アレ、イライラ怒ってるからなんですね。
サンダ　きっと一昨日みたいに、一度に落ちて夜になるんだわ。
ブッチ　そうなる前に俺たちの手でホシを挙げなきゃ。
チャー　ホシさえ挙がれば、カオル先生、どこもかしこもお出入り自由。いま少しのご辛抱を。
サンダ　ホシ、挙がりますか？
ブッチ　挙げるのが俺たちの仕事。挙げるためにここへ来たんだ。
サンダ　時間は残りいくばくもないが慌てず騒がず、いま我々が入手している情報をもう一度ひとつひとつ確認してみよう。
ブッチ　まず〈事件〉があった。これは動かしがたい事実だ。
サンダ　事件がなければ問題がなくなり、問題がなくなれば解答もなくなる。つまり、ホシの挙げようがなくなるってことだからな。
ブッチ　大丈夫だ。〈事件〉の第一発見者がいる。
サンダ　カオル先生だ。
ブッチ　彼女の存在はなによりの救い。発見したのは夕方五時二十分頃だという。
サンダ　この証言の正しさは、先生のお父さんが証明して下さるだろう。
〈被害者〉の存在。これも動かしがたい事実だ。

ブッチ　被害者は事件の主役。事実を支える大黒柱、これを動かすわけにはいかない。
サンダ　身元を明らかにしたい。
ブッチ　なんといっても主役だからな。
サンダ　無名の新人の抜擢も一瞬アタマをよぎったが、ここは一番、安全有利の高利回り、ヒムロカスミとしておこう。
ブッチ　彼女がヒムロカスミである可能性はかなり高い。なぜなら、彼女はヒムロカスミであるかそうでないか、答えは二つに一つまで絞られているからだ。
サンダ　五割の確率。あのランディ・バースの打率だって四割に満たなかったことを思えば、これは驚異的な確率、信頼するに足る数字だ。事件の四番をまかせよう。
ブッチ　犯人らしき男を見たという〈目撃者〉もいる。
サンダ　これを動かしがたい「事実の項」に加えていいものかどうか。
ブッチ　どうやらなにかを目撃したことは確からしい。だが、なにを見たかについては未だに疑念が。
サンダ　証言の曖昧さをついてこいつを引っくくることだってできる。
ブッチ　文字通りただのネズミだ。猫の手一本でホシに仕立て上げることくらい朝飯前だが、問題は彼と一心同体の
ふたり　マングース！
サンダ　ホシは英語で言えばスター。いくらスターが庶民の手の届かぬ存在だとはいえ、手を伸ばせば届くかもしれないという幻想をふりまくことが大切だ。
ブッチ　見上げれば、ホシは常に我らが天上にある。いったい誰が想像の中のマングースを見ることが出来るだろう？　いや、いったい誰がそんなもののために顔を上げ手を伸ばしたいと思うだろう？
サンダ　被害者・カスミの兄がいる。
ブッチ　〈目撃者〉の証言によれば、彼がホシであるらしい。
サンダ　確かに動機はある。それは、目にも見え目にも届きそうな、優しく気恥ずかしい胸のドキ

ドキ動悸が証明するだろう。

ブッチ　なにより、被害者の関係者であるところが臭い。それがたとえ無関係という関係であったとしても。

サンダ　しかし、事件の中心で輝き、何でも知っているのがホシである。ところが、こいつときたらなんにも知らずすべてに暗い。妹とはいったい誰でいまどこにいて何をしているのか、なにひとつ知らないのだ。ああ、アタマ痛エ。

チャー　アッ、コラコラ何処へ行くんだ。（と、マングース？を追いかけてロープの中へ）

ブッチ　この野郎、入っちゃ駄目だって言ってるだろう！（と、慌てて引き戻す）

チャー　でも、僕のマングースが……

ブッチ、狂ったようにチャーリーを殴る蹴る。
と、その時、公衆電話のベルが鳴る。
一瞬の緊張の間。カオルが電話に向かう。

カオル　（受話器を取って）もしもし。もしもし、もしもし、もしもし。

「モチモチ。目を閉じたままでしか見えないモノってなんですか？」と、話し始めたのは、カスミである。

カスミ　（上体を起こし）見ているときには見えないが、見てないときに見えるもの。千回も喜びを与え、あるいは千回の哀しみをもたらす。だまされていると知りながら、みんなわたしを大事にします。わたしはいったい誰でしょう？

カオル　答えは夢よ。

カスミ　ミルクのように白く、木炭のように黒い。蜜のように甘いのに、レモンのようにすっぱいものは？（と、立ち上がってヒムロに問いかける）

ヒムロ　答えは愛だ。

カスミ　穴の中に住んでいて、誰も呼んでないのに勝手に返事する、愛嬌者だけど嫌われ者は？

チャー　はい！（と、手を挙げ）答えは屁です、屁。

カスミ　昼は眠って夜めざめます。家より高く、ネズミより小さく、ろうそくのように燃えている。暗くなればなるほどよく見えるものは？

サンダ　答えは星だ。

カスミ　川を渡ってやって来る。上衣もベルトもしていない。細くてかたい足のひと。誰もが一度は出会うひと。一度会ったら二度と会えない。誰も彼から逃げられない。このひとは誰？

［注⑦］

ブッチ　答えはこれだ。（と言って、拳銃を抜き、カスミを撃つ！）

カスミは微笑んで、微動だにしない。

サンダ　今度はこっちから問題を出そう。どんなほら吹き、大嘘つきでも、言うに言えない、言ったら絶対バレてしまうホラってなんだ。

カスミ　「ワタシハ　死ンデイマス」……（と言って、崩れる）

ブッチ　事件だ、サンダンス。

サンダ　了解。被害者《ガイシャ》の身元は？

ブッチ　被害者の兄貴が知っている。

ヒムロ　カスミ、カスミ。（と、駆け寄り、カスミをかき抱く）

サンダ　死因は？

ブッチ　多分、なにかに当たったんだ。

サンダ　食あたりか？

ブッチ　おそらく。外傷がないからな。

サンダ　死亡推定時刻は？

ブッチ　第一発見者のカオル先生に聞き取りするんだ。

カオル　幼稚園を出たのが五時を少し回った頃でしたから、多分五時二十分頃だと思います。

サンダ　犯人は？　目撃者はいないのか。

チャー　はい。歳は三十七、八。背が低くてヒゲ面で、いかにも好色そうな目つきをした男。多分、アレがホシです。

サンダ　フー。そこまで分かってりゃ俺は用なしだな。

ブッチ　もちろん、俺ひとりで出来なくはないが、猫の手の一本も応援に回してくれたら大いに助かる。ときどき背中が痒くなるんでな。

サンダ　（ヒムロに）おそれいります。ここは一応、立入禁止になっているんです。（と、カスミから引き離し）規則なんですよ。

ヒムロ　どうして妹は、こんな時間にこんなところで眠っていたんだろう？

サンダ　彼女も自分以外の誰かになりたかったか、どこからかやって来るはずの知らない誰かを待っていたのか……

ブッチ　いまとなっては宵待草にでも聞いてみる他、手はありませんな。

サンダ　鑑識の取り調べが済み次第、妹さんはお返ししますので、今日のところはお引き取りを。

チャー　刑事さん、僕はどうすれば……？

サンダ　ああ、チャーリー。もちろん帰っていいよ、協力ありがとう。きみのお陰で事件は間もなく解決するよ。マングースを大事にな。

ブッチ　さあ、カオル先生もそろそろお帰りにならなきゃいけない時間だ。急がないと五時半までには家に着けない。

カオル　わたしが昨日の夕方、ここで見たのはいったいなんだったんですか？

ブッチ　デ・ジャ・ビュ。

カオル　デ・ジャ・ビュ？

ブッチ　デ・ビュ・ジャの変形。きっと夢を見たんですよ、正夢ってやつを。

カオル　あなたたちは本当に刑事さんなんですか？

サンダ　いったいきみは今までなにを見てたんだ。こいつは犯人じゃないか。さあ、行こうか、ブッチ。

ブッチ　ヘイ。すみません、ダンナ。いろいろお世話をかけまして。（と、両手を差し出す）

サンダ　（その手に手錠をかけ）どうしてこんなことをしたんだ。

ブッチ　ヘイ。ダンナと別れたくなかったんで。

またもや劇中劇が始まる。ベケットの『ゴドーを待ちながら』である。

サンダ　…もうどのくらいになるのかな。

ブッチ　そうだな、五十年くらいかな。

ふたりは座り込む。

サンダ　俺がデュランス川へ身投げした日のこと、覚えてるかい？

ブッチ　ぶどう摘みをしてたっけ。

サンダ　おまえが俺を釣り上げちまった。

ブッチ　過ぎたことさ、みんな。

サンダ　俺の服が日の光で乾いたっけ。

チャー　なにをやってるんですか？　おふたりは。

カオル　きっとお遊戯の時間なのよ。

サンダ　お互い別々に、ひとりでいたほうがよかったんじゃないかな。同じ道を歩くようには出来ちゃいなかったんだ。

ブッチ　どうかな、それは分からない。

サンダ　分からないといえば、なんだってそうだ。

ブッチ　そのほうがいいと思うんなら、いつだって別れてやるぜ。

サンダ　今じゃもう無理だろう。

ブッチ　そうだな、今じゃもう無理だ。［注⑧］

サンダ　寒くなって来たな。

ブッチ　ヴォリビアならいつも真夏だぜ、サンダンス。

サンダ　じゃ、行こうか、ブッチ。

ブッチ　ああ、ヴォリビアへ。

ふたりが立ち上がりかけたその途端、バリバリバリと自動小銃の連射の音が。

映画『明日にむかって撃て』のラストシーンで響きわたる音である。

暗転。

明るくなると、自転車のハンドルを両手で握りしめ、カオルがひとり、呆然と立ち尽くしている。

カオル　……（記憶を取り戻しつつ話し始める）幼稚園を出たのが五時をまわった頃でしたから多分、五時二十分くらいだったと思います。

冒頭と同じ調子で語り始める。

風が吹いて来た。宵待草が騒ぐ。一本の木も揺れ動くほどにその激しさは増していくが、カオルは微動だにせず語り続ける。

ゆっくりと幕が下りる。
語り続けるカオルに、「もう終わりだ！」と言わんばかりに、幕のむこうで電話のベルが鳴っている。風吹きすさび、ドーと木が倒れたような大音響も聴こえるが、もう誰も何も見えない。

おしまい

［注］

注①② 于武陵《うぶりょう》の詩「勧酒」の井伏鱒二訳を引用。

注③ 引用元不明

注④ S・ベケット『ゴドーを待ちながら』冒頭の場面設定のト書きに準じたもの。

注⑤⑥ W・シェイクスピア『ロミオとジュリエット』（福田恆存 訳）より若干手を入れて引用。

注⑦ 柴田武 他編『世界なぞなぞ大事典』（大修館書店）より若干手を入れて引用。

注⑧ S・ベケット『ゴドーを待ちながら』（安堂信也・高橋康也 訳、白水社）より若干手を入れて引用。

東京大仏心中

登場人物

中谷耕作

遊子

1

暗闇から男（耕作）の声が聞こえる。

耕作　あ、おはようございます。「耳の間」の中谷ですが。昨晩はどうもお騒がせしまして。

明るくなる。朝。浴衣姿の父、中谷耕作が、フロントに電話している。
TV、電話、座卓等々があり、庭を臨む縁側にはテーブルと二脚の椅子がある。
ごくありふれた旅館の一室。うるさいほどのセミの声。

耕作　（前に続けて）いやいや、こちらこそ年甲斐もなく、ほんとに申し訳ありませんでした。いや、お恥ずかしい。

よく見れば、耕作がかけている眼鏡の片方のレンズにはひびが入っている。

耕作　で、実はその、チェックアウトの時間を…、ええ、ちょっと娘のやつが気分が悪いというものですから、お昼まで延長していただきたいんですが…。ありがとうございます。いえ、大したことはないんです。少し横になっていれば、ええ。昨日はアチコチ歩き回りましたし、それに、せっかく来たんだからって大仏様の、例の胎内巡りというんですか、アレにも挑戦をして、多分、その疲れがでたんでしょう。

二つ並んだ一方の蒲団で、死んだように眠っているのが娘の遊子である。

耕作　いやいや、それが。最初はそのつもりで、展望台になってるあの眉間の渦巻きまで登るつもりだったんですが、途中ですっかり息が上がってしまって、それで喉仏を、ええ、拝んだだけで。ハ、ハ、ハ（と、笑って）。説明書には高さ八十メートルとありましたが、らせん階段になっておりましたから　…、ああ、そうらしいですね。遺伝子の、ＤＮＡの二重螺旋と同じ勾配になっているとかで。しかし、あれはわたし達のようなナマクラにはやっぱりきついです。　…ああ、そうなんですか、ホー。それは知りませんでした。説明書にはそんなこと何も書いてありませんでしたし。うーん、じゃ、やっぱり少しくらい無理を押しても上まで行かなくっちゃいけなかったんですね。そうか、それは惜しいことをしたなあ。　…ああ、いえいえ、とんでもない。じゃ、すみませんがそういうことで、よろしくお願いします。（と、受話器を置き）　…さてと。

座卓の上には、紙袋から転がり出た夏みかんと夏みかんの皮がそれぞれ三つ四つ。

部屋の隅には旅行鞄が二つ。耕作はそれらをひとつひとつ確認するかのように、部屋の中を見回して　…

耕作　着替えるか。

縁側に出て、少し隙間が出来ているカーテンをきっちりと閉め、タオル掛けに干してあったタオルを手に取る。

耕作　その前に風呂に入って、と。（と、鞄を開けて）

無造作に中のものを放り出した挙句、シャンプーを取り出す。

耕作　ちょっと、これ借りるよ。（と、眠っている遊子に声をかけ）ついでにヒゲでも剃っとくか。（と、今度はもうひとつの鞄を探り）えっ？（と、薬瓶を取り出した後）

眼鏡を外し、レンズのヒビの具合を確認してかけ直し、薬瓶を再度見て　…

耕作　なんだ、やっぱりここにあったんじゃないか。

鞄から出した数枚の絵ハガキに目が止まる。

耕作　（手に取り）「北島毅志様　前略。その後、お変わりありませんか。来月嫁ぐ娘と東京に来ています。昨日は久しぶりに池永と再会。糖尿の気があるとかで少々痩せたようですが、往年の毒舌はいまなお健在。貴兄も俎上にのせて酒の肴としました。悪しからず。以上、旅先より近況報告まで。草々」
「大江原明様　前略。九月も半ば過ぎだというのに、真夏日が続く毎日。今年の東京の暑さは空前絶後のものだそうです。寝苦しい熱帯夜の悪夢にうなされて一句。食えぬ茸光り獣の道せまし　草々」［注①］
「戸川哲男様　前略　東京の新名所、東京大仏は、起き上がるとサンシャイン・ビルを凌ぐと、その大きさを誇っているのですが、はたして、いかなる理由のもとに起ち上がるのでありましょう。その日が来るのを心待ちにしつつ。草々」（と、三枚を読み終えると）

それらを二つに裂き四つに裂いて灰皿に入れ、それに火をつける。そして　…

耕作　立つ鳥跡を濁さず、と。

夏みかんの皮などを屑入れに捨て、さっき鞄から出したカメラやみやげ物等を元通り鞄に収めようとするが、それがなかなか。

耕作　（苛立たし気に）大仏焼きに大仏煎餅に大仏最中に大仏饅頭か。どうするんだ、これ。お向かいの平山さんのところにまとめて送るのか、ええっ？　誰それのところにはナニナニをお願いしますって手紙でもつけて。そこまで図々しくなれたら見上げたものだが　…（と

言って、フーとため息をつき）

リモコンでTVのスイッチを入れる。画像が乱れている。チャンネルを変えてもそれは変わらない。TVを叩く。激しく叩く。

耕作　えっ？（と、遊子の方を振り返り）おいおい、よせよ。わたしが壊したんじゃない、壊れてたんだから。ほんとだよ、だからこうして…。まあ、叩いて直るものでもないことは分かってるんだが（と、もう一度叩き）…、しょうがないな、まったく。時間が分からないじゃないか、正確な時間が。（と、なおも執拗にリモコンなどいじりながら）いや、朝ご飯は確か八時半までだろ、だから、ゆっくり風呂なんか入ってる時間があるのかどうかと思ってね。別に騒ぎ立てるほどの問題でもないんだが ……。え、クスリ？　分かってる。食後三十分以内に飲めば　……（と、鞄を探り、パンツを取り出し）パンツ？　パンツはいいだろ。（と、鞄に戻す）

電話のベルが鳴る。

耕作　（ハッと驚くが）……（受話器を取って）はい。ああ、井上くんか。ちょうどよかった。いま電話しようと思ってたところなんだ。予定が変わってね、遊子が、ついでだから鎌倉まで足を延ばそうと言い出して。そう、別に大仏なんか見比べたってしょうがないと思うんだが　…。さあ、帰りは何時になるか。女王様は気まぐれだからね。いや、もちろん今日中には帰るよ、わたしも明日は仕事に出なきゃならんし　…。遊子かい？　いるよ。まだ寝てるんだ。（と、遊子を見て）きみは知らないと思うが、朝が弱くってね。そう、血圧の具合らしいんだが、死んだ女房に似たんだね。起こそうか？　いや、そろそろ起きてもらわないと今日の予定も立たんから　…。遊子、井上くんから電話だ。遊子、遊子　…。しょうがないヤツだな、まったく。駄目だね、駄目みたいだ。死んだように眠ってる。すまないね、せっかく電話してくれたのに。なにか伝言でもあれば……。そう。……そっちの天気はどうだい？　ああ、そりゃあよかった。うん、こっちも三日間ずっとお天気に恵まれて……。だから、そう、そうだね、帰りの飛行機の時間が決まったら、遊子に電話させるよ。じゃ……（と、受話器を置く）。

それから耕作は、おもむろに夏みかんを手に取って、その匂いを嗅ぐ。そして更にもうひとつ取り上げ、お手玉をしようと試みるが、うまくいかない。夏みかんは転がって、眠っている遊子の顔の傍に。すると何を思ったのか、耕作はカメラを手にして遊子にピントを合わせ、シャッターを押す。フラッシュが光る。暗くなる。

再び蝉が鳴きだす。

2

蝉しぐれはおさまって。明るくなると、前夜である。

遊子が土産物等を鞄の中に入れている。二組の蒲団は畳まれて部屋の隅に。

耕作が現れる。風呂に行っていたらしい。眼鏡のレンズにひび割れはない。

遊子　ずいぶんゆっくりだったのね。

耕作　隣の「鼻の間」のご主人につかまってしまって。よく喋るね、あのひとは。次から次と憑かれたように喋るんだ、呆れたよ。こっちは相槌をうつ暇もないんだから。それだけじゃない、声が大きいのなんの。場所が場所だろ、エコーがかかって響く響く。

遊子　バカみたい。耳だけ置いて出て来ちゃえばよかったのに。

耕作　ああ、その手があったか。今度はそうするよ。（と、笑いながら）

遊子　お父さん、ちょっとそれ……（と、座卓の上を指さし）

　　耕作、夏みかんを放る。

遊子　違う。カメラカメラカメラ。

　　耕作、カメラを差し出す。

遊子　（受け取って）おばさんのお土産、お饅頭でいいかしら。

耕作　ああ。なな枝はサーカスの熊と同じで、甘いものさえ与えておけば文句は言わないさ。

遊子　ひどいわ。いつもお世話になりっぱなしなのに。

耕作　アレでもう少し口数が少なければね、悪い女じゃないんだが。

遊子　（カメラを構えて）お父さん、こっち向いて。

耕作　（遊子の言葉に従って）……

遊子　なによ、お風呂に行ったのにヒゲ剃ってこなかったの？

耕作　剃刀持っていくのを忘れてしまったんだ。

遊子　パンツは？　とり替えた？

耕作　替えたよ。

遊子　もう。ほんとにしょうがないんだから。（と、カメラを構える）

耕作　おい、キャップキャップ。

遊子　いけない。どうもおかしいと思ったら……（と、キャップを外して）

　　シャッターを押すが

遊子　いけない、フラッシュを……（と、そのようにして）ハイ、いきまあす。（と、再度シャッターを押すが）あれ？　いかない。なんで？

耕作　何をしてるんだ。ちょっと、ほら……（と、手を差し出してカメラを受け取る）

遊子　壊さないでよ。

耕作　分かってる。

遊子　アヤに借りてきたんだから。

耕作　大丈夫だよ。

遊子　だってお父さん、なんだって壊しちゃうんだもん。ひとがよさそうに見えて、ほんとは信じられないくらい短気なんだから。ひとのことは言えないんだけど。アヤによく言われるの、あんたはオットリ短気だから油断が出来ないって。

耕作　オットリ短気？

遊子　つまんないとこ似ちゃった。（と、夏みかんを取る）

耕作　食べるのかい？

遊子　え？

耕作　それ、五つめじゃないか。

遊子、夏みかんをもうひとつ取って、お手玉のように二度三度。

耕作　お前……

遊子　なに？

耕作　いや、別にいいんだが……

遊子　なによ。バカみたい。（と、夏みかんを置いて、鞄の方へ）

なんとなく気まずい雰囲気。

耕作　（それを解きほぐすべく）ああ、そうだ。お向かいの平山さんの土産は……

遊子　お煎餅買ったから。（と、ツッケンドンに）

耕作　煎餅か。

遊子　いけないの？

耕作　最近入れ歯にしたって言ってたけど、大丈夫かな。

遊子　平山さん、入れ歯なの?!

耕作　入れ歯らしいんだ。

遊子　だって、頭もカツラでしょ。

耕作　カツラかい？　あれ。

遊子　カツラよ、知らなかったの？

耕作　カツラで入れ歯か。一度素顔を見てみたいもんだね。……いや、見ているのかもしれないな。見てるんだけど、まさかそれが平山さ

遊子　んだとは気がつかないでいるのかもしれない。そうか。ということは、こっちだって思わぬところを見られている可能性もあるということになるわけだ。待てよ。わたしたちが勝手に平山さんだと思って付き合ってるあのひとは、実は平山さんでもなんでもないひとだという可能性だってなくはないから……

傘、二本ともお父さんのバッグの方に入れるけど……

耕作　え？

遊子　傘、こっちに入れるから。

耕作　ああ。……雨が降らなくてよかったね。

遊子　（微笑んで）よく歩いたわね、この三日間。

耕作　歩いたねえ。ほんとによく歩いた。

遊子　上野、浅草、人形町、秋葉原で買い物をして……

耕作　久しぶりに神田で池永と会って、新宿、渋谷、しながわ水族館のジュゴンには笑ったねえ。

遊子　板橋の大仏様にも登ったし。

耕作　ああ。

遊子　中に入って、喉仏を拝んで、目から鼻へ抜けてきたなんて言ったらアヤのやつ、きっと転げ回って羨ましがるわ。

耕作　まあ、転げ回ったりはしないだろうが。

遊子　ううん。あの子、喜怒哀楽が頂点まで行くと、家のなか転げ回るんだって。

耕作　想像するとなんだか怖いね。

遊子　凄いテンション。

耕作　確かに変わってる。会うたびにいつも思うよ、この子は変わってるなあって。

遊子　でも、アヤに言わせるとわたしの方が変わってるって。

耕作　そうかな。わたしはそうは思わないが。

遊子　父親と二人っきりで旅行に行くなんて信じられないって。

耕作　まあ、家庭はいろいろだよ。

遊子　そうよ。うちはずっとお父さんと二人っきりでやってきたんだから。

耕作　……しかし、まあ来てよかったよ。ぜいたくを言えばキリがないが。

遊子　……

耕作　鎌倉へも一日行きたかったね。

遊子　そうね。今度はこんなに暑くない頃に。

耕作　(カメラのファインダーを覗きながら) こんなこと
なら、これまでにもっとお前と方々へ行って
おくんだったよ。でも、もうこれでお父さん
とはおしまいだ。[注②]

遊子の手が止まる。

耕作　帰ったら忙しくなるぞ。なな枝も手ぐすね引
いて待ってるし、お式まであと二週間だ。ま
あ、どこへも連れて行ってやれなかったが、
これからは井上くんに連れて行ってもらうさ。
…直ったみたいだぞ。シャッターのところ
にゴミが詰まってた。

遊子、うつ向いている。

耕作　(それに気づいて) …どうした?

遊子　……

耕作　どうしたんだ、気分でも悪いのか?

遊子　(顔を上げて) 別に。

耕作　ならいいんだが…

遊子　(鞄から着替えなど出しながら) わたし、お風呂
に行ってくる。だからお父さん、あと、自分
の分は自分でやって。(と、鞄を示し)

耕作　ああ、やっとくよ。ゆっくり入っておいで。

遊子　(行きかけて止まり) そうだ。さっき清宮さん
てひとから電話が…

耕作　清宮さん?

遊子　女のひとよ。後でまた掛けるっておっしゃっ
てたけど。

耕作　そう。

遊子　誰?

耕作　局長の、谷口さんの知り合いで、定山渓の方
で山菜を食べさせる店をやってるんだ。釣り
の帰りに二、三度お邪魔したことがあるんだ
が…

遊子　それだけ?

耕作　それだけって、それだけだよ。なんだい、他になにかあるのかい？

遊子　だって、初めて聞く名前だから。

耕作　なにもないよ、あるはずないじゃないか。しかし、ここにいるって誰から聞いたのかな。谷口さんが知ってるはずはないし　…

遊子　お父さん。

耕作　なんだい。

遊子　わたしがいなくなったらお父さんどうするの？

耕作　どうするって　…

遊子　生活よ。

耕作　ああ。

遊子　だってお父さん、ひとりじゃなにも出来ないでしょ。

耕作　まあ、なんとかなるさ。

遊子　ならないわよ、なるもんですか。わたしがいつもそばにいて口うるさく言わなかったら、きっと三日も四日もヒゲも剃らずに平気でいるわ。

耕作　（苦笑して）ヒゲくらい剃るさ。パンツだって毎日替える。

遊子　じゃ、ご飯は？　洗濯は？　お掃除は？　ひとりでいったいどうするの？　お父さんに出来るのは壊すことだけじゃない。十日も経たないうちに、炊飯器が壊れて、洗濯機が壊れて、掃除機が壊れて、冷蔵庫が壊れて、ベッドが壊れて、お風呂が壊れて、玄関が壊れて、二階が壊れて、壊れて壊れて　…、お父さんが困るの目に見えてるわ。

耕作　だからって、いつまでもお前をそばに置いておくわけにも

遊子　（遮って）どうして？

耕作　どうしてって、年頃の娘にいつまでも家にいられたんじゃ、そっちの方がお父さん困る。

遊子　世間体が悪いって？

耕作　まあ、そういうこともあるかもしれないが

…

遊子　じゃ、ご飯も炊けない父親をほっぽらかしにして、勝手に結婚してしまう薄情な娘はどう

耕作　なの？　世間は許すの？　許されるの？
遊子　アッ、薬を飲まなきゃ。（と、鞄を探る）
耕作　……
　（探りながら）わたしのことを心配してくれるのはありがたいがね。大丈夫だよ、お父さんだってひとりになってからのことはいろいろ考えてるんだから。
遊子　平気なの？　わたしがいなくなってもお父さん、寂しくないの？
耕作　そりゃ寂しくないって言ったら嘘になるが、いなくなるって言っても、この世から消えてなくなるわけじゃないからね。
遊子　冷たいのね。
耕作　そうかな。
遊子　冷たいわよ。
耕作　だって我慢しなきゃしょうがないじゃないか、娘が幸せになろうとしてんだから。
遊子　わたし、お父さんのことをほっといて自分だけ幸せになろうとは思わないわ。
耕作　薬はこっちの鞄じゃなかったのかな。（と、呟いて）…お父さん、ほんとにすまなかったと思ってるんだ。お前がいれば重宝だからって、つい手放しにくくなってしまって　…
　［注②］
遊子　だから、わたし　…
耕作　幸せになるさ、お父さんも。娘にいつまでも心配かけてちゃ申し訳ないからね。
遊子　口で言うのは簡単よ。そりゃおばさんだって、あのおばさんのことだからほっときゃしないわ。頼めば面倒みてくれるわよ。だけど、おばさんにはおじさんだっているのよ。そうそうお父さんにばかり気を使ってるわけにはいかないんだから。わたし、分かってるの。分ってるから心配で　…
耕作　だから、一人暮らしはやめるよ。
遊子　！　どういうこと？　それ。
耕作　なな枝がね、そろそろいいんじゃないかって言ってるんだ。
遊子　まさか結婚？　お父さんが？
耕作　ずいぶん前からそんなこと言われて（たんだ

遊子　がね）。

遊子　（遮って）さっきの電話のひと？　清宮さん？

耕作　違うよ。

遊子　じゃあ、誰？　誰なの？　相手は

耕作　まだ先の話だよ。

遊子　嘘よ、嘘だわ。お父さんが亡くなったお母さん以外のひとと、そんなこと出来るはずないもの。

耕作　出来るさ、それくらい。

遊子　出来ないわよ。

耕作　出来るよ。

遊子　出来ない、絶対出来ない。もしもお父さんがそんなことしたら、わたし……

耕作　軽蔑するのか？

遊子　死んでやる。（と、言い放って出ていく）

耕作　（見送って）……。薬、薬と……（と、再び鞄の中をガサゴソ）

暗くなる。ひと間あって。電話のベル。五回鳴って、プツンと切れる。

3

明るくなる。誰もいない。障子が閉まっているので縁側は見えず、部屋がずいぶん狭くなった感じがする。障子に一瞬、東京大仏の影が映って、消える。

耕作が現れる。手に持っていた絵葉書と土産物らしき手のひら大の箱を、座卓の上に置き……

耕作　（いきなり）新しく局に入って来たのが、初めて切手だのハガキだのを買うだろ、そうすると十人のうち八人は必ずこう言うんだ、どうして局員割引はないんですかって。

あたかも部屋に誰かいるかのように語りながら、えもん掛けに掛けてある上着の内ポケットに財布を入れ、その代わりに中から万年筆を取り出す。

耕作　（前に続けて）税務署で働いてるからって税金

をまけてもらえないのと同じだよって答えると、だってデパートなんか社員割引があるっていうし、JRの職員なんてアレ、みんな電車ただ乗りしてるんですよ、と切り返してくる。JRAをみてみろ、中央競馬会を。職員は馬券を買っちゃいけないんだ。ハガキが買えるだけわれわれ郵便局員は恵まれてると思わなきゃって、これがまあ、このやりとりのオチになってるんだけど、ソレとコレとどういう関係があるんですかなんて、真面目な顔して食い下がってくるようなのに限って仕事が出来ないんだ。何事にも引き際ってものがあるわけだろ、そこんところをうまくつかまえないと……

突然、障子がガバッと開いて、「ワッ！」と遊子が飛び出してくる。耕作は驚いて、「オオッ！」と、あられもない声を出してしまう。

遊子、笑い転げる。

耕作 ……いつまで笑ってるんだ。

遊子 ああ、スッとした。

耕作 ひとが驚いたのがそんなに面白いか。

遊子 いまのお父さんの顔、カメラで撮っておけばよかった。失敗したわ。

耕作 もうじき嫁に行こうって娘がまったく……

遊子 お父さんがいけないのよ。（と、キッパリ）

耕作 ええと、いま何をしようとしてたのかな……？

遊子 （絵葉書を手に取って読む）「四季の東京大仏」。

耕作 ああ、そうか。（と、鞄の中にある住所録を取りに行き）

遊子 （絵葉書につけられたタイトルを読む）《桜吹雪に誘われて》《灼熱に耐える》《十五夜になに思う》だって（と、笑いながら）。

耕作 お前も誰かに出したらいい。

遊子 だって、明日帰るんでしょ。

耕作 だから今晩中に書くのさ。旅先からの絵葉書なんて、貰ったらなんとなく嬉しいじゃないか。

遊子　お父さん、電話あった？
耕作　いや。
遊子　清宮さんから。
耕作　ない。
遊子　どうしたんだろう？　三十分くらいしたらまたかけ直すっておっしゃってたんだけど。
耕作　……（手紙を書きだした）
遊子　こっちからかかってくるの待ってるのかしら。
耕作　別に大した用でもなかったんだよ、きっと。
遊子　大した用でもないのにわざわざ定山渓から電話してきたんだ。変わってるわね。
耕作　……
遊子　これは？（と、箱を手に取って）
耕作　細かいお金がなかったからね、一万円で絵葉書だけというのも、なんとなく気が引けて
遊子　…
　　　だったらいっそのこと、木刀でも買ってくればよかったのに。
耕作　ああ、あったね。御用提灯もあったよ。
遊子　十手もあったでしょ。
耕作　うん。
遊子　土産物屋っていうと必ずあるのね、必勝と書いた鉢巻きとか。
耕作　手錠まであった。いったい誰が買うのかね、東京土産に手錠なんか。
遊子　マニアがいるのよ。
耕作　…マニアか。
遊子　（箱を振ってみたりして）…なんなの？　これ。
耕作　子供だましみたいなものだよ。
遊子　じゃ、雅彦さんのお土産にしてもいい？　まだなんにも買ってないから。
耕作　ああ。井上くんだったら喜ぶかもしれない。
遊子　そうね。雅彦さんは単純だから。
耕作　別にそういうつもりで言ったんじゃないよ。
遊子　だってほんとなんだもん。
耕作　まあ確かに、歳のわりには少々子供っぽいところはあるが、でも、わたしは嫌いじゃない。そこが彼の良さっていうか、変にすれたところがないからね。誰にでも好かれるだろ、井上くんは。敵が少ないってことはやっぱりい

いことだよ。

遊子　…なんだか帰りたくなくなっちゃったな。

耕作　…そうもいかんだろ。

遊子　ああ、あ。（と、ため息をつき）

遊子は就寝前のお肌のお手入れ用品を持って、縁側へ。

耕作　よしなさい。

遊子　なに？

耕作　若い娘がため息なんかつくもんじゃない。

遊子　わたしもう若くないもん。

耕作　自分はもう若くないんじゃないかって思うのは、若い証拠だよ。お父さんみたいに歳をとると、もうはまだ、まだはもうと言ってね。

まだまだなんて逆に若さを自慢したりする。みっともない話さ。

遊子　だってお父さんは若いもの。これから結婚して幸せになるひとなんだから。そうなんでしょ？

遊子は手鏡を見ながらお肌のお手入れ。

耕作　二十八か。（と、自分の頬を叩いて）…蚊がいるね。（と、逃げた蚊を目で追いながら）

遊子　お肌の曲がり角を通り過ぎていつの間にかお母さんの歳、追い越しちゃった。

耕作　まったく、遊子がこんなに大きくなるとはね、夢でもみてるんじゃないかって、時々頬をつねってみたくなるよ。わたしに限らず親なんてものは、子供のことを自分の持ち物のように思ってるからね。だから子供が、勝手にひとりで歩きだしたりわけの分からないことを言ったりすると、驚いたり頭を抱えたりして…。アレはゴーゴリだったかな。ある日突然、自分の顔から鼻が消えてなくなってしまって主人公が右往左往するって小説があったが、まあ、自分の体だって遠くの他人なのかも知れないんだから、子供が他人なのは当たり前の話なんだけど、なかなかね。……しかし、ああいうのはどうなんだろう？　事故かなにかで自分の足を切断してしまったひとが時々、ないはずの足の爪先に痛みや痒みを感じたりするっていうのは　……。どういうのかな。やっぱり切っても切れないものがあるのかねえ。
…そうそう、昨日はおかしかったよ。われながら情けないというか、遊子と神田の古本屋をのぞいてた時さ。一瞬ハッとしたんだ。いいのか、ほかの女とこんなとこ歩いてて、節子にみつかったらどうするんだ、なんて。昔ふたりであそこらへん歩いたり走ったり、いろいろ思い出があるからなんだろうが、馬鹿だろ。おまけに、その「ほかの女」が節子に似てたりするもんだから。ハ、ハ、ハ（と笑って）、余計にうろたえたりして、ハ、ハ、ハ…

遊子　ひとりで笑ってる。

耕作　えっ？

遊子　誰と話をしてるの？

耕作　誰って、そりゃお前に　…

遊子　嘘よ。

耕作　だって、ここにはほかに誰もいないじゃないか。

遊子　わたし、話しかけられてる感じしないもの。お父さん最近おかしい。さっきもひとりでブツブツわけの分かんないこと言ってたし。

耕作　ああ　…。

遊子　ひとりごとって欲求不満のあらわれなんだって。

耕作　……（住所録を見ながら）北島毅志か。（と、呟く）

遊子　それに全然似てないし。（と、手鏡を見ながら）…どこが似てるの？　お母さんにわたし。

耕作、絵葉書を書いていた手を止める。

遊子　ねえ。　…ねえったら。

耕作　……（耳をすましているようだ）

遊子　どうしたの？

耕作　いや、波の音がね、聞こえるんだよ。
遊子　また？
耕作　お前もちょっと耳をすましてごらん。
遊子　（なんとなく言われるがままに）……
耕作　（静かに）人間の耳の奥には小さな海があるんだよ。正確に言うとリンパ液が溜まってる場所なんだが、こんな静かな夜にジッと耳をすますと、そのリンパ液の揺れる音がね、まるで押し寄せる波の音みたいに聞こえるんだ。ホラ……、聞こえるだろ。［注③］
遊子　全然。
耕作　聞く気がないからだよ。
遊子　そうじゃなくって、お父様はわたくしと違って詩人でいらっしゃるから聞こえるのですわ。オッ、ホホホホ。
耕作　またそうやって親を馬鹿にする。
遊子　お父さんもつける？（と、乳液かなにか）
耕作　ああ、あとで。
遊子　でも、お母さんが羨ましい。
耕作　うん？
遊子　だって、お父さんの記憶の中には、若くてきれいなお母さんしかいないわけでしょ。わたしなんかこれからどんどん歳をとって、どんどん小皺が増えてどんどん醜くなっていくだけだもの。
耕作　なにを言ってるんだ。結婚をして、新しい家庭を作って子供を産んで…、遊子の人生はこれからじゃないか。
遊子　そうかな。いいことあるのかな、これから。
耕作　そりゃいいことばかりじゃないさ。むしろ、大変だったり苦しかったりすることの方が多いかもしれない。新しい船に乗って初めての航海に出るようなものだからね。考えてみればずいぶん無茶な話だが、でも、みんなそうやってきたんだ。人間が他の動物より勝ってるところがあるとすれば、そういう無茶を無茶と知りつつ平然と出来るところだよ。みかんの皮と同じで、理性なんてものは捨てるためにあるんだ、きっと。

遊子、耕作が書いていた絵葉書を奪う。

耕作　おい。

遊子　今じゃなくったっていいんでしょ。

耕作　なにを怒ってるんだ。

遊子　だってふたりでいるのに、明日帰らなきゃいけないのにお父さん、さっきからひとりで話してひとりで笑って、ふたりでいるって感じがしないんだもの。

耕作　？　どういうのかな。

遊子　こっちが聞きたいわ。

耕作　ちゃんとお前に話してるつもりなんだが……。（手を遊子の目の前で振って）見えるかな、わたしが。

遊子　見えない、全然。

耕作　（笑って）それは困ったねえ。（絵葉書を読む）前略。九月も半ば過ぎだというのに、真夏日が続く毎日。今年の東京の暑さは空前絶後のものだそうです。寝苦しい熱帯夜の悪夢にうなされて一句。食えぬキノコ？

遊子　タケと読むんだ、ここでは。

耕作　食えぬ茸光り獣の道狭し……。どういう意味なの？

遊子　毒キノコが光っていて、ただでさえ狭いけもの道がいっそう狭くみえるなあって。

耕作　それだけ？

遊子　そりゃ、考えればいろいろあるんだろうが……

耕作　なによ、自分で書いておいて。

遊子　ちょっと、顔につけるアレ……

耕作　（持ってきて）つけてあげようか。

遊子　いいよ、自分でやるから。（と、それを受け取って）

遊子は、顔に乳液を塗る父を見ている。

耕作　食えぬ茸光り獣の道狭し。……毒キノコだから光ってるんだ。あやしく光ってる。光って見えるから手に取ってみたくもなる。もっと言えば、毒だと分かっているからこそ食べてもみたくなるんだね。

ふたりの間に艶めかしいとさえ思えるような空気が漂っている。

耕作　（続けて）「光り」は次の「獣」にもかかってるかもしれない。光ってる獣。どうして光ってるんだろう？　獣が光って見える時ってどういう時なんだろう？　怖いね。それから「道」、けもの道。毒キノコが光ってると、どうして道を狭く感じるんだろう？　その道はいったいどこへ通じる道なんだろう？　狭い道だからどこへ迂回するのか、狭いからこそその道を行こうっていうのか　…、あっ、またひとりで喋ってる。

遊子　いいの。

耕作　なにを見てるんだ。

遊子　お父さんの顔。

耕作　ちゃんと鼻はついてるだろ。

遊子　わたし、お父さんに似てる？　アヤにはよくそんなこと言われるんだけど。

耕作　そりゃ親子だからね。犬や猫だって長いこと飼ってれば飼い主に似てくるっていうくらいだから。

遊子　（その返答が不快で）これ、開けるわよ。（と、無造作に箱を手に取り）

耕作は娘の態度の急変に戸惑い、「ゴホン」と咳払いをして。

耕作　…隣の「鼻の間」のご主人は、わたし達のことを夫婦と勘違いしてるみたいだ。

遊子　（乱暴に包装紙を剥ぎながら）だってお父さん、お若く見えるから。

耕作　面倒だから話を合わせておいたが、お前のこと、奇麗な奥さんだってずいぶんほめてた。

遊子　お世辞よ、決まってるでしょ。（と、いかにもツッケンドンに）

耕作　まあ、そうかもしれないが　…

遊子　可愛い！（と、思わず表情が崩れる）

箱の中身は東京大仏のミニチュアだった。耕作、その大仏の頭を叩く。
と、大仏は「南無阿弥陀仏南無阿弥陀仏」と声を出した。

遊子　なに？　これ。（と、笑って）

代わって、遊子が叩くと、今度は「カッ、カッ、カッ」と大仏は笑った。

耕作　千九百八十円にしては、なかなかお値打ちだろ。
遊子　そうね、少なくとも十手や手錠よりは……。（説明書を読む）思いを込めて百八つ叩けば、煩悩がなくなるんだって。
耕作　しかし、「鼻の間」のご主人、ありゃいったいなんだろうね。
遊子　なにかあったの？
耕作　（大仏の頭を叩き）さっきだよ。下の売店に行こうと思って部屋を出たら、「お出かけですか？」なんて、まるで待ち構えていたように顔を出すんだ。
遊子　それで？
耕作　いや、まあ、それだけのことなんだがね。（と、大仏の頭を叩いて）だけど、なんとなく監視されているようで嫌じゃないか。
遊子　もしかしたら……
耕作　うん？
遊子　隣の部屋にいるのは素顔の平山さんだったりして。
耕作　バカ。（と、またまた大仏の頭を叩くと）

ふたり、大仏の間抜けな声に笑う。

遊子　でも、いいのかな、大仏様の頭をこんなことして。罰《ばち》が当たらない？
耕作　大仏様はわれわれと違って心の広い方なんだ。この程度のことで怒ったりはしないさ。

遊子　（大仏の頭を叩いて）なにを考えてるんだか。
耕作　ううん？
遊子　大仏様のこと。（と、使った化粧品等を持って鞄の方へ）
耕作　なんにも考えちゃいないさ。ただ黙って座ってるだけで。頭の中はがらんどうなんだから。
遊子　今日、中へ入って確かめたじゃないか。
耕作　じゃ、大仏様には煩悩なんかないんだ。
遊子　そりゃそうだよ。煩悩がなくなったひとのことを仏様っていうんだから。
耕作　（カメラを手にして）まだフィルムあまってるから、お父さん、一緒に写真撮る？
遊子　ああ。そういえば、東京に来てまだふたりで一枚も撮ってなかったね。あっちに座ろうか。
（と、縁側の方に行こうとする）
耕作　ちょっと待って。その前に　…
遊子　なんだい。
耕作　（座卓を示し）そこに座って、目をつむってくれる？
遊子　なにをするんだ？

遊子　いいから。黙ってわたしの言うことを聞けばいいの。（と、座らせ）
耕作、目をつむる。遊子、耕作の眼鏡を外して自分がかける。
遊子　まだよ。目を開けないで　…
遊子は、耕作の唇に口紅を塗る。
遊子　動いちゃダメ。……（塗り終えて）はい、もういいわ。
耕作　なんのつもりだ、これは。
遊子　だって、せっかくふたりで写真を撮るんだから。可愛い。
耕作　風呂から上がったばかりだというのに、まったく　…（と、縁側に移動しながら）
遊子　などと口では言いながら、耕作はさりげなく鏡を見ている。（と、言いながら自動シャッターをセットしている）

電話のベルが鳴る。

遊子　(取って)もしもし……。もしもし、あっ、さきほどの。すみません、お風呂から帰って来たんですけど、いまちょっとタバコを買いに、ええ。ご用件でしたらわたしが承っておきますが……。そうですか。いえ、失礼します。(受話器を置く)

耕作　わたしだろ?

遊子　……(自動シャッターをセットしている)

耕作　清宮さんじゃなかったのかい?

遊子　よく分かったわね。

耕作　どうしていないなんて言うんだ。

遊子　いいじゃない、またあとで掛けるっておっしゃってるんだから。ホラ、立ってないで、座って座って。(と、縁側に走る)

ジーと自動シャッターの作動音。

遊子、耕作の膝の上に座る。

遊子　怒ってるの?

耕作　愉快とは言えないね。

遊子　でもホラ、もうじきシャッターが下りるから。

耕作　ああ……。(と、仏頂面が一転、写真用の作り笑顔に)

遊子　……小さい頃、わたし、お父さんの膝の上が、どこにいるよりも世界で一番好きだった。(と、呟くように)

カシャッとシャッターが下りてフラッシュが光り、暗くなる。

遊子の肩を抱く耕作の手が残像として……

4

明るくなる。耕作が電話を掛けている。

耕作　先月末の日曜日？　日曜ですか。じゃ、違いますね。先月末の日曜日に間違いなければ、ええ。あの日は確かお昼過ぎから雨ふりで。そうでしょ。だから一日中ふたりで、ええ、家でわたしと将棋を指していたんで。あいつは誰に似たんだか子供の頃から負けず嫌いで、あの日も夕方まで、もう一番もう一番って五番ほど指しましたか。ですからその、服部くんと一緒にいたという女性は　…。ああ、いやいや、こちらこそご心配していただいて。いえ、そんな　…。しかし、あの男も女房子供がいるのに飽きないっていうか懲りないっていうか。谷口さんからもお聞きになってるでしょ。ああ、そうですか。いやまあ、他にもいろいろと。悪い人間じゃないんですがね。この話、谷口さんには？　いや、プライベートなことですし　…、もちろん、…いやいやとんでもない。はい、はい。じゃ、近いうちに谷口さんと。ああ、いや、娘を出してしまえば気楽な一人暮らしになりますから時間はいくらでも。ハ、ハ、ハ。

遊子が土産物を買って帰ってくる。

耕作　まあ、どうなりますか。ええ、明日帰るんですが　…ああ、いや、こちらこそわざわざお電話いただいて。とんでもない。じゃ、おやすみなさい。

耕作は受話器を置いて、なにやら不快そうにタバコを口にくわえるが、ライターが見当たらない。

遊子　わたしが来たからってなにも切らなくたっていいのに。

耕作、出て行こうとする。

遊子　どこ行くの？

耕作　タバコ。

遊子　タバコならあるじゃない。

耕作　火がないんだ。

遊子　そこ。ライターあるでしょ。（と、指さし）

耕作、見つけられない。

遊子　もう……（と、取って渡す）

耕作、苛立たし気に受け取り、タバコに火をつける。

遊子　アヤのためにもうひとつ大仏様買ってきちゃった。

耕作　……（タバコを吸う手が震えている）

遊子　「鼻の間」のおじさん、やっぱりおかしい。お父さんの言った通りよ。売店に行ったら、まるでわたしのこと待ってたみたいにいるの。それでひとの顔を見るなり笑いながら近づいてきて、いきなりよ、「奥さん、カラオケ得意でしょ」だって。なんなのよ、もう。

耕作　隙があるからだよ。

遊子　え？

耕作　だからつけ込まれるんだ。

遊子　……電話、清宮さんでしょ。なんだったの？

耕作　……

遊子　（夏みかんを手に取って）ずいぶん楽しそうに話してたじゃない。

耕作　寝る前に食べるんじゃない。（と、夏みかんを奪って）

遊子　……（大仏の頭を叩き）定山渓か。山菜のお店。札幌に帰ったら一度行ってみようかな。お店の名前、なんていうの？

耕作　……

遊子　清宮さんのお店の名前。

耕作、吸っていたタバコを灰皿で消し、座卓を部屋の隅に移動して、蒲団を敷き始める。

遊子　フン、いいわよ。電話帳で調べればすぐに分かるんだから。探し出してわたし、絶対行ってやる。

耕作、敷き終えると、蒲団を頭から被って寝てしまう。

遊子　まだ十時前よ。もう寝ちゃうの？
耕作　……
遊子　怒らせちゃった？　…お父さん。（と、蒲団の上から耕作の体を揺する）
耕作　（無視して）……

遊子、蒲団を剥ぐ。耕作、黙ってまた被る。剥ぐ。被る。剥ぐ。被る。

遊子　バカみたい。（と、縁側へ）

遊子、夏みかんをひとつ手に取り、皮をむく。

耕作、いきなり起きて、鞄をガサゴソ。

遊子　なに？
耕作　薬。まだ飲んでないんだ。
遊子　さっき探してたじゃない。
耕作　ないんだよ、それが。どこへやったんだ！
遊子　知らないわよ。
耕作　だって今朝出かける前に飲んでこの鞄のポケットに、ここに入れといたんだから。
遊子　じゃ、そこにあるはずでしょ。
耕作　ないよ、ないから…
遊子　もう。…（と、耕作の鞄の中を探そうとすると）
耕作　もういい！（と、乱暴に鞄をひったくる）
遊子　……

耕作、再び蒲団を被って寝てしまう。

遊子　お父さん、どうしたの？
耕作　……
遊子　どうしたのよ。清宮さん？　清宮さんに電話

耕作　でなにか言われたの？

遊子　……

耕作　お父さん。

遊子　……

耕作　もう。東京の最後の夜なのに。

遊子　……

耕作　ああ、あ。「鼻の間」のおじさん誘って、カラオケでも行っちゃおうかな。

遊子　（顔だけ出して）悪いことは出来ないよ。

耕作　はあ？

遊子　お前　…

耕作　なに？

遊子　お前、まだあの男とつきあってるんだろ。ふたりでいるのを見たひとがいるんだ。

耕作　あの男？

遊子　（上体を起こし）服部だよ、ほかに誰がいるんだ。

耕作　……

遊子　先月末の日曜日。間違いないね。

耕作　そうか。清宮さんね。それで　…

遊子　見られたんだよ。誰も知らないと思っても誰かが見てるんだ。

耕作　そんなことでわざわざ北海道から何度も電話をかけてきたの？

遊子　わたしの耳に入れた方がいいかどうか、ずいぶん迷ったらしいんだが　…

耕作　信じられない。

遊子　信じられないのはわたしの方だ。服部とはもう別れたって言ったじゃないか。

耕作　そうよ。

遊子　だったらどうして会ったりするんだ。

耕作　偶然よ。駅に行く市電に乗ったら偶然、服部さんがいて　…。でも、どうしてそのひと、わたしのことを知ってるの？

遊子　いつも持ってるお前の写真を見せたことがあるんだ。商売柄、一度見たら忘れないらしい。一目見てすぐに分かったそうだ。青柳町の「エコール」って喫茶店にいたんだろ。最初は店に何度か来てる服部に気がついて、あいつは気づかなかったらしいが、いつになく深刻そうな顔をしてたんで声をかけそびれて、

遊子　向かいの席の女性を見たらお前だったんでビックリしたって。…ふたりでいったいなにを話してたんだ。
耕作　いろいろ…
遊子　なにって別に…、久しぶりだったからいろいろ
耕作　いろいろ？
遊子　…
耕作　いろいろなにを話してたんだ。

遊子、大仏の頭を叩く。笑う大仏。もう一度叩く。

耕作　うるさい！（と、大仏を奪って壁に投げつける）

大仏、「キューン」と奇声を発する。
遊子、思わず笑ってしまう。

耕作　なにがおかしい！
遊子　……
耕作　まだ忘れられないのか、あんな男が。
遊子　そんなんじゃない。
耕作　だったらどうして一緒に喫茶店なんかに行ったんだ。誘われたって断ればすむことじゃないか。
遊子　…わたしが誘ったの。
耕作　ええっ？
遊子　わたしを見てあのひと、一瞬目をそらしたの、見てはいけないものを見てしまったみたいに。だから…
耕作　それで？
遊子　許せなかったの。
耕作　ド、ド、どういうことなんだ、それは。（と、驚きのあまり音がつまづき）
遊子　分からない？
耕作　分からないよ。終わったことじゃないか。もうあいつとは他人じゃないか、そうだろ。赤の他人が目をそらそうと何をしようと関係ないじゃないか。第一、そんなことをして井上くんに申し訳ないとは思わないのか。
遊子　そんなことって、少しの間、喫茶店で話してただけで別に…

耕作　あいつと今更なにを話すことがあるんだ！
（と、思わず声を荒げる）

ドアをノックする音。

遊子　…（耕作と顔を見合わせ）はい。（と、立って入口へ）

以下の入口でのやりとりは声のみ。相手はこの旅館の従業員である。

従業員　あ、どうも。
遊子　なにか？
従業員　いま、そのう、他の部屋のお客様からフロントの方へ、こちらで大声が聞こえたからとお電話が入りましたものですから、それで…、いえ、別になにもなければよろしいんですが…
遊子　ええ。心配していただくようなことはなにも。
耕作　そうですか。無視するわけにもいきませんのでお伺いしたんですが、どうも失礼致しました。
遊子　いえ、こちらこそ。
従業員　おやすみなさいませ。

遊子、戻ってくる。

耕作　そんなに大声だったかな。
遊子　きっと誰かが聞き耳を立ててたのよ。（と、隣の部屋に向かって大声で）

耕作、転がっていた大仏の頭を叩く。が、大仏は黙して語らず。

遊子　あっ、お父さん、大仏様を壊しちゃった。
耕作　なんだ、あの程度のことでだらしない。（と、なおも二度三度大仏の頭を叩き）…ああ、もう！
（と、慌てている）
遊子　さっきのアレ、きっと断末魔の悲鳴だったんだわ、可哀そうに。（と言いながら、夏みかんを

手にする)

耕作　やめなさい、もう寝るんだから。

遊子、素直に従い夏みかんを座卓に置く。

耕作　(大仏のアチコチを点検しながら)…お前を信用していないわけじゃないんだ。でも、こんな話を聞かされたら、お父さん、やっぱり不愉快だよ。多分、井上くんだって同じさ。服部のことを知らないわけじゃないんだし、まだ会ってるなんて噂を耳にしたら、そりゃ平気ではいられないよ。人間はそれほど強いものじゃない。さっきの話じゃないが、お互い不安を抱えて初めての航海に乗り出すんだ。余計な波風を立たせるようなことはしちゃいけないんだよ。

遊子　……

耕作　ああ、駄目だ。(と、情けない声を漏らして大仏を座卓に置き)…明日は十時半の飛行機だったね。

遊子　ええ。だから九時前にはここを出ないと。

耕作　うん。…寝るか。(と、ポツリ)

遊子　薬は?　いいの?

耕作　大丈夫だろ。一回くらい抜いたって死にゃしないよ。

ふたりにはそれぞれ、言いたいこと聞きたいことはあるのだが、それを切り出せない。
もどかしいようなグズグズした間が出来る。

遊子　お父さん。

耕作　なんだい?

遊子　お父さん、本当に結婚するの?

耕作　(苦笑して)こっちはその気でも、問題は、相手がいるかどうかだよ。

遊子　わたし、お父さんが結婚しても構わない。

耕作　そう。許してくれるか。

遊子　それでお父さんが幸せになるんなら。

耕作　まあ、頑張ってはみるがね。

遊子　だから……

耕作　うん？
遊子　わたし、このままじゃいけない？
耕作　ええっ？
遊子　結婚なんかしたくないの。何処へも行きたくないの。こうしてお父さんと一緒にいるだけでいいの、それだけでわたし楽しいの、どこで誰といたってこれ以上の楽しさはないと思うの。（と、堰を切ったように）
耕作　バカなことを言うんじゃない。
遊子　（遮るように）お父さんが好きなの。お父さんとこうしていることがわたしにはいちばん幸せなの。だから、ね、お父さん、お願いだから
耕作　（遮って）やめなさい。
遊子　お父さん。
耕作　やめなさい。どうしたんだ、いったい。
遊子　……
耕作　なにが不満なんだ、どこに不足があるんだ、いい男じゃないか井上くんは。確かに頼りないところもなくはないが、それは若いからだよ、若いから……。若いってことはこれからってことだよ。お父さんと違って、まだいろんな可能性を秘めてるってことだよ。うまくいくよ。井上くんは遊子を幸せにしてくれるよ。大丈夫だよ。
遊子　駄目なの。
耕作　どうして。
遊子　……
耕作　（ハタと気がついて）服部か。服部に結婚なんかするなって言われたのか。
遊子　わたし、妊娠してるの。
耕作　？　えっ？
遊子　お腹に服部さんの子どもがいるの。
耕作　（呆然として）……
遊子　いま四ヶ月。
耕作　（呆然として）……
遊子　もちろん、井上さんは知らないわ。産むつもりもなかったし。でも、偶然あのひとに会って気が変わったの。わたしのこと避けるようにするから無理やり喫茶店まで引っ張ってい

って、多分嫌がらせね、話すことなんてなにもなかったし。そしたら、席に着くなり、悪かった、きみには悪いことをしたって、あのひとがあんまり謝ったりするから、それがとっても腹立たしくって。だって、服部さんに頭を下げられる覚えないもの。おまけに、もう忘れよう、ぼくたちは夢を見てたんだなんていい歳の大人が言うこと？　だからその時、わたし産まなきゃ、絶対産んでやろうって思ったの。

耕作　(ため息をついて)　……

遊子　だってわたしたち、早く忘れなきゃいけないような、そんな悪いことしたわけじゃないもの。夢じゃないもの、あれは。

耕作　…分からん。

遊子　なにが？

耕作　(呟くように)　どうするんだ、いったい。

遊子　井上さんには謝るわ、ハッキリ理由を言って。

耕作　謝ってすむことかね、これは。

遊子　だって、嘘をつくのは嫌だから。

耕作　なな枝はどうなるんだ、あいつの立場は。お前の結婚のためにアレコレ骨を折ってその挙句にこれじゃ、いくらなんでもひどすぎやしないか。いや、なな枝はいいんだ、身内だからなんとかなるさ。好きで世話を焼いたんだろって開き直ってやればいいんだ。やっぱり井上くんだよ。むこうのご家族や、仲人をお願いした彼の会社の部長さんに、そりゃ頭を下げるさ、だけど、いったいどうやって釈明すればいいんだ。なんて言うんだ、言葉なんかないじゃないか。

遊子　お父さんには迷惑かけないわ。

耕作　かかるよ、かからないはずないだろ。

遊子　じゃ、どうすればいいの？

耕作　だから、……うるさいなあ！

さっきからカラオケの歌声が聴こえているのだ。
喜納昌吉の『花』を歌う男の声が。

耕作　地下にあるんだろ、店は。

遊子　あれ、隣の「鼻の間」のおじさんよ。いい気なもんだわ。
耕作　ひとのことを言えるのか。
遊子　……
耕作　（タバコに火をつけ）いま四ヶ月ということは……
遊子　こっちに来る前の日に病院に行ったら、おおむね順調だって。
耕作　あいつはなんて言ってるんだ。
遊子　話してないから。関係ないから、服部さんは。
耕作　あの男の子どもに間違いないのか。
遊子　ええ。
耕作　どうしても産まなきゃいけないのか。
遊子　ええ。
耕作　そんなに産みたいのか。
遊子　はい。
耕作　（吐き捨てるように）あんな男のどこがいいんだ。
遊子　だから関係ないのよ、服部さんは。
耕作　だったらどうして　…。お父さんには分からないよ。
遊子　どうして？
耕作　ド、ド、どうしてわたしがあいつの子どもの面倒を見なきゃいけないんだ。
遊子　わたしの子どもよ。
耕作　常識ってものがないのかね、まったく。（と、苛立たし気にタバコの火を消し）……ちょっと下に行ってヴォリュームを落とすように言ってくる。（と、出て行く）

遊子、フーと大きくため息をつき、そして縁側の椅子に座って、夏みかんを食べる。
カラオケの歌声、ますますそのヴォリュームを上げ、まるで挑発でもするかのよう。
遊子を飲み込むように、暗くなる。

5

歌声がプッンと途切れる。少し間があって、明るくなる。

蒲団の上で横になっていた耕作、「ああ……」と呻くように声を出して起き上がり、座卓に置かれている眼鏡をかけて縁側へ。眼鏡のレンズの片方にはヒビが入っていて、おまけに、鼻血でも出たのか鼻の穴にティッシュを詰めている。

耕作はまた絵葉書を書きだした。

遊子がアイスノンを持って戻ってくる。

遊子　お父さん、もう大丈夫なの？
耕作　ああ。
遊子　どうする？　これ（アイスノン）。フロントで借りて来たんだけど。
耕作　せっかくだから……（と、受け取って頬にあてる）
遊子　まだ痛い？
耕作　相手のパンチは見えたんだがね。
遊子　先に手を出したのはお父さんの方なんでしょ。お店のひとが言ってたわ、いきなりだったから止める暇もなかったって。
耕作　ああいう男は口で言っても分からないからね。いくら酔ってるからって、言っていいことと悪いことがある。
遊子　なんて言われたの？
耕作　下らん男だよ、まったく。（と、吐き捨てるように）
遊子　でも、よかった、ふたりともこの程度のケガですんで。
耕作　うん。明日、眼鏡を買わなきゃね。
遊子　ひどい顔。（と、笑って）
耕作　ひとを殴ったなんて何年ぶりだろ。
遊子　わたし一度だけある、お父さんに殴られたこと。覚えてる？
耕作　いや。あったかね、そんなことが。
遊子　あったのよ。
耕作　忘れた。
遊子　わたし、海水浴場で行方不明になったことがあったでしょ。

耕作　ああ……

遊子　思い出した？

耕作　あの時か。

遊子　わたしが「お父さん」って駆け寄っていったら、いきなりガツンって。

耕作　(苦笑して) いつもいきなりなんだね、わたしは。(と、鼻のティッシュを取る)

遊子　口の中が切れて血が出たんだから。

耕作　確か、お前が小学校に入った年の夏。まさかひとりで家に帰ってるとは思ってもみなかったからねえ。こっちは溺れて死んだんじゃないかって捜索隊まで出して大騒ぎしてたのに、お前は家でカルピス飲みながらひとりでテレビを見てたんだから、まったくなんて言うか……。さすがのわたしもカーッとなったんだ、きっと。

遊子　なによ、他人事《ひとごと》みたいに。

耕作　……そうか。お母さんと三人の夏はあれが最後だったんだねえ。

遊子　考えたらわたし、お父さんに心配ばかりかけてる。

耕作　お母さん、あれから半年もしないうちに亡くなったんだよ。まさかそんなことになるなんて思ってもみなかった。……生きてる間に、もっと優しくしておくんだったよ。[注④]

遊子　そうよ。だからお父さんはその罪滅ぼしのためにも、お母さん以外のひとと結婚なんかしちゃいけないのよ。

耕作　なんだい、さっきは結婚してもいいって言ったじゃないか。

遊子　親子三人水入らずの生活。駄目なのかな。……お父さんとわたしと生まれてくる子どもと三人。夏になったら海に行くのよ。日中は強い日差しを避けて、浜辺のビーチパラソルの下で昼寝をするの。わたしは子守唄を歌う。でも、子供はなかなか寝つかないから、お父さんが代わって歌うの。それが打ち寄せる波の音と溶け合って、わたし達はいつの間にか眠ってる。夕方、陽が沈んだ頃にわたし達は目を覚ます。でも、お父さんは泳げないから海に入らないし、子供だってまだ小さいから、わたしは波打ち際で子供と一緒に貝殻なんか拾ってる。もう暑くもないのに麦わら帽をかぶったお父さんは浜辺に座って、水平線を滑るように走っていく色とりどりのウィンドサーフィンを眺めながら、時々わたし達に手を振り、そしてぼんやりと、昔、お母さんと二人で行った海のことなんか思い出して、もしかしたら泣いているかもしれない。

耕作　…今日も一日終わったねえ。明日も晴れるといいんだが　…。

遊子　お父さん。

耕作　さて、と。寝るか。（と、立ち上がり）

耕作、遊子の蒲団を敷こうとする。

遊子　いいわよ、自分でやるから。

耕作　いいよ、座ってなさい、お前は。（と、制して）四ヶ月というと、もうお腹の中で動くんだろ。（と、敷きながら）

遊子　そんな感じがする時もあるけど、よく分からない。

耕作　…さっきの話だがね。お父さん、考えたんだが、函館に帰ったらなにもかも、とにかく井上くんに話すんだ、謝るんじゃなくって。いや、もちろん謝らなくちゃいけないんだが、ふたりで、ふたりにとって最善の道はなんだろうかってよく話し合うんだよ。さて、井上くんはどうでるか。怒って破談にしようと言うかもしれない。その時はその時だよ。でも、もしかしたら、なんとか堕してほしいと言うかもしれないし、虫のいい話だがお父さん、ひょっとしたら、そのお腹の子どもを一緒に育てようなんて言い出すんじゃないかって思ってるんだ。

遊子　そんなこと　…

耕作　いや、それは分からないよ。井上くんは柳に風ってタイプだからね。なんだかとらえどころがないんだが、結構あれでふところが深い

遊子　んだよ。だからね　…
耕作　わたし、そんなに邪魔？
　そうじゃないよ。そうじゃなくって、どうすればお前が幸せになれるかって話をしてるんじゃないか。お父さんは楽天的かもしれないが、雨降って地固まるって言葉もある。このことでふたりを結ぶ絆がよりいっそう強くなるってことだって、ありえないわけではないんだ。悲観的になっちゃ駄目だよ、物事はもっと前向きに考えないと。
遊子　結婚をやめて、子どもを産んで、お父さんと一緒に暮らしたいって考えることが、どうして悲観的なの？
耕作　……
遊子　どうして？
耕作　……お父さんはもう、遊子と一緒に海には行けないよ。今度の誕生日がくるとわたしは六十一だ。人生の折り返し地点はとっくに過ぎて、ゴールも見えてる。でも、遊子の人生はこれからだ。確かに、わたしもお前も、いつどこにいても、いつどこへ旅行したとしても、間違いなく死んだお母さんの方へ向かってる。そう、生きとし生けるものはすべて、いつかは亡くなるんだからね。この歳になった今、お父さんにはその道筋が、その道筋だけはハッキリ見える。でも、お前にはきっと見えない。無理もないよ、他に見るもの、見たいものがまだまだ沢山あるんだからね。つまり、わたしが前方に海を見ながら走っているのだとすれば、お前は山の頂を目指して走っているようなものだよ。それくらい違う。もうわたし達は、一緒に肩を並べては走れないんだよ。
遊子　海の向こうのゴールには、お母さんが待っているのね。
耕作　ああ。
遊子　お父さんは一歩踏み出すたびにお母さんに近づき、それと同時に、わたしから遠ざかって行くってことなのね。
耕作　そうだよ。もうお父さんには、遊子を遠くから見守ってやるくらいのことしか出来ないんだ。分かってくれるね。

遊子　……（俯いている）

耕作　分かってくれたね。

遊子　…（頷く）

耕作　まあ、井上くんの出方次第でこの先なにがどう転ぶか分からないが、遊子がそれで幸せになれるんだったら、お父さん、誰にだっていくらだって頭を下げるよ。

遊子　……

耕作　いつか、今晩ここでこんな話をしたことが笑い話になるといいんだがねえ。［注⑤］

遊子　……（涙を拭いている）

耕作　ああ、今日は疲れた。（と、大きく伸びをした途端）イタッ。

遊子　どうしたの？

耕作　いや、さっき殴られて倒れた時にちょっと腰を打って　…

遊子　大丈夫？

耕作　大したことはない。電気、消すよ。

遊子　ええ。

　耕作、部屋の明かりを消す。暗くなる。

耕作　まさか反撃してくるとは思ってもいなかったからなあ。

遊子　なにを言われたの？（と、蒲団に座る）

耕作　うん？

遊子　だから「鼻の間」のおじさんに。

耕作　うん　…

遊子　なに？　なにを言われたのよ。

耕作　こっちは、もう遅いからって、まあ丁重に言ったつもりなんだが、それがやっぱり面白くなかったんだろうね。どうもどうもなんて頭をかきながら、あいつはホラ、わたし達のことを夫婦だと思ってるだろ、だから、奥さんはお若いから夜のお務めは大変でしょとかなんとか、他の客たちに聞こえよがしに言うもんだからそれでカッときて　…

遊子　手が出たの？

耕作　出たんだねえ。

遊子　バカみたい。ほんとに下らない。（と、横になる）

耕作　だから、下らない男だって言ったじゃないか。

遊子　奥さんはあんなに品のよさそうなひとなのに。

耕作　まあ、あんな男でもどこかいいところはあるんだよ。

遊子　…なんの花かしら？

耕作　うん？

遊子　床の間の花瓶の…

耕作　ああ。……いい匂いだね。

遊子　食えぬ茸光り獣の道せまし。（と言って、クスクス笑いだす）

耕作　うん。

遊子、クスクスと笑う。

耕作　なにがおかしいんだ。

遊子　さっきの、お父さんの口紅つけた顔を思い出したの。

耕作　あれは…。あんな写真、誰にも見せちゃいけないよ。

遊子　そうよ。ふたりだけのヒミツ…

耕作　ふたりだけの秘密か。…そういえば、ななえのヤツ、あの時拾ったがま口、ちゃんと交番に届けたのかなあ。

遊子　おばさんがお財布を？

耕作　わたしの高校入試が間近に迫ってた時だよ。合格祈願で手稲神社に出かけて、一緒に付いてきたあいつが、千円札が二枚と小銭が入ったがま口をね。四十年以上前の話だよ。いま、ふっと思い出したんだ。

遊子　あっ。

耕作　？　どうした。

遊子　波の音が聞こえる。

耕作　ほらご覧。誰にだってその気になれば聞こえるんだから。

遊子　（耳を澄まして）……お父さんも？　聞こえる？

耕作　…ああ。……よく寝耳に水って言うだろ。

今夜お前に聞かされた話なんてまさにそれだが、耳に水を入れられると、人間は本当にめまいを感じるらしい。その水のために、耳の奥の平衡器官に溜まってるリンパ液が温度差から対流を起こして、それがめまいの原因になるっていうんだ。水の代わりにお湯を入れると、めまいが逆回りになるっていうから人間のからだは面白いよ。［注⑥］

遊子 人間の耳の奥に海があるとしたら、大仏様の耳の奥にもきっと海があるのね。

耕作 今日は耳の中まで行けなかったからねえ。本当の耳の中はほとんど迷路だよ。その仕組みの緻密さを自然の驚異というひとがいるくらい、神秘的に出来てるんだ。はたして無事、海の見えるところまでたどり着けるのかどうか……

波の音が聞こえる。

耕作 陽が沈む頃、わたし達はようやく起きだして、まだ幼い遊子は波打ち際で、わたしと貝殻なんか拾ってる。

遊子 お父さんは太い指で「節子」と砂に書く。わたしはその文字を知っている。節度ある子、節子。お母さんの名前。わたしは大きな声で読み上げる、「セツコ」。うち寄せた波がそれを消す。続いて書かれる二文字。耕して作る。それはお父さんの名前。わたしはまた大きな声でそれを読む。「コウサク」。波が来て、それを消す。

耕作 遊子は自分の名前を漢字で書ける。わたしを真似て、短く細く小さな指で遊ぶ子と砂に書く。それからおもむろに、大きな声で読み上げる。「ユウコ」。波が来て、それも消す。

遊子 大仏様の耳の奥にある海の水平線を、滑るように走っていく色とりどりのウインドサーフィン。

耕作 その中に、まだ若くて元気な節子がいて……

遊子 お父さんはときどき顔を上げては被っている麦わら帽を脱ぎ、まだ若くて元気なお母さんに大きく手を振る。

耕作　海は夕陽に染まってキラキラと金色に光っている。

遊子　お父さんのひげ剃りあとをヒリヒリと刺すように潮風は横殴りに吹いている。

耕作　雲は不思議な形を結びつつ流れ、われ先に家路を急ぐカモメ達。

遊子　水平線の向こうからわたし達を呼ぶ声がする。

耕作　それは大きく高くうねり始めた波の間で見え隠れしている節子の声だ。

遊子　夢の涯《はて》へと誘うような懐かしいお母さんの呼び声に応えて、お父さんはザブザブと海の中に入っていく。

耕作　わたしは遊子の手を引いて、ザブザブと海の中に入っていく。

遊子　お父さん。

　　ふたりの手が握られている。

耕作　この手を離しちゃ駄目だ。

遊子　お父さん。

耕作　心臓は激しく脈打ち、不安と恐怖が頭の中を駆け巡る。風はざわめき波はのたうって遊子をもぎ取ろうとするが、わたしは誰にも渡さない。

遊子　ほんと？　ほんとね？

耕作　生温かい海水がわたしのズボンを下着をワイシャツを濡らして目に滲み鼻を塞ぎ、耳から入り込んで眩暈《めまい》を引き起こそうとするが、わたしは遊子を決して離さない。

遊子　いいの？　お父さん。ほんとにこれでいいのね？

耕作　大丈夫だよ。わたし達はいつまでもどこまでもずっと一緒だ。

　　薄明の中に、抱きあうふたりの姿が浮かび上がって、それはいつか寝苦しい熱帯夜に見た、悪夢という名の甘美な夢のよう……。

　　まるでふたりが波に飲み込まれるように、暗くなる。

　　……遠くで蝉の声が聞こえる。

6

明るくなる。誰もいない。
前景とはうって変わって晴れ晴れとした、いかにも清々しい朝の光に満たされている。座卓の上にリンゴと果物ナイフ。耕作が部屋の中に入ってくる。上着を着ていて、すぐにも出かけようといった出立ち。
夢とも現実ともつかぬ、エピローグの始まり。

耕作　遊子、いないのか？　遊子……。どこへ行ったんだ、まったく。出かけるとなるといつもこれなんだから。

耕作は座卓のリンゴを手に取って縁側に座り、皮を剝き始める。先日、東京に来て久しぶりに会った古い友人とのやりとりを、ひとりで再現しながら。いや、それは彼が昔見た『晩春』（監督・小津安二郎）の一場面のコピーかもしれない。

耕作　「しかし、よくやる気になったね」「うん……」「あの子ならきっといい奥さんになるよ」「うん。…持つならやっぱり男の子だね、女の子はつまらんよ、せっかく育てると嫁にやるんだから」「うん……」「行かなきゃ行かないで心配だし、いざ行くとなると、やっぱり、なんだかつまらないよ」「そりゃ仕方ないさ、われわれだって育ったのを貰ったんだもの」「そりゃまァそうだ」ハ、ハ、ハ、ハ、ハ。（と、笑う）

遊子が現れる。

遊子　またひとりで笑ってる。朝からご機嫌ね。
耕作　うん？　まあちょっと、つまらんことを思い出してね。
遊子　どうしたの？　そのリンゴ。買ってきたの？
耕作　なんだ、お前が買ってきたんじゃなかったのか。

遊子　だってわたし、絵葉書を出しに行っていま帰って来たんだもん。
耕作　じゃ、誰がこれを……。アッ、もしかしたら隣の「鼻の間」のバカが昨日の仕返しに…、てことは？
遊子　毒リンゴ？
耕作　もしかしたら…（と、慌ててリンゴをテーブルに置く）
遊子　でも、どっちかっていったら、被害甚大だったのはお父さんの方でしょ。
耕作　まあ、それはそうなんだがね。
遊子　大丈夫よ。毒が入ってたっていつか誰か、素敵な王子さまが現れてきっと助けてくれるわ。
耕作　そうか、そうだね。（と、再びリンゴを手に取り）
遊子　お父さんまで助けてくれるかどうかわからないけど。
耕作　男好きの王子さまだっているさ。
ふたり、笑う。

遊子　（皮が剥かれたリンゴを手に取り）いただきまあす。（と、口へ）
耕作　（外を眺めて）今日も暑くなりそうだね。
遊子　でも風が強いから。きっと海は荒れてる。
耕作　……絵葉書、誰に出したんだい。
遊子　アヤと井上さんと、それにおばさんにも。ちゃんとお別れのご挨拶をしておいた方がいいと思って。
耕作　ああ……
遊子　お土産も宅急便でみんな送っちゃった。
耕作　井上くんから電話があったよ。
遊子　そう。
耕作　起こそうかとも思ったんだが、お前があんまり気持ちよさそうに寝ていたんでね。
遊子　夢占いではね、美味しいリンゴを食べてる夢は、幸せな結婚を意味してるんだって。
耕作　リンゴを食べてる夢を見たのかい？
遊子　ううん。これが夢ならね。
耕作　…ああ。
遊子　ああ、美味しかった。（と、感傷に陥りそうな気分を断ち切るように言って）さてと。そろそろ出かけますか。

耕作　うん。（と、立ち上がり）

遊子　ちょっと、お父さん……（と、耕作のネクタイを直す）

耕作　ありがとう。いつもすまないね。

遊子　どういたしまして。

耕作　荷物、わたしが持つよ。

遊子　大丈夫よ、これくらい。

耕作　だってお前……

遊子　ダイジョウビ。

ふたり、出て行こうとするが、遊子、立ち止まる。

耕作　どうした？

遊子　大仏様がいないから……

耕作　うん？

遊子　昨日お父さんが壊した大仏様が……。お父さん、片づけたの？

耕作　いや。

遊子　どこに行ったんだろ？

耕作　消えたんだよ。

遊子　この世から？

耕作　わたし達より先にね。

遊子　……

耕作　（部屋に向かって）三日間、どうもいろいろお世話になりまして。

遊子　さようなら。

ふたりは顔を見合わせ、そして腕を組み、消える。と、障子に大仏のものであろうか、巨大な耳の影が映り、そして、これも大仏のものであろう、高らかな笑い声が響き渡って……

おしまい

［注］

S2

注① 西東三鬼の句を引用。

注② 小津安二郎監督『晩春』で笠智衆演じる父・周吉の台詞を引用。

S3

注③ 『耳はなんのためにあるのか』千葉滋、他著（風人社）を参考。

S5

注④ 小津安二郎監督『東京物語』で妻を亡くした笠智衆演じる父・周吉の台詞を引用。

注⑤ 注②に同じ。

注⑥ 注③に同じ。

みず色の空、そら色の水

夜、それはどこから来るのですか？

——A・ブルトン『狂気の愛』

登場人物

【三年生】

モチヅキ　タエ　…………前部長

ジョウノウチ　ツグミ　……チェブトイキン役

【二年生】

エンドウ　シズカ　………トゥーゼンバフ役・部長

イノウエ　ショウコ　……アンドレイ役・演出

マトバ　サチコ　…………ヴェルシーニン役

バンドウ　アサミ　………アンフィーサ役

ツチヤ　ユキコ　…………舞台美術

ムラセ　カヨ　……………舞台監督

オガワ　トモコ　…………お手伝い

【一年生】

コバヤシ　マリコ　………オーリガ役

ハシヅメ　ミホ　…………マーシャ役

ニシダ　ヒロコ　…………イリーナ役

アサミ　チグサ　…………ナターシャ役

マツムラ　シノブ　………クルイギン役

キノシタ　カズミ　………ソリョーヌイ役・衣裳

エノモト　ミノリ　………音響

ウエノ　コウジ　…………照明

＊

タキグチ　ケンスケ　……演劇部ＯＢ

スギヤマ　ママコ　………演劇部顧問

モリオカ　トオル　………演劇部顧問

コンノ　ヤヨイ　…………モリオカのいとこ

コンノ　リョウ　…………ヤヨイの夫の弟

1

ひとりの夜。ユキコ（推定年齢六十台半ば）は体をふたつに折りたたむようにして、細かな手仕事。よく見れば、それは舞台装置の模型のようだ。訥々《とつとつ》と、ひとりごとを呟きながら。

ユキコ　大丈夫みんな、うまくいってよ。　…いいお天気ね、今日は。どうしてこう気持ちが晴れ晴れしているのか、わたし自分でも分からない。今朝　…、今日はわたしの名の日だったと、ひょいと思い出したら、急にうれしくなって、　…　まだお母さまが生きていらした、子供の頃を思い出したの。すると、あとからあとから、すばらしい考えが湧いてきて、胸がどきどきしたわ、　…そりゃすばらしい考えばかり。（声を変えて）イリーナ、今日はあんた、いかにも晴れやかで、いつもよりずっと綺麗に見えるわ。マーシャも綺麗よ。アンドレイだって、美男だけれど、ただああ肥ってしまっては形なしだわ。

トモコ、現れる。ユキコに気づかれぬよう抜き足差し足、ゆっくり背後から近づく。

ユキコ　（前に続けて）わたしときたらこの通り老けて、すっかり痩せてしまった。きっとこれも、学校で子供たちに癇癪ばかり起こすからよ。今日はお休みで、こうして家にいるので頭痛もしないし、昨日より若くなったような気がする。わたしは二十八だけれど、ただねえ　…

［注①］

トモコ　お早う！

ユキコ　…トモコ　…？（と驚いて）

トモコ　わあ、チョット、ずいぶん出来たじゃない。

ユキコ　今朝五時起きだもん。（と、手を休めず）

トモコ　「働かなくちゃ、ただもう働かなくてはねえ」ってか？　ああ、今朝も抜けるような青空たい。なんちゅうか、今日も暑くなりそうやね

え。オーーーイ！（と、力いっぱい遠くへ大きく呼びかける）

するとその呼びかけに応えたかのように、ユキコの高校時代の懐かしい友人たちが現れ、いかにも暑苦しい蝉の声とともに、思い出のあの夏の日が甦る……

彼らは首都圏にある某高校・演劇部の生徒たち。海にも近い山間に建つ別荘で、秋の大会目指して合宿をしている。この大広間が稽古場だ。

部屋の隅にテーブル、椅子、ソファ等々が寄せてある。これらは芝居の小道具として使用されるのだろう。

朝。稽古前のひととき。部員たちの大半は学年別に色分けされた稽古着を着ているが、そうでない者もちらほら。それぞれてんでに体を動かしたりお喋りしたりしている中で、異彩を放っているのは、車座になって下手前を陣取っている、ツグミ・グループ。三人揃っての神妙な面持ちがおかしい。

ツグミ まず、手のひらをこうやってぴったりくっつけて、それで、ここを目で見ながら意識を手のひらに向けるわけ。

マリコ 目でにらむ。

ツグミ ここから聴こえてくる音を聴くつもりで。

マリコ 音を聴く。

ツグミ それくらい集中しろってこと。

マリコ 集中。（おうむ返しは彼女の得意技だ）

ツグミ それからゆっくり離していって、二、三センチで止める！

ツグミが示すお手本に従うマリコとコウジ。

ツグミ ウエノくん、肩の力抜いて。

コウジ ハイ。

ツグミ ちょっとでも体に力が入ってると感じないから。

コウジ ハイ。

カヨ （現れて）誰かわたしのサポーター知らない？膝に当てるヤツ。靴下と一緒に置いといたん

ツグミ　だけどさ、誰か知らない？（誰も答えないので）知らないか。どこいったんだろ？　洗濯物の中に入れたのかなあ。そうか、そうかもしんない。ダメなやつ。朝から何やってんだよ、おカヨ坊はもう　…（と、ぼやきながら去る）
コウジ　どう？
ツグミ　ハイ。
マリコ　電気、感じない？　ビリビリ指先に。
ツグミ　ビリビリですか？
　　　　手のひらの間を風がスースー通り抜けてくとか
マリコ　スースー　…？（と、首をひねって）

台本を手にして、ブツブツ言いながら部屋の中を歩き回っているアサミ。ツグミはそれが気になっている。

ツグミ　どうなの、ウエノくん。
コウジ　ハイ。
ツグミ　来てるの？　来てないの？
コウジ　ハイ。
ツグミ　分かんないやつだなあ。じゃ、ちょっと動かしてみな。
マリコ　ちょっと動かす。
ツグミ　こうやって十センチくらいのボールを手のひらに包み込むようにして、こう　…
マリコ　こうやって　…
コウジ　ハイ。
トモコ　しまった！
ユキコ　どうしたの？
トモコ　椅子の脚、折っちゃった。

ユキコは舞台装置の模型を作っていて、トモコもそれを手伝っている。

ミホ・チグサ　ウッソー！（と、一緒に読んでいた雑誌の記事に、ゲラゲラと笑う）
ユキコ　乱暴なんだから、もう　…
トモコ　メンゴメンゴ。
ヒロコ　ダメだよ、バックライトなんか。甘いよ、来るわけないじゃん。

こちらは競馬ファンのヒロコとシノブ。ふたりで柔軟体操をしながら

シノブ　じゃ、ヒロコの本命は？
ヒロコ　ジャックス。
シノブ　ジャックスダンディかあ。
ヒロコ　二千メートル一気の逃げ切り。もちろん、出走出来たらの話だけど。
アサミ　ときに、お宅にはずいぶんたくさん花がありますね、それにお住まいもなかなか結構で。実に

玄関から

男の声　お早うございま～す、宅急便ですけど。ハシヅメミホさんて方いらっしゃいますかあ。
ミホ　はーい。（と、出ていく）
アサミ　実にうらやましい！（『三人姉妹』のヴェルシーニンの台詞である）
ユキコ　サチコ、遅いね。
アサミ　わたしなんぞは一生
トモコ　あの子、血圧低いから。
アサミ　椅子をふたつに長椅子を一脚
ユキコ　こっち来てからずっと元気ないんだよね。今朝も朝ご飯食べなかったし。
アサミ　それにいぶってばかりいるストーブ持参でだけどさ。
ヒロコ　宿舎から宿舎へ
アサミ　うん？
シノブ　渡り歩いて来たものです。
アサミ　男が悪いんだよ、つきあってる男が。
トモコ　調教師の小泉さんて亡くなったじゃん。馬ってそういうの分かるのかな。
ヒロコ　わたしの生活には、つまりほら、こうした花が足りなかったのです。
アサミ　そりゃあ急にいなくなっちゃうんだもん、気にするよね、きっと。
シノブ　馬鹿じゃないの、あんたたち。
ツグミ

アサミ　ええい！　いまさら言ったところで始まらん！

ツグミ　鈍いよ、鈍すぎる！　だからいつまで経っても詰まんない芝居しか出来ないんだよ。

仰向けになって腹式呼吸の練習をしていたシズカ、突如上体を起こして、こちらは台本なしで言う。

シズカ　そう、働かなければなりません。おそらくあなたは、このドイツっぽめ、また甘い感傷にひたっておるわいとお思いでしょう。（トゥーゼンバフの台詞）

ツグミ　（コウジの額に手のひらを近づけ）どう、感じない？

コウジ　ハイ。

シズカ　しかし僕は、正直な話、ロシア人でドイツ語は喋れもしないのです。僕の父は正教徒でしたし。

ツグミ　熱いでしょ。

コウジ　ハイ。

ツグミ　（マリコにも同様にして）熱いでしょ。

マリコ　熱いです。

アサミ　（シズカの台詞を受けて）わたしはよくこんなことを考えます。

ツグミ　これが気、人体エネルギー。分かる？　芝居は気よ、熱がなきゃ出来ないんだから。

コウジ　ハイ。

アサミ　もし生活をもういっぺん初めから、しかも、ちゃんと意識してやり直せたら、とね。

ツグミ　手をこすってみな。

マリコ　手をこする。

アサミ　すでに費やしてしまった生涯はいわば下書きで

ツグミ　もっと強く。もっともっと。

アサミ　もうひとつほかに清書があるとしたら、とね。

ツグミ　ハイハイ・ハイハイ。

アサミ　もしそうなったら、われわれは誰しも、何よりもまず自分自身をもう一度繰り返すまいと努力することでしょう。

ツグミ　そうやって手のひらを刺激してやると気の感

覚が鋭くなるから。ハイハイハイハイ。

アサミとツグミの台詞は重なり、両者ともに負けまいと声を張りあげる。

アサミ　少なくとも自分のために、前とは違った生活環境を作り出すでしょう。
ツグミ　ハイハイハイハイ。
アサミ　こんなふうに花のいっぱいある、ひかりゆたかな住まいを、
ケンスケ　（現れて）オッス。

アサミを除き、みんな「お早うございます」と応える。

アサミ　（前の台詞から途切れることなく）設計するでしょう。もし人生をもう一度やり直せるものなら、わたしは結婚しないでしょう。いや、決して。［注②］
ケンスケ　アサミ、悪い。
アサミ・チグサ　（一緒に）何ですか？
ケンスケ　（アサミは無視してチグサに）ちょっと肩揉んでくれる？
チグサ　いいですよ。
ケンスケ　（チグサの前に行って横になり、ツグミ等に）お前ら新興宗教か？　なに拝んでんだよ。
マリコ　気です。
ケンスケ　キ？
マリコ　気が出るように
ツグミ　マリコ、集中！
コウジ　ハイ。

ミホ、宅急便の包みを持って戻ってくる。

ケンスケ　お前ら、ジョウノウチの言うことなんかまともに聞いてたらバカになるぞ。こいつバカなんだから。
アサミ　おやおや！（笑う）余計なことをどっさりね。わたしに言わせると、頭の進んだ教養のあるひとに

ツグミ　アサミ、うるさいよ。
アサミ　用がないなどという
ツグミ　バンドウ、あんただよ、あんた。それヴェルシーニンの台詞でしょ。
アサミ　だってツマガリやめちゃったし、だから……
ケンスケ　ああ、気持ちいい。
チグサ　（ケンスケの肩を揉みながら）昨日は何時まで起きてたんですか？
ケンスケ　三時前には寝ようと思ったんだけど、なんか目がさえちゃって。
チグサ　せっかく息抜きに来たのに。
ケンスケ　いろいろ考えるとさ。
チグサ　タキグチ先輩って案外心配性なんですね。
ケンスケ　だって今度滑ったら三浪だぞ。
チグサ　ダメダメ、弱気になったら。
ケンスケ　早く好きなことしたいよなあ。
ツグミ　ハイハイ、と。（と、ケンスケに当てつける）

ミホ、包みをとくと、中からモデルガンが出てくる。

ヒロコ　なにそれ、凄い！　どうしたの？
ミホ　ソリューヌイっていつもピストル持ってたらいいじゃないかと思って、家から送って貰ったの。

みんな、ミホのところに集まってくる。

シノブ　ちょっと触らせて。
ミホ　いいわよ。
シノブ　（ピストルを持って）重〜い。なんか本物みたい。
トモコ　あんた本物知ってるの？　いい加減なこと言って。
シノブ　だってェ……
トモコ　だってじゃない！　ちょっとお姉さんに貸しなさい。（と、奪って）オトト。ほんとに重いわ。
ミホ　銃身に穴を開けるとタマが撃てるやつだから。
マリコ　コワッ！
トモコ　ユキコ、ロシアンルーレットよ。（と、自分のこめかみに銃口をあてる）
ユキコ　やると思った。

ツグミ　あんたやめなさい。バカね、ほんとにタマが出たらどうするの。
トモコ　おいおい。
ツグミ　出るの。気が入ってたら出ることあるんだから、こういうものは。
ケンスケ　お前、熱でもあるんじゃねえのか。
ツグミ　ありますよ、そりゃ生きてんだから。カーッ！（と、奇怪な声を出してケンスケめがけて手のひらを突き出す）
ケンスケ　やめろ、バカがうつるから。（と、逃げる）
　ツグミ、手のひらを突き出してカーカー言いながら、ケンスケを追いかける。
サチコ　お早う。（と、現れる）
　みんな、それに応える。
サチコ　（ツグミとケンスケを見ながら）朝からみんな元気ね。
トモコ　一部よ、一部のヒトだけ。
ユキコ　サチコ、顔色よくないけど
サチコ　大丈夫大丈夫。稽古始めよう。シズカ、演出は？
シズカ　会議中。
アサミ　キャスト少し変えるんだって。
ケンスケ　バンドウがヴェルシーニンやるんだってよ。
アサミ　まだ決まったわけじゃないけど。
サチコ　じゃ、バンドウがやってたアンフィーサ、誰がやるの？
シズカ　だからいまそれを演出と顧問で
アサミ　それとモチヅキ先輩。
シズカ　そうそう。
トモコ　ユキコがやればいいじゃん。
ツグミ　ああ、それいい、いいかもしんない。
ユキコ　やめて下さいよ。
サチコ　たまにはユキコも出ればいいんだよ。人間変わるよ。
ユキコ　ダメだよ、わたし声出ないし。
トモコ　いいじゃない、どうせ半分死んでるような婆あなんだから。声が出たらかえっておかしいよ。
ユキコ　だったらトモコがやればいいでしょ。
トモコ　わたしはだって、部員じゃないじゃない。
ツグミ　ああ、それいい、いいかもしんない。オガワって結構熱あるしさ。
トモコ　ありませんよ、熱なんか。
ツグミ　いいじゃん、老け役。あんた向いてるよ。
トモコ　向いてません！
ケンスケ　だけどツマガリ、なんで急にやめたんだ。
ユキコ　演劇より楽しいことを見つけたんですよ、ツマガリは。
アサミ　男ですよ、オトコ。
ケンスケ　あいつが？
アサミ　合宿で一週間も会えなくなったら、死んじゃうって。
ツグミ　死んでほしいよ、ひとの迷惑も考えないで。
チグサ　西高のバレー部のひとですよね。わたしツーショットのとこ見たことある。
ツグミ　股下九十センチだって。キリンじゃないツーの。
カヨ　（現れて）誰かわたしのサポーター知らない？膝に当てるやつ。靴下と一緒に置いといたんだけどさ。
トモコ　まだ言ってるよ。
ユキコ　洗濯しようと思ってアレしたんじゃないんですか。
カヨ　ないのよ、探したんだけど。誰か間違えてない？　ニシダ！
ヒロコ　してないです、わたしは。
シノブ　わたしも。
カヨ　悪いけどちょっとみんな足見せてくんない？
（と、確認しようとする）
ケンスケ　誰もしてねえよ、お前のサポーターなんか。
カヨ　じゃ、どこいっちゃったんですか。アレ大切なやつなんです、中二の時にバスケの先輩からコレやるよって
ケンスケ　知らねえよ、そんなこと。
シズカ　やっぱりいるんだ。
サチコ　いるって何が？

シズカ　わたしたち以外の誰かが……
トモコ　どういうこと？
シズカ　だから
ミホ　部長、みんなには話さない方が。夜とかトイレに行けなくなっちゃうひとも……
シズカ　ああ、そうね。
カヨ　なによ、なんか出るの？　そいつがわたしのサポーター持ってったわけ？
シノブ　ヘンタイ？（と、ミホに）
ミノリ　お早うございます。（と、駆け込んできて）
全員　エノモト、遅〜イ！
ミノリ　すみません。
ツグミ　あんた今日掃除当番でしょ。朝ご飯食べた後どこ行ってたの、今まで。
ミノリ　なんとなく渚を歩きたくなって
ツグミ　ポヨヨ〜ン。
トモコ　なんなんだ、それは。
ミノリ　なんて言うか
ツグミ　聞きたくない！　シズカ、あんた部長でしょ、しっかりしなさいよ。
シズカ　エノモトさん、今日稽古終わったら便所掃除。いい？
ミノリ　はい。死んだ気でやります。
ツグミ　ついていけないよ、わたし。
カヨ　ミノリ、わたしのサポーター知らない？
ミノリ　サポーター？
カヨ　いつもわたしが膝に当ててる
ミノリ　（みなまで言わせず）知りません。ワーー！（と、大声。発声練習のつもりだ）
ケンスケ　感じねえやつだなあ。
サチコ　ねえ、もう十時過ぎてる。稽古始めない？
アサミ　そうね、ヤロヤロ。
トモコ　（ラジカセを用意し）エノモトさん、テープこれでいいの？（と、テープを見せ）
ミノリ　（ちょっと見て）はい、それで。

ユキコ、ケンスケ、それにラジカセ係のトモコを除く全員、正面を向いて二列に並ぶ。

ミホ　タキグチ先輩はやらないんですか。

タキグチ　俺はいいよ。
ミホ　模範を見せて下さいよ、模範演技。
ヒロコ　そうそう。肉練のメニュー作ったの、タキグチ先輩でしょ。
ケンスケ　別に俺がひとりで作ったわけじゃないけどさ。
チグサ　グズグズ言わないの。（と、タキグチの腕をとり）やってくんないと明日返さないから。（と、周りに同意を求める）
サチコ　前ですよ、いちばん前。
タキグチ　参ったなあ。長いことやってないからうまく出来るかどうか分かんねえぞ。
アサミ　とかなんとか言っちゃって。
トモコ　じゃ、いきまーす。

前列は中腰で、後列はまっすぐに立ち、腰に両手を当てて用意。いちばん前のタキグチも含め全員、それまでとは打って変わって真剣な表情である。トモコ、ラジカセのボタンを押す。と、とんでもない音楽が流れる。全員、ずっこける。

全員　オガワー！
トモコ　（慌てて）だってエノモトさんが
全員　エノモトー！
ミノリ　すみません。（慌ててラジカセへ飛んでいく）
トモコ　あんたどういう趣味してんの？　こんなの聴きながら渚を歩くわけ？

「お早う」と、顧問のモリオカ、それにタエ、ショウコが現れる。みんなそれに応える。

モリオカ　みんな座レー。ええ、みんなもう知ってると思うけれども、昨日の夜、ツマガリから電話で、正式に退部したいという申し出があったので
アサミ　理由はなんて言ったんですか。
モリオカ　一身上の都合だ。
ツグミ　ケッ、どういう都合だよ。
モリオカ　黙レー。誰しも語りたくない秘密はパイアールの二乗は円の面積だ。

「お早うございます」とカズミ、駆け込んでくる。

モリオカ　キノシタ、遅ーイ。

カズミ　すみません、衣裳やっててそれで　…

モリオカ　百叩きだ、ケツ出セー。

カズミ　ええっ。

モリオカ　冗談に決まっトール、モリオカトール。

カヨ　だからそんなに急がなくってもいいって。

カズミ　だってわたし仕事遅いから

モリオカ　キノシタ、うるさいぞ。ええ、それでキャストのことだが、演出のイノウエと相談して、モチヅキの意見も参考にしながら次のように変更することに決めたので、いまからそれを天才イノウエが発表する。心して聞ケー。

ショウコ　（メモを見て）それでは新しいキャストを発表します。ほとんど昨日までと同じなんですが一応全部言います。

モリオカ　呼ばれたら手を挙げて返事シロー。

ショウコ　アンドレイは前と同じで、イノウエショウコ。はい。

モリオカ　よーし。イノウエ、可愛いゾー。

ショウコ　（恥ずかしそうに笑って）ドウモー。…ナターシャも前と同じです。アサミチグサ。

チグサ　はい。

ショウコ　オーリガは代わります。コバヤシマリコ。

マリコ　（驚いて）は、はい。

トモコ　え、じゃサチコは　…

モリオカ　うるさいぞ、陸上部。

イノウエ　続けます。マーシャ、コバヤシさんがオーリガに移ったので代わります。ハシヅメミホ。

ミホ　はい。

音もなくといった感じで、ヤヨイが入ってくる。サングラスをしている。

ショウコ　イリーナ、同じです。ニシダヒロコ。

ヒロコ　はい。

ショウコ　クルイギン、同じです。マツムラシノブ。

シノブ　はい。

ショウコ　ヴェルシーニンはツマガリさんがやめたので

タエ　（ヤヨイに気づき）どなたですか？
ヤヨイ　ごめんなさい、つい挨拶しそびれちゃって。
モリオカ　ヤヨイ。
ヤヨイ　久しぶりね。お父さんに聞いたの、トオルさんが高校のクラブの生徒さんたちと一緒に来てるって。それで　…
モリオカ　わざわざ？
ヤヨイ　わざわざってこともないけど。いけない、陣中見舞い持ってくるの忘れちゃった、そのために来たのに。
モリオカ　相変わらずだな。
ヤヨイ　ここへ来る途中の八百屋さんでスイカ買ったのよ。車の中だわ。バカみたい。
モリオカ　ああ、みんなに紹介しておく。
ヤヨイ　よして、照れるわ。
モリオカ　決して怪しい者じゃないぞ。こちらはコンノヤヨイと言って俺のいとこで、だからつまり、この別荘の持ち主の娘だ。みんなからもお礼シロー。

一同、口々に「お世話になってます」「ありがとうございます」「よろしくお願いします」等々。

ヤヨイ　どうも　…。いいわね、若い子は素直で。
モリオカ　ネコかぶってんだよ。
ツグミ　ニャオ。
モリオカ　ジョウノウチ！

一同、笑う、サチコを除いて。

ヤヨイ　懐かしいわ。ここへ来るの十年ぶりよ。
モリオカ　玄関で待ってろよ、すぐ終わるから。
ヤヨイ　いいの？
モリオカ　いいんだよ、俺なんかいない方が。
ヤヨイ　威張ってる。（みんなに）ごめんなさいね、お邪魔しちゃって。（と、去る）
モリオカ　ええ、大変長らくお待たせしました。イノウエ先生、さっきの続きを。
ショウコ　はい。ええっと　…
タエ　ヴェルシーニンから。

ショウコ　はい。ヴェルシーニンは、ツマガリさんに代わって、マトバサチコ。
サチコ　はい。
ツグミ　ガーン。
モリオカ　擬音はヤメロー。

アサミがショックを受けているのは誰の目にも明らかだ。

ショウコ　トゥーゼンバフ、同じです。エンドウシズカ。
シズカ　はい。
ショウコ　ソリョーヌイ、代わります。キノシタカズミ。
カズミ　えっ、ダメです、わたし。だって、どうしてですか？
モリオカ　キノシタ、質問はあとだ。
ショウコ　続けます。チェブトイキン、同じです。ジョウノウチツグミ。
ツグミ　はい。
ショウコ　アンフィーサ、同じです。バンドウアサミ。
アサミ　……
モリオカ　バンドウ、いないのか？　返事しろ。
アサミ　（俯いたまま、蚊の鳴くような声で）はい。
ショウコ　以上です。なにか質問は？
カズミ　あのう、わたし……
モリオカ　大丈夫だ、キノシタ。衣裳はみんなに手伝ってもらえばいいんだから。新キャスト発表終わり。
コウジ　はい。（と、手を挙げて）
ショウコ　ハイ、コウジくん。
モリオカ　オッ、珍しいな。ウエノがなんか喋るぞ、みんな耳を澄まして聞ケー。
コウジ　照明のプランはいつまでに出せばいいんですか。
ショウコ　ア、まだいいの、照明は。芝居まだ全然できてないし、だから
タエ　エノモトさん、音響はダメよ、この合宿中にある程度出してくれないと。
ミノリ　了解です。
ショウコ　ほかに質問は？　なければ少し遅くなりましたが、稽古始めまーす。

みんな、ざわざと立ち上がる。が、アサミひとり、両手で抱えた膝に顔を伏せてうずくまっている。

モリオカ　（装置の模型を見て）凝ってるなあ、ツチヤ。

ユキコ　完成してないんです、まだ。

モリオカ　なるほど。この柱を横にすると二幕のセットに変わるのか。

サチコ　先生、お帰りは何時になるんですか。

モリオカ　うん？

サチコ　奥さんから電話とかあると困りますから。

モリオカ　午後のミーティングまでには帰る。ヨシ、と。（と、行きかけて）ああ、今朝、スギヤマ先生から電話があって、こっちに来るのは明後日になるそうだ。（と、みんなに言い）じゃ、モチズキ、あと頼んだぞ。

タエ　はい。

モリオカ、出ていく。

ユキコ　八月七日　晴れ。（と、言うと）

ユキコを除く全員、ストップモーション。思い出の一枚の写真のようだ。

ユキコ　（セット模型を作りながら）朝、吸い込まれそうなみず色の空を見て、遠くまで来たんだと改めて思う。夕方になると海から吹いてくる風が心地よく、本当ならシアワセな気分になっていいはずなのに、ユウウツだ。サチコ爆発。レンアイが苦しくて持ちきれないのだ、きっと。トモコに当たってケンカ。トモコもバカだけど。口もきかない、お互いの顔さえ見ない。わたしはふたりの間で一日中オロオロ。夕ご飯のあと、サチコはニシダさんたち一年生とカラオケ。トモコはブータレテ九時前に寝てしまう。残されたわたしは、トモコのタバコをこっそり。生まれて初めて口から煙を吐き出した。「キャビン・マイルド」、「優しい船室」。八月七日はわたしのタバコ記念日だ。哀しくて苦い一日。

ストップモーション解除。

ケンスケ　さあ、気合入れていくゾー。
タエ　タキグチさんもやるんですか。
ケンスケ　やるよ。頼まれたらケツから火だって吹いちゃうから。
タエ　腰が悪いのに。どうなっても知らないから、わたし。
アサミ　モチヅキ先輩。
タエ　なに？
アサミ　さっきのキャスト、誰が決めたんですか。
タエ　誰って、だからモリオカ先生とイノウエさんと
アサミ　キャスト変更はもうないんですね、ゼッタイ。
タエ　絶対かどうかは分からないけど
アサミ　じゃ、また変わるかもしれないんですか。
タエ　だから、それは
アサミ　どうなの、イノウエ。はっきりしてくれる？
ショウコ　わたしはさっき発表したのがベストだと思うし、もうあんまり動かさない方がいいと思うから　…
アサミ　あ、そう。変えないのね、ゼッタイ変わらないのね、分かった。
ショウコ　もしかしたら不満とかあるかもしンないけど分かったって言ってるでしょ！
アサミ　アンフィーサっていい役じゃん。いいと思うけどなあ、わたし。三幕なんか見せ場あるしさあ。
ツグミ　そうそう。バンちゃんの老け役っていつも結構ハマってるし。
カヨ　ウッ！（と、ひと声洩らし、片手で口を押さえ小走りに出ていく）
アサミ　ムラセ、言い過ぎだよ。
ツグミ　え、嘘！　わたし？　わたしが悪いの?!
カヨ　いかんなあ　…（と、呟く）
ショウコ　イノウエさん、いいからもう始めちゃって。
タエ　はい。
ショウコ

タエ、アサミを追う。

ショウコ　じゃ、オガワさん、音、お願いします。構えて！

トモコ　入りまーす。（と、ラジカセのボタンを押す）

『天城越え』のカラオケのイントロ、流れる。

全員歌いながら、中腰の前列はゆっくり腰を上げていき、後列は逆に腰を下ろしていく。

一小節くらい歌ったところで、テープがプツンと切れる。

サチコ　トモコ、何してんだよ！（と、凄い剣幕で）

トモコ　（オロオロして）えっ、だってわたしなんにも……（と、ラジカセをガチャガチャ）

サチコ　やってらンないよ。

トモコ　どういうことよ、それ。わたしだって一生懸命やってるじゃない！

場が凍りつく。

シズカ　タタリだわ。ハシヅメさん、やっぱり本当なのよ、あの薬屋のおばさんの話。

ミホ　でも……

シズカ　ううん。誰かいるのよ。わたしたちの知らない誰かがこの家のどこかに……（と、地獄からの使者のような声で）

シノブ　こわーい！

「ハクション！」と、大きなくしゃみ。みんな、ヒエーと驚く。

入口のところにサングラスの男、リョウがいた。手に西瓜。

リョウ　すみません。こちらに義姉《ねえ》さん来てませんか？

暗くなる。

2

明るくなる。二日後の夜。前の場と同じ広間だが、『三人姉妹』の一幕に指定されている円柱にあたるもの、そして、隅に置いてあったテーブルとソファが中央に置かれていて、そこに、リョウとモデルガンを手にしたミホが座っている。奥に、作りかけの衝立。

リョウ ロシア語で、希望のことをなんて言うか知ってる?

ミホ いえ……

リョウ ナジャジーダ。つまり、ナジャという名前は希望の始まりだから、始まりだけだから素晴らしいってブルトンは言うわけ。

ミホ それがテーマなんですか?

コウジ、衝立の材料を持って現れる。

リョウ いやまあ、テーマっていえばテーマなんだけど、でも、作品のテーマっていうのはあらかじめあるものではなく、あくまでも作る過程で発見されるものだからさ。

ミホ はい。

リョウ そうだ、きみの連絡先を聞いておかないと……(と、手帳を出し)

コウジ、トントンと激しくカナヅチをふるっている、ふたりの会話を邪魔するために。

ミホ うち、親がうるさくって、男のひとから電話がかかってくるとちょっとまずいんですけど……

リョウ じゃ、スタッフの女の子にかけさせるよ。

ミホ すみません。いいですか、〇四八の

リョウ (コウジに)うるさい!

コウジ (仕事をやめて)……

ミホ 〇四八の四七三の六四一七です。

コウジ (おうむ返ししながら書いて)下、なんだっけ?

ミホ　シタ？
リョウ　名前の
ミホ　ミホです。
リョウ　ハシヅメミホ。（と、書いて）そうか、親がうるさいのか。
ミホ　はい。
リョウ　じゃ、門限とかあるんだ。
ミホ　だから部活で遅くなったりすると大変なんです。
リョウ　何時までに帰らなきゃいけないの？
ミホ　六時です。
リョウ　オッと、六時はまずいなあ、六時は。
ミホ　わたし、なんとかします。
リョウ　そうだよ、自分がしたいと思ったらすればいいんだよ、もう中学生じゃないんだから。
チグサ　（現れて）ハシヅメ、電話、お父さんから。
ミホ　ありがとう。（と、立って）
リョウ　夏休み中に一度、ほかのスタッフにも会って貰いたいんだけど、時間あるよね。
ミホ　はい。よろしくお願いします。（と、去る）

チグサ　ウエノくん、花火大会行かないの？
ウエノ　うん。これをやらないとさあ。
チグサ　こういうのって舞台監督のムラセさんの仕事じゃないの？
ウエノ　そのムラセさんに頼まれたから。
チグサ　ヒドーイ。
ウエノ　いいんだよ、俺がやるって言ったんだから。
リョウ　アサミさんだっけ？
チグサ　はい？
リョウ　きみ、映画に出る気ない？
チグサ　えっ。
リョウ　「ナジャのいる岸辺」ってタイトルで、今年の冬にうちの大学のサークルが中心になって作るんだけど。
チグサ　だって、ハシヅメがやるんじゃないんですか？
リョウ　うん、でもきみの方が、いま名前を呼んだ時に振り返った顔なんかわりとイメージに近いんだよね。それに彼女、うちがうるさいんだろ。

チグサ　ええ、まあ、お父さん、ヤクザだから　…
リョウ　嘘！（と、驚いてソファからずり落ちる）

「あらまあ、モリオカ先生の親戚の別荘っていうから、大きめの犬小屋くらいかと思ってたら　…」と、スギヤマの声がして　…

ユキコ　この部屋で稽古してるんです。（と、現れる）

続いて、トモコ、旅行鞄を手にしたスギヤマ。

スギヤマ　ちょっとツチヤさん、凄いじゃない。
チグサ　先生、お早うございます。
スギヤマ　アサミさん、いまは夜よ。芸能人じゃないんだからおかしな挨拶はしないの。

リョウ、笑う。

スギヤマ　ウエノくん、挨拶は？
コウジ　いらっしゃい。
トモコ　おいおい。

リョウ、更に笑う。

スギヤマ　（少しムッとしてチグサに）どなた、こちら？
ユキコ　この別荘の持ち主でモリオカ先生の　…
スギヤマ　アラ！　それを早く言ってくれないと、もう。申し遅れました。わたくし、モリオカ先生と一緒に演劇部の顧問をやっております、スギヤマと申します。今回はいろいろご無理をお願いしまして　…

ドーンと花火が上がる。

リョウ　（チグサに）始まったみたいだね。
トモコ　先生、今夜、花火大会なんです。あとで一緒に行きません？
スギヤマ　いいわね。
ユキコ　でも、サチコが　…
トモコ　誘えば行くわよ、体が悪いわけじゃないんだから。

スギヤマ　どうかしたの？　マトバさん。

ユキコ　いろいろあってそれで、ちょっと情緒不安定になってるんです。

ユキコの台詞をかき消すように、花火の音。

トモコ　気にしない気にしない。先生、早く部屋に荷物を置いて、行きましょ。

トモコ、スギヤマとユキコを追い立てるようにして、三人去る。

コウジ　そんなに気分が落ち着かないんだったら、マトバさんも瞑想すればいいんだよ。表層瞑想法なら誰だって簡単に出来るんだから。（と、ひとりごと）

リョウ　あたしの呼吸が止まると、それがあなたの呼吸の始まり　…

チグサ　ハイ？

リョウ　同じことを二度言わせるなよ。

チグサ　すみません。

リョウ　今度作る映画の中の台詞だよ。（ミホが置いていったモデルガンを手にして）あたしの呼吸が止まると、それがあなたの呼吸の始まり　…。いいと思わない？

チグサ　はい。

リョウ　ちょっと言ってみてくれる？

チグサ　言うんですか？

リョウ　棒読みでもなんでも構わないから。

チグサ　あたしの呼吸が止まると、それがあなたの呼吸の始まり　…

リョウ　（目をつむって）もう一度。

チグサ　あたしの呼吸が

ショウコ　（現れて）今晩は。

リョウ　黙れ、ストップ！

ショウコ、ストップモーション。服の下になにか入っているのか、肥って見える。

リョウ、すっかりソノ気になっていて、思い入れたっぷりに指を鳴らして、チグサにキューを出す。

チグサ　あたしの呼吸が止まると、それがあなたの呼吸の始まり……

リョウ　じゃ今度は、三歩あるいて止まって振り向いて、それから言ってみてくれる？

チグサ　（言われたように動いて）あたしの呼吸が止まると、それがあなたの呼吸の始まり……

リョウ　ベリーグッ！　きみに決めた。行こう！

チグサ　行くってどこへ？

リョウ　シナリオだよ。きみに合わせて書き直す。書き直すそばからきみがそれを読むんだ、アンナ・カリーナみたいに。

チグサ　ハイ！

ふたり手を繋ぎ、慌ただしく出ていく。

ショウコ　（見送って）……コウジくん、いま忙しい？

コウジ　ううん。もう終わるから……

ショウコ　ちょっと見てくれる？

コウジ　（肥ったショウコを見る）……

ショウコ　おかしいかな？

コウジ　いいと思う、僕は。

ショウコ　よかった。

ショウコ、服の下に入れてたものを取り出し、コウジの隣に座る。

ショウコ　グリーンガム、食べる？

コウジ　はい。

ショウコ　（ガムを渡して）アンナ・カリーナって誰？

コウジ　（受け取り）俳優です、ゴダールの『気狂いピエロ』とかに出てる……

ショウコ　『気狂いピエロ』か……

ふたり、ガムを噛んでいる。

ショウコ　コウジくん、植物もウンコするって知ってた？

コウジ　嘘ですよ。

ショウコ　するんだって。
コウジ　するはずないですよ、植物が。
ショウコ　それがするのよ。だってほら、植物は葉緑素だから。（と言って、自分でウケて笑う）
ショウコ　え？
コウジ　？　だから何ですか？
コウジ　植物は葉緑素だからどうしてウンコするんですか？
ショウコ　だから　…
ケンスケ　（現れて）おまえらふたりだけ？
ショウコ　そうですけど　…（と、ソワソワして）
ケンスケ　アサミ、知らないか？
ショウコ　バンドウだったら
ケンスケ　チグサだよ。
ショウコ　チグサだったらさっきコンノさんと　…
ケンスケ　どこ行ったんだ。
ショウコ　知りません。
ケンスケ　なんか言ってなかったか？
ショウコ　なにかって　…（コウジに）なにか聞いてる？
コウジ　いいえ、別に　…
ケンスケ　なんだよ、あいつ。俺と一緒に花火に行くって言ったのにィ。
コウジ　でも、さっき出て行ったばかりだから　…
ケンスケ　ガム噛みながら喋るんじゃねえよ！
ショウコ　（コウジに代わって）すみません。
ケンスケ　アタマ来ンなあ！（と、出ていく）
ショウコ　（見送って）…いかんなあ。
コウジ　分からないな。
ショウコ　なにが？
コウジ　だって、この間までタキグチ先輩はモチヅキさんとつきあってたんでしょ。なのにああやって　…
ショウコ　万物は流転するのよ。
コウジ　許せないな、僕は。
ショウコ　焦っているのよ、タキグチさんは。受験のこととかいろいろあって、だから　…。うち、おばあちゃんいるでしょ。八十三だからもうあと何年も生きてられないと思うのね。どう考えても、残された時間はわたしたちよりずっと少ないはずなの。だけど、おばあちゃんはいつものんびりしてて、わたしはなんだか毎日焦って焦ってイライラしてる。これ変でしょ、変だよね。コウジくん、どうしてだと思う？　若いからよ。わたしたち若いからイライラするの。明日、自分はどうなるかって不安があるわけでしょ。明日、もしかしたらいいことがあるかもしれないって期待もあるわけでしょ。不安と期待と両方あるから、あっちかこっちか決められなくて、だからイライラするわけ。だけど、歳をとったら明日はどうなるかってもう見えてるわけじゃない。死ぬかもしれないって不安しかないわけじゃない。もしかしたら、死ぬことは希望なのかもしんないけど……

コウジ　ナジャジーダか。

ショウコ　なに？　それ。

コウジ　さっきコンノさんが言ってたんですよ、ロシア語で希望のことをナジャジーダって言うんだって。

ショウコ　ふーん。

コウジ　僕たち、あと何年生きなきゃいけないのかな。五十年経ったら、みんなどうしてるんだろう？

ショウコ　わたしは六十六のおばあちゃんで、子どもがいて孫がいて、分からないけど……

コウジ　現在は実に厭だ。その代わり未来のことを思うと、なんにも言えないなあ。

ショウコ　アッ、それ四幕のわたしの台詞。

コウジ　胸がすうっと軽くひろびろしてくるし、遠くの方に光明がさしはじめて、自由のかげがありありと見えるのだ。

以下、ショウコとコウジ、声をあわせて。

ふたり　おれや子供たちが、ぐうたらな暮らしから、クワスから、キャベツつきの鵞鳥《がちょう》から、食後の昼寝から、下劣な宿り木暮らしから、解放される日がありありと見えるのだ！［注③］

ショウコ　……ひとの台詞、よく覚えてるね。

コウジ　好きだから。

ショウコ　え？
コウジ　好きだから、イノウエさんのこの台詞。
ショウコ　（手で火照る顔をあおぎ）なんか、暑い……
ミホ　（戻ってきて）あれ、コンノさんは？
ショウコ　え、ええっと……（と、ひどく慌ててウエノから離れ）さっきチグサとどっか出かけたみたい。ネ。（と、ウエノに）
ミホ　チグサと……？
ショウコ　（ウエノに）あ、それ出来た？　じゃ、ちょっと三幕の寝室にしてみようか。
ウエノ　はい。
ショウコ　（ミホに）ちょっと手伝ってくれる？
ミホ　はい。
ショウコ　ガム食べる？
ミホ　いいです。
ショウコ　（出したガムを引っ込め）ハシヅメさん、植物もウンコするって知ってた？
ミホ　いいえ。
ショウコ　意外でしょ。だけどするの。なんでかって言うと、植物には、ほらヨウリョクソ。（と、いかにも愉快そうに笑う）

ケンスケ、戻ってくる。いかにも不機嫌そうに、ゴロンとソファに横になる。

コウジ　（作業をしながら）花火、盛り上がってきましたね。
ショウコ　（ミホに）わたしたちも行く？
ミホ　え、ええ……
タエ　（現れて）イノウエさん、ちょっと来てくれる。
ショウコ　なんですか？
タエ　バンドウさんがまた帰るって。
ショウコ　あらあら。
タエ　一応、いまはママコ先生に説得して貰って落ち着いてるんだけど、でも、演出の口からどうしていまのキャスティングになったのか、もう一度ハッキリその理由を聞かせてほしいって言ってるの。
ケンスケ　帰りたいって言ってんだから帰してやればいいじゃないか。

タエ　（無視して）イノウエさん、悪いけど…
ショウコ　はい。
ケンスケ　（行きかけたタエに）モッチはいいんじゃないのか。
タエ　なんですか。
ケンスケ　お前が脇からガタガタ言うから、収まるもんも収まらなくなっちゃうんだよ。
タエ　どういうことですか、それ。
ケンスケ　目障りなんだよ、モチヅキは。
タエ　…
ケンスケ　いつまでこんなとこに首突っ込んでんだ。お前、もう五月で引退したんだろ、受験勉強で忙しいんだろ、ほっときゃいいじゃねえか。
タエ　じゃ、タキグチさんはどうなんですか、いつ帰るんですか。用もないのに一日延ばしにズルズルズルズル。
ケンスケ　だから明日帰るよ、帰りゃいいんだろ。
タエ　みんな言ってますよ。今度滑ったら三浪なのに、余裕があるのか馬鹿なのか、タキグチ先輩はほんとに分からないって。
ケンスケ　お前らー！
ショウコ　アノ、じゃあわたし…
タエ　いちばん奥の、ママコ先生の部屋だから。
ショウコ　ハーイ。（と、逃げるように出ていく）
ケンスケ　ウエノ、飲みに行くぞ。
タエ　いいのよ、行かなくって。
ケンスケ　ウエノ！
タエ　ウエノくんはまだ一年生でしょ、なに荒れてんですか。
ケンスケ　関係ねえだろ、お前には。
タエ　そうですよ、関係ないんですよ、わたしたちは。ウエノくんもわたしもみんなひとりなんですよ。だから、なにがあったか知りませんけど、そんなに飲みたかったらひとりで行けばいいんですよ、ひとりで行けば。
ケンスケ　ああ、そうか、分かったよ、ひとりで行くよ。いま俺をひとりにして、どうなっても知らないからな。

サチコ、現れる。

ケンスケ　どけッ！（と、サチコを押しのけて出ていく）
サチコ　…どうしたんですか、タキグチさん。
タエ　ああ、あ。バカみたい。（と、出ていく）
サチコ　あれ？　ラジカセは？
コウジ　エノモトたちが持っていきましたけど。
サチコ　あの子たち、花火大会に行ったんじゃないの？
コウジ　音がないと盛り上がらないからとか言って…
サチコ　なんで？　花火大会でしょ、音あるじゃないありすぎるじゃない。分かんないなあ。
ミホ　マトバさん、わたし…
サチコ　どうしたの？
ミホ　明日、家に帰っちゃいけませんか。
サチコ　なによ、急に。
ミホ　さっき家から電話があって、すぐ帰ってこいって言うんです。帰ってこなければお父さんが連れに来るって。
コウジ　え、それヤバイよ。だってハシヅメのお父さん、ヤクザだろ。
ミホ　みんなに迷惑かけるとは思わないけど、でも…
コウジ　だけど、殴ったりするわけだろ、何するか分からないんだろ。
ミホ　なんにもしないわよ、子どもには！（と、怒る）
サチコ　あと二日よ、明後日で合宿終わるのよ。
ミホ　わたしもそう言ったんですけど…
サチコ　ダメなの？
ミホ　わたしがコンノさんの映画の話をしたら怒りだしちゃって…
コウジ　じゃ、コンノさんが…（と、頬を押さえて）
ヤヨイ　（現れて）今晩は。

三人、それに応える。

ヤヨイ　今日は暑いわね。台風、どうなったのかしら。
サチコ　モリオカ先生だったらいませんけど。
ヤヨイ　花火大会？

サチコ　奥さんが来てるんです。家族サービスだとか言って、今日から一泊二日で下田のホテルなんです。知らなかったんですか？
ヤヨイ　バカね。なにもわたしに隠すことなんかないのに。
サチコ　後ろめたいんじゃないんですか。
ヤヨイ　どうして？
サチコ　わたしにはよく分かりませんけど……
ヤヨイ　もしかしたら、あなた、マトバさん？
サチコ　そうですけど。
ヤヨイ　そうか。あなたがマトバサチコさんか。
サチコ　なんですか、いったい。
ヤヨイ　（ミホとコウジに）ごめんなさい、ちょっとの間だけだから、あなたたち席を外してくれる？
サチコ　ハシヅメ、さっきの話、ママコ先生に。
ミホ　はい。
コウジ　逃げるしかないよ。
ミホ　逃げるってどこへ？
コウジ　分からないけどさ。

コウジとミホ、去る。

ヤヨイ　（模型を手にして）チェーホフの『三人姉妹』をやるんですって？　題名は知ってるのよ、そういうお芝居があることは。だけど、どんな話か知らないからトオルさんに聞いたの。そしたら、百年前のロシアの三人の姉妹の話だって。バカにしてるわ。（と笑って、バッグからタバコを取り出す）
サチコ　ここ、禁煙になってるんですけど。
ヤヨイ　ああ、そうか、そうね。（と、しまって）あなた、タバコは？
サチコ　吸いません。（と、モデルガンを弄びながら）
ヤヨイ　真面目なんだ。
サチコ　嫌いなだけです。
ヤヨイ　わたしは？　嫌われてる？
サチコ　多分、もしかしたら……
ヤヨイ　わたしは好きよ、あなたみたいにイエスノーをはっきり口にする女の子。いま高二でしょ。

十七？

ヤヨイ　六です、まだ。
サチコ　ちょうどわたしの半分ね、いやだわ。（と、笑って）
ヤヨイ　話がなければわたし……
サチコ　わたしのこと、トオルさんからなにか聞いてる？
ヤヨイ　別に……
サチコ　そう。
ヤヨイ　興味がありませんから。そんな暇もないし。
サチコ　わたしはあなたのこと聞いてるわ、少しだけど。
ヤヨイ　少しって、どれくらいを少しって言うんですか？
サチコ　久しぶりにトオルさんと会って、二時間くらい話したのかしら。その間に、あなたの名前を何度も聞かされたわ。確かマトバが三回、サチコが七回……
ヤヨイ　それだけですか？
サチコ　それだけで全部分かったわ、彼がいまどこにいる誰をどんな風に恋しているのか。そう、あなたの目を見れば、いまあなたがどこにいる誰をどんな風に恋しているかが分かるように。
ヤヨイ　なんでも分かっちゃうんですね。
サチコ　そうよ。トオルさんは昔のままだし、わたしもあなたと同じ年頃には、きっといまのあなたと同じ目をしていたんだわ。
ヤヨイ　だったら教えてください。先生はわたしをどんな風に恋しているのか、わたしは先生をどんな風に恋しているのかを。
サチコ　……苦しいのね、分かるわ。でもいつかその苦しみから逃れられる日が来るわ、始まりがあって終わりがないものはこの世にないんだもの。
恋が終わると、苦しみに代わって哀しみが押し寄せる。とめどなく流れる涙と一緒に過ごす夜が、きっと幾晩も続くわ。そのうち涙も涸れて、そうすると、重い荷物を肩からおろしてほっとしている自分に気づくの。

ひとはたくましい動物よ。半年経つか経たないうちに、あれは夢だったのかもしれないと懐かしく思い出すようになるわ。もしかしたら、どうしてあんなことをと後悔することだってあるかもしれない。でも、五年経ち、十年、十五年と経った頃には、あの恋の終わりと一緒に、自分も終わってしまえばよかったと思ったりするかもしれない。

サチコ　わたしは後悔なんかしないわ。懐かしい思い出にもしないし、どんなになっても泣いたりなんて絶対しない。（と、自分自身に言い聞かせるように）

花火があがる。

ヤヨイ　花火をあんな風に高く打ち上げるのは、生きてるわたしたちを喜ばせるためじゃなくて、亡くなったひとの魂を鎮めるためなんだって。

ユキコ　（現れて）サチコ、どうしたの。ママコ先生待っているのに。

サチコ　あ、ごめん。ラジカセ、エノモトたちが持ってったんだって。確か男の子たちの部屋に一台あったから、アレ借りよ。（と、出ていく）

ユキコ　今晩は。（と、ヤヨイに挨拶して、模型を手に取る）

ヤヨイ　それ、あなたが作ったの？

ユキコ　この別荘をモデルにしたんです。でも、実際自分たちで作るとなるとこの通りには絶対出来ないんで、どうしたらいいのかなって……

ヤヨイ　うらやましいわ、夢中になれることがあって。

ユキコ　そうか。壁をなくして柱だけにすれば……（と、ひとりごと）

ヤヨイ　むかしここで心中事件があったの、知ってる？

ユキコ　心中？

ヤヨイ　まだ中学生だったトオルさんがそれを発見したの。

ユキコ　モリオカ先生が。

ヤヨイ　近所のひと達、もう噂してないのかしら。ここ、その時に亡くなった男のひとの幽霊が出るって、一時評判になってたんだけど。

ユキコ　その話……
ヤヨイ　耳にした？
ユキコ　わたしじゃなくてほかの子ですけど……
ヤヨイ　十五年前よ。亡くなった男の子は二十歳。海の家でバイトしていた学生だったわ。
ユキコ　女のひとは？
ヤヨイ　十七歳。
ユキコ　じゃ、高校生だ。
ヤヨイ　あなた、恋したことある？
ユキコ　（首をかしげ）……分かりません。どれが恋で、そうじゃないのか。
ヤヨイ　そう。でもこれからよ。いろいろあるわ、きっと。
ユキコ　え？
ヤヨイ　なに？
ユキコ　もしかしたら、あなたですか、ここで心中したの。
ヤヨイ　よく分かったわね。そうよ。わたし、十五年前にここで死んだの。
ユキコ　！

花火の音、激しく。暗くなる。

スギヤマの声　あら、オガワさん、あなたどうしてライターなんか持ってるの？
トモコの声　だって、こういうところって台風が来るとよく停電とかなったりするじゃないですか。
スギヤマの声　停電になるとどうしてライターがいるの？
トモコの声　どうやってつけるんですか、ろうそく。
スギヤマの声　じゃあなた、ろうそくも持ってきてるわけね。
トモコの声　やめましょ、先生。詰らないことは忘れて、パーっといきましょ、パーっと。

暗闇の中、ポッとライターの火がつき、線香花火を手にした、スギヤマ、トモコ、サチコ、ユキコの顔が浮かび上がり、花火に火がつけられる。

ユキコ　八月九日、晴れ。うだるような暑さ。ママコ先生、本日六時すぎ到着。田舎からＪＲを乗り継ぎ乗り継ぎ、十二時間近くかけて！　先生のお母さんの手術、成功したとか。万歳。芝居のラストにどうかとＣＤ三枚持ってくる。ヤル気まんまん。ところで、どうする？　ヤヨイさんの秘められた過去を知ってしまった。心中だなんて。いや、からかわれたのかもカモ？　長旅で疲れているママコ先生を囲んで、おうちの庭でささやかな花火大会。線香花火、胸にしみて。明日からの稽古、うまくいきますように。ママコ頼み、神頼み。「人生は苦しい！」って誰の台詞だっけ？

花火、燃え尽きて、暗くなる。

3

前景と同じ日の夜。数時間後。

二階のシズカ組の部屋。ベッドが二つあり、衝立で仕切られている。広間に作られた『三人姉妹』のセットに似ている、というより、そのままだ。肩を寄せ合って、衝立の向こうから聞こえてくるシズカの話に聞き耳をたてている、マリコ、シノブ、ヒロコ。窓から月あかり。

シズカ　なんかね、相手も面倒がってるし、来なきゃよかったと思って、もう帰るからって言うと、「まあ折角来たんだからお茶でもいっぱい…」って止めるわけ。それでね、そのお坊さんがお湯をわかすために茶釜をかまどにのせるのをね、何気なく見ると、そのかまどの中からヌーッと顔が出てきたの。

と言って、衝立の陰から出て来たシズカの顔には、恐ろしいと言えば恐ろしい、おかしいと言えばおかしいメークが施されている。
三人、ギャーッと声をあげる。

シズカ （顔を引っ込め）男はこれか、これが噂の……と思ったんだけど、なんでもないような振りをして、もしも自分になにかしてくるようなことがあったら、と身構えていると、その怪しいお坊さんは、「ちょっとマキが足りないから……」とか言って姿を消すの。男は、これ以上ここにいることはないと思ったんだけど、黙って帰るのもアレだからと一緒について来た家来に、仏壇にお布施を置いてこいってお金を渡すわけ。で、その家来が言われた通り、お仏壇の前に行って扉を開けると、中からヒューっと（と、また衝立の陰から顔を出し）

三人、再び悲鳴をあげる。と、まるでそれを合図にしたかのように、パッと部屋の明かりがつく。

それでさらに、シズカも含めた四人は悲鳴をあげて。

スギヤマ （顔を出し）いつまで騒いでるの、もう消灯時間を過ぎてるのよ。早く寝なさい。
四人 はーい。
スギヤマ まあ、いいご返事。エンドウさん、みんないるわね。
シズカ （スギヤマに顔を見られないようにして）はい、小さくなってるのもいますけど。
スギヤマ 電気、消すわよ。おやすみなさい。
四人 おやすみなさ〜い。

暗くなる。再び、窓から月あかりが差し込む。

ヒロコ 先輩、さっきの続きは……
シズカ （おそろしげな声で）聞きたい？
ヒロコ だって、まだ途中でしょ。
シズカ 話してもいいけど、怖いわよ。（恐ろし気な声で）いいの？
マリコ （シノブにしがみつき）いいです。

シズカ　男は、用事を思い出したからと出されたお茶も飲まないで宿に帰ってその話を宿屋の主人に話そうとすると、（と、言いながら衝立の陰に隠れ）話してはいけない、ひとに話すと大変な災難がふりかかるからと言われるわけ。それから数日後。江戸にある自宅に帰ってみると、家の者たちはまるで自分がその日に帰ってくるのを知っていたかのように、宴会の準備をしていて。不思議に思って理由を聞くと昨日、旅のお坊さんが今日帰るからと教えてくれたって言うの。

マリコ　その旅のお坊さんっていうのは　…

シノブ　こわーい。

シズカ　まさかとは思ったんだけど気にしないようにして、久しぶりのわが家の敷居をまたいだその時、縁側に立っていた今年四つになる末の男の子が不意にワーッと大声を出したの。何事かと思って駆けつけてみると　…

ヒロコ　また首ですか？

マリコ　やめて！

シノブ　痛ッ、ちょっと肉つかまないで！

シズカ　男が慌てて駆けつけてみると、縁側に倒れていたの。首のない男の子の体が　…［注④］

と言いながら衝立の陰から出て来たシズカには首がない！　三人、ヒェーと飛び上がり、大混乱。

暗くなる。

ドアをノックする音。

スギヤマの声　もう寝たの？　タキグチくん、ウエノくん。…ちょっと入るわよ。

明かりがつく。スギヤマが立っている。部屋にはほかに誰もいない。

スギヤマ　（床に脱ぎ捨てられたズボンを拾い上げ）男の子はこれだから、もう　…（と、ベッドに放り投げる）

暗くなる。

ツグミの声　（笑って）ちょっと笑えるよ、これ。「ジーンズはおれの人生」。朝起きると、まずジーンズを穿くことから、その日が始まるみたいな感じがあるね。

明るくなる。ツグミたちの部屋。口に体温計をくわえ、ベッドで横になっているカヨ。ツグミはお菓子をつまみながら、カッコつけた男の声で雑誌を読み上げて、時々、自分でツッコミを入れる。

ツグミ　（前に続けて）家にある、そのへんのを穿いて出かけていく。表に穿いて出かけるのは、いつもリーバイス。古い友達と一緒で、ずっといつも穿いてる。友達なんか穿くなツーの。穿きやすいといつもそればかり穿いてるから、すぐボロボロになる。買ってから一度も穿いてないのあるなあ。だったらヒトにやれ！　ほとんど三百六十五日ジーンズ穿いてるから、ジーンズはいわばおれの人生みたいなもので、穿いてることを意識したら終わるって感じがする。ナーンチャッテ。

カヨ　誰よ、そんないい気になって語ってるの。

ツグミ　世良公則。

カヨ　燃えろ、いい女？　勝手に燃やすなツーの。

ツグミ　え？　なにそれ。

カヨ　むかし歌ってたじゃん。

ツグミ　知らない、わたし。

カヨ　嘘！　だって凄い流行ったじゃん。

ツグミ　イノウエ、あんた『燃えろいい女』って知ってる？

ショウコ　（衝立の向こうから顔を出し）なんですか？　それ。

カヨ　ショック！　あんた達と歳四つ五つしか違わないのに……。ああ、また熱出ちゃったよ。

ドアをノックする音。ショウコ、返事する。スギヤマが入ってくる。

スギヤマ　消灯時間よ。みんないるわね。

ショウコ　はい。ええっと……

ツグミ　ハシヅメがまだ

ショウコ　（遮って）なんかちょっとお腹がとか言って、さっきトイレに行ってまだ帰ってきてないんですけど……

スギヤマ　ムラセさんは？　大丈夫？

カヨ　はい。いま計ったら平熱でしたから。

スギヤマ　無理しちゃダメよ。

カヨ　これ以上学校休んでダブったら、卒業前に婆あになっちゃいますから。

スギヤマ　（笑って）じゃ、おやすみなさい。

三人　おやすみなさい。

スギヤマ　（出ていこうとして立ち止まり）そうだ。男の子たち、どこへ行ったか知らない？

ツグミ　部屋にいないんですか？

スギヤマ　ふたりともいないのよ。

ショウコ　なんか、タキグチさんが飲みに行こうとか言って、コウジくんのこと誘ってましたけど。

スギヤマ　しょうがないわね、もう。

スギヤマ、明かりを消して出ていく。窓から明かりが差す。

カヨ　わたしは体が弱いんだって言っても、フツー誰も信用しないよね。

ツグミ　裏表のない人間は、いい役者になれないんだって。

カヨ　じゃ、あんたダメじゃん。

ツグミ　失礼ね。わたしだっていろいろあるんだから。言わないだけよ。

カヨ　ハシヅメ、どうしたのかしら。

ツグミ　そうそう。あの子さ。

カヨ　なに？

ツグミ　やめとこ。

カヨ　なによ。

ツグミ　だって……

カヨ　言いかけたんだから言いなさいよ。

ツグミ　誰にも言っちゃダメよ。

カヨ　大丈夫。わたしは口が堅いんだから。

ツグミ　あのさ、あの子、みんなと一緒にお風呂入らないじゃん。

カヨ　うんうん。

ツグミ　どうしてだか知ってる?

カヨ　なんか裏があるの?

ツグミ　そう。わたし見ちゃったのよ。

カヨ　なにを?

ツグミ　お父さん、コレ(と頬に刀傷)じゃない。だからここんとこ(と、脇の下を指して)、蝶々の刺青入れてんの。

カヨ　嘘!

カヨ・ツグミ　(一緒に)痛そう!

ショウコ　うるさいなあ。静かに寝させてよ、もう!(と、明らかに苛立って)

カヨ・ツグミ　シュン……(と、首うなだれて)

暗くなる。重苦しい音楽が聞こえる。

明るくなる。アサミ達の部屋。

カズミ、床に座って衣裳のスケッチを描いている。

ベッドで横になっているミノリ。

アサミ、入ってきて、ラジカセから流れていた音を消す。

アサミ　(ミノリをのぞき込み)なによ、寝てンじゃない。チグサは帰ってこないし……。ああ、スッキリしない。(カズミに)あんたまだ寝ないの。

カズミ　すみません、もう少しですから。

アサミ　(カズミの絵をのぞき込み)誰の衣裳なの?これ。

カズミ　アンフィーサですけど……(と、怯えている)

アサミ　ふーん。(と、満更でもない様子)

カズミ　頭の帽子、これうちにあるんです。兄がアフガニスタンへ行ったときに買ってきたヤツなんですけど……

アサミ　どうでもいいけど、婆アにはちょっと派手すぎるんじゃないの?

カズミ　でも、バンドウさん、赤が似合うから……

アサミ　あんた、なにおだててんの?

カズミ　わたし別に……

アサミ　クラスのやつ等がさ、わたしのことオババって言うんだよね。いいんだけどさ。頭にくるよ、ほんと。

カズミ　それ、分かります。わたしも小学校の時、よくいじめられたから。
アサミ　なんで？
カズミ　よく分からないんです。おまえ、臭いとか言われて……

ミノリ、突然跳ね起きる。アサミ、わあッと声を出して驚く、カズミも。

ミノリ　……夢か。
カズミ　やめてくれる？　そのパターーン。
ミノリ　テープが首に巻きついてきて……ああ、苦しかった。（突然、ラジカセを指さし）あっ、テ、テープが止まってる！
アサミ　わたしが切ったのよ。あんた、寝てたでしょ。
ミノリ　（首をひねって）やっぱ疲れてるのかなあ。（と、ラジカセ、スイッチ・オン）

さきほど流れていた重苦しい曲が流れる。

カズミ　この音楽が悪いんじゃないの？
アサミ　どこで流すつもりなの、これ。
ミノリ　ラストですけど。
アサミ　ラストって？
ミノリ　だからマーシャが、「まあ、あの楽隊の音！」って言ったら、ポンと入るんですけど。
アサミ　こんな暗いので台詞言える？
ミノリ　みんな苦しんでるじゃないですか。なんのためにわたしたちは生きているのかって。だから……
カズミ　だけど、「楽隊はあんなに楽しそうに、あんなにうれしそうに鳴っている」って言うのよ。
ミノリ　なにそれ？
アサミ　オーリガの最後の台詞じゃない。
ミノリ　え、そんなのありました？（と、慌てて台本を手にして頁を繰る）

ドアが開いて、チグサが駆け込んでくる。

三人　チグサ、遅ーい！

チグサ　すみません、車がエンコしちゃって。
アサミ　なに？　車って。今までどこにいたの？

ドアをノックする音。

チグサ　ハーイ。
スギヤマの声　みんないるわね。
アサミ　番号！

チグサ、ミノリ、カズミ、アサミの順で番号を言う。

アサミ　全員異常ありません！
スギヤマの声　早く寝るのよ。
四人　ハーイ。
スギヤマの声　おやすみなさい。
四人　おやすみなさいませ！
アサミ　（チグサに）あんた、いままで誰と一緒にいたのよ。
チグサ　もう消灯時間過ぎてますから。（と、電気を消して）おやすみなさ〜い。（と、衝立の向こうへ）

暗い中から

トモコの声　毎回二百ccだから、大体牛乳瓶一本分？
ユキコの声　痛くないの？
トモコの声　痛くないわけないでしょ、針刺されるんだから。

明るくなる。ユキコたちの部屋。床に座って屈伸しているトモコ。ユキコはベッドに座ってそれを見ている。サチコはテーブルで手紙を書いている。

トモコ　（前に続けて）でも、注射器で水を抜くとき一緒に少し血も出るんだけど、その赤いのがきれいなんだ。帰ったらまたすぐに抜かなきゃ。
ユキコ　そんなんで海になんか入って大丈夫なの？
トモコ　いいの。別に膝が悪くなったからって死ぬわけじゃないし。
サチコ　無茶言ってる。
トモコ　だって、合宿の最後の日にみんなで海水浴に

ユキコ　行くって言うから、わたしノコノコついて来たんだもん。海に入れなかったらなんのために来たのか分からないじゃない。
トモコ　あと二日か。
ユキコ　〽晴れたらいいね、晴れたらいいね
トモコ　お前はドリカムか！
ユキコ　名前、なんて言ったけ？
トモコ　吉田美和でしょ。
ユキコ　そうじゃなくって、海で亡くなったユキコの双子の
トモコ　サトミ。
ユキコ　そうそう。五つで亡くなったユキコのサトミお姉ちゃんのために、ボート借りてさ、沖まで行って花束投げてあげなきゃいけないし。
トモコ　ありがとう。
ユキコ　イベントイベント。
トモコ　なんか、このまま帰りたくないね。
ユキコ　うん。家に帰ったってうっとうしいだけだし。
トモコ　サチコ、誰に手紙書いてるの？
サチコ　ノーコメント。
トモコ　不倫だってなんだっていいけどさ、ひとに迷惑かけないでほしいよね。
サチコ　（書く手をとめて）わたし、いつトモコに迷惑かけた？
トモコ　うちのお父さんの話。もう三年越しだからさ。それまでは毎年夏休みには家族そろって海とか行ってたんだけど……。どうでもいいから早く決着つけてほしいよ、ほんとに。
サチコ　子どもには分からないよ。
トモコ　そうよ、子どもよ。分かりたくないもん、わたし。無理して大人になってなんかいいことあるわけ？
サチコ　大人になったらもっと自分を大切に思うようになるわ。大人だったら、トモコみたいに自分の体を粗末にはしないわ。だって、自分の体は自分だけのものじゃないんだもん、多分。
トモコ　じゃ、サチコの体は誰のものなの？　よく言うよ。

ドアの向こうから

スギヤマ　ちょっと入るわよ。
ユキコ　ハーイ。
スギヤマ　(現れて)ええっと、モチヅキさんは?
ユキコ　多分、そろそろ……
スギヤマ　もう十二時よ。
トモコ　ほかの部屋のひと達はみんないるんですか?
スギヤマ　ううん、男の子たちが
ユキコ　じゃ、きっと一緒に……
スギヤマ　こんな時間までいったいどこでなにをしてるの?
ユキコ　遊びに行って、帰り道が分からなくなっちゃったとか。
トモコ　海岸通りの「かもめ」っていうスナックは十二時過ぎまでやってますけど。
スギヤマ　あなた、どうしてそんなことを知ってるの?
トモコ　あっ、いえ、その、風の噂で……
サチコ　なんかわたし心配になってきちゃった。探しに行こうか。
スギヤマ　大丈夫。もう遅いからあなたたちは寝なさい。
サチコ　でも……
スギヤマ　電気消すわよ。おやすみなさい。(と、消して)
三人　おやすみなさい。
スギヤマ　そのスナックに電話かけてみるわ。(と、出ていく)

月明かりの中で

トモコ　タキグチさんとモチヅキさんが付き合ってたってホント?
ユキコ　うん。でももう最近は……
トモコ　分かんないんだよね、男と女の関係は。ね、マトバさん。
サチコ　わたしさ、海に行かない。行けないんだ、多分。
ユキコ　…どうして?
サチコ　だって、わたしの体はもうわたしだけのものじゃないんだもん。

ユキコとトモコ、「まさか……」と互いの顔を見る。

暗くなる。ゴツンと物音。

ケンスケの声　痛ッェ！
タエの声　（低く）シー！　大丈夫？
ケンスケの声　（同じく）大丈夫じゃねえよ。ああ、痛ェ。
タエの声　どこ打ったの？
ケンスケの声　どこだっていいだろ。アタマくんなあ。なんでそんなこといちいち聞くんだよ。おまえ、この痛いの治せるのかよ。

ポッとケンスケのライターの火がつく。ケンスケとタエの姿が浮かび上がる。ここは稽古をしている広間。ふたりはベッドの近くに立っていて、おそらく、ケンスケはベッドにぶつかったのだろう。

タエ　ベッドだわ。
ケンスケ　解説するな、いちいち。
タエ　ウッ！（と、嗚咽する）
ケンスケ　ウソ泣きだろ、分かってんだよ。
タエ　……
ケンスケ　くそっ、アタマ痛ェ。飲みすぎちゃったよ。水。
タエ　…
ケンスケ　聞こえないのか、水持ってこいって言ってんだよ。
タエ　ひとは哀しいから泣くんじゃないんですよね。泣くと哀しくなるんですよね。
ケンスケ　？　はあ？
タエ　タキグチさんはいらついて怒鳴ってるわけじゃなくて、そうやって怒鳴るからイライラするんだし。ベッドはきっと眠るためにあるんじゃなくて、ベッドがあるからひとは眠くなるんだし、ゴミがあるからゴミ箱があるんじゃなくてゴミ箱があるからゴミは出るんだし、うちのお父さんがアデランスしてるのはハゲが気になったからじゃなくて、アデランスなんかあるからお父さんは自分が禿げてるのを気にしてしまったのよね。
ケンスケ　どうしたんだ、急に。

タエ　そうです。どうでもいいんです、本当は。タキグチさんがベッドでどこを打とうと、バンドウさんが泣こうとわめこうと、演劇部が秋の大会で勝とうが負けようが、わたしには関係ないんです。それなのにわたしは……。お芝居なんですよ。（宝塚の芝居を思わせる、大仰な身振り手振りで）わたしの言うことすること、み〜んなお芝居！　ある日ある時、日記にタキグチさんが好きだと書いて、書いたらそれを言いたくなって、言ったらタキグチさんも「俺もそうだ」なんて言っちゃって。わたしもタキグチさんも好きだから好きだって言ったわけじゃないのよ。好きだって言葉をただ言ってみたいと思っただけなのよ。沢山だわ。沢山沢山もうタクサン！（と、出ていこうとする）

タキグチ　どこへ行くんだ。

タエ　部屋に帰って寝ます。

タキグチ　いいじゃないか、まだ。

タエ　眠いんです。

タキグチ　じゃ、ここで一緒に寝よ、ベッドもあるし。

タエ　なに言ってるんですか。

タキグチ　まだ話さなきゃいけないことあるんじゃないか？　俺たち。

タエ　いいです、わたしはもう全部話しましたから。

タキグチ　俺はあるんだよ、話したいことがいっぱい。

タエ　明日にしませんか。

タキグチ　ダメだ。

タエ　今日はいろいろあって疲れたし……

タキグチ　俺をひとりにするのか？　だったらなんで俺のこと追っかけてきたんだ、なんでいままで一緒にいたんだよ。（と、いきなりタエに抱きつく）

タエ　なにするんですか、やめて下さい。

ケンスケ　好きなんだろ、（ベッドに押し倒し）俺のこと好きなんだろ。

ふたり、暗がりの中で揉みあってるといきなりパッと明かりがつく。スギヤマが立っている。

スギヤマ　（怒りを押し殺して）なにをしてるの？　あなたたち。

ケンスケ　（驚きのあまり呆然として）…

スギヤマ　なにしてるの？　ここは稽古場よ。明日もそのベッドでみんながお稽古するのよ。そんなところでなにしてるの、いったい！（と、怒り爆発）

ケンスケ　（蚊の鳴くような声で）…だから、ちょっと酔っぱらってそれで…

スギヤマ　お酒を飲んでたらなにをしてもいいわけ？　いい加減にして。いったいいま何時だと思ってるの。モチヅキさん、門限は何時なの？　八時じゃないの？　門限は八時で起床は何時消灯は何時って、みんなで決めたんじゃなかったの。どうして守れないの、自分たちで決めたことが。

タエ　すみません。

スギヤマ　ちょっとひど過ぎない？　探したのよ、わたし。「かもめ」ってスナックに電話したらずいぶん前に店を出たっていうのに、いつまで経っても帰ってこないし、わたし、心配になって海岸通りまで行ったら、へんな酔っぱらいにからまれて…。あなたたちいままでいったいどこにいたの？

ケンスケ　モチヅキが酔っぱらって帰っちゃいけないって言うから、海岸をちょっとブラブラしてそれで…（と、またもや蚊の鳴くような声でボソボソと）

スギヤマ　怖かったわあ。ちょっとつきあえって腕をつかまれたのよ。これ、なんだか分かる？　その時つかまれた痕よ。こんなにアザになって残るほど力まかせにつかまれたのよ、どうして？　教えて、わたし分からない。どうしてわたし、こんなひどい目にあわなきゃいけないの？（と、号泣）

ケンスケとタエ、返す言葉もなく首うなだれている。

スギヤマ　…ごめんなさい、つい感情的になってしまって。この三日間くらい母の葬式とかあって

タエ　ほとんど寝てないの。その前もずっと病院で付き添ってたでしょ、だからそれで……
スギヤマ　お母さんの手術、成功したんじゃなかったんですか。
タエ　みんなに気を使わせたくなかったから嘘をついたの。明日、ふたりとも帰ってね。ルールを守れないひとを置いとくわけにはいかないから。
ふたり　はい。(と、小さく答える)
スギヤマ　付き合うのは構わないのよ、もちろん。だけど横断歩道を渡るときには一応信号を確認するくらいのことはして。ケガをしてからでは遅いの。
タエ　わたしたちもうなんでもないんです。だから……
ケンスケ　……！(驚きのあまり顔がポカ〜ンと)
スギヤマ　そう。それならいいんだけど。それからわたしの母が亡くなったこと、大会が終わるまでほかのひとには内緒よ。
ふたり　はい。(と、小さく)
スギヤマ　ああ、これで久しぶりにゆっくり寝られるわ。……(と、一歩二歩あるいて立ち止まり)ちょっと待って。ウエノくんは？　一緒じゃなかったの？
ケンスケ　いや、俺たちは……
スギヤマ　じゃ、どこへ行ったの？(と、激しく)

暗くなる。電話のベルが鳴る。

トモコの声　ハイ、もしもし。そうですけど、警察！チョ、ちょっと待って下さい、先生に代わりますから

受話器から流れるオルゴールの音。

トモコの声　先生、ママコ先生！(と、遠くで怒鳴っている)

4

明るくなる。
翌朝。広間。ミホ、コウジ、ケンスケを除く部員全員で、ベッド等がどけられ、『三人姉妹』の四幕・プローゾロフ家の古い庭のセットに変えている。

カズミ （ショウコに）一応全員の衣裳のラフスケッチ描いてみたんですけど。（と、スケッチブックを見せて）
ショウコ あとで見るから。
チグサ イノウエさん、稽古、スカートをはいてやった方がいいですか？
ショウコ 持ってきてるんだったらその方が……
マリコ すみません。オーリガの台詞まだ入ってないんで本持ってやっていいですか。（と、ショウコに）
ショウコ ニシダさん、その肘掛け椅子、もう少し下手の方に置いてくれる？
ヒロコ 下手ってどっちですか？
ショウコ 下手は下手。いい加減に覚えてよ！
ヒロコ すみません……
マリコ あのう……
ショウコ 台詞が入ってないんならしょうがないでしょ。（と、怒る）
マリコ すみません。
モリオカ （朝刊を読みながら）イノウエ方面から警戒警報が出てるゾー。みんな注意シロー。

リュックを背負ったケンスケ、現れる。

ケンスケ （モリオカに）先生、俺帰りますから。
モリオカ おお、気をつけてな。おーい、みんな、トコロバライを食らったタキグチ先輩がお帰りになる。万歳三唱してお見送りシロー。

みんなで万歳三唱！（加わらない者もいる）

ケンスケ マイッタマイッタ。（タエに）おい、急がない

タエ　とバス乗り遅れちゃうぞ。
ケンスケ　わたし、次のバスで帰りますから。
シズカ　（あっさり振られて）……
トモコ　あっ、雨が降ってきた。
モリオカ　ちょっとちょっと、明日の海水浴大丈夫かしら。
トモコ　（新聞の天気図を見ながら）この前線の具合からすると、伊豆地方は明日も雨だな。あきらめろ、陸上部。
モリオカ　冗談じゃないですよ。そりゃ先生は昨日行ったからいいかもしれないけど。明日はわたしひとりでも、ヤリが降ったって行きますから。
ユキコ　ほんとだな。ヤリが降っても行くんだな、ほんとに。
チグサ　バカみたい。子どもみたいなこと言ってる。
（と、笑って）
モリオカ　だけど先生、全然焼けてないですね。昨日もその前もあんなにいいお天気だったのに。
チグサ　日中はあんまりホテルから出なかったからな。
いったいなにしに行ったんですか？
モリオカ　波の音を聞きに行ったんだ。
ミノリ　あっ、わたしと同じ！
モリオカ　波の音はお腹の子どもの胎教にいいからって、女房が誰かに聞いてきやがって。
ツグミ　キヤガッテ！
シノブ　先生、お父さんになるんですか？（と、驚いて）
ヒロコ　おめでとうございます。
マリコ　いつなんですか、予定日は。
サチコ　さあ、みんな仕事仕事。もう明日一日しかないんだよ。（と、内心の動揺を打ち消すべく大声で）
みんな再始動。
タエ　タキグチさん、早く行かないと。
ケンスケ　参ったなあ、傘持ってきてないんだよ。
モリオカ　タキグチ、こういう雨のこと、なんていうか知ってるか。
ケンスケ　（外を見て）小雨じゃないから、オオサメですか？

モリオカ　見たまんまだろ、それじゃ。やらずの雨って言うんだよ。
ケンスケ　ああ……
モリオカ　おまえ、大学あきらめた方がいいんじゃないか？

「ただいま」とスギヤマ、現れる。一緒にミホとコウジも。みんな、それに「お帰りなさい」「お早うございます」等々、応える。三人とも雨に濡れていて。

スギヤマ　もう、警察にはうるさいこと言われるし雨には降られるし、散々だわ。ちょっとみんな、手を休めて聞いてくれる？（ミホ、コウジに）さあ、あなた達から話して、簡単でいいから。
ミホ　…昨日、お父さんからすぐ帰ってこいって電話があって、どうしたらいいかウエノくんに相談してたらいつの間にか門限すごく過ぎてて、それでなんとなく、お父さんのこともあって帰れなくなって……
コウジ　どうもご心配かけてすみませんでした。

ふたり、頭を下げる。

モリオカ　（笑いながら）ほんとに簡単だな。
スギヤマ　みんな、これで許してあげて。いいわね。ハイ、もうこれはこれで終わり。なんにもなくてよかったわ、ほんとに。じゃ、ふたりとも着替えて。
ふたり　ハイ。
アサミ　ちょっとおかしいんじゃないですか？
スギヤマ　なに？　バンドウさん。
アサミ　同じように門限破って、モチヅキさんたちは帰されて、どうしてハシヅメたちはいいんですか？
カヨ　しょうがないじゃん、一年生なんだから。
アサミ　どうして一年生ならいいんですか。わたし分かんない。ほかにもいるんですよ、昨日、一年で門限に遅れたの。
スギヤマ　誰なの？　それ。

チグサ　すみません、わたしです。コンノさんと映画の打ち合わせしててそれで……
ミホ　（驚いて）……
アサミ　シズカ、みんなちょっとたるんでると思わない？
シズカ　そうね、問題は問題だけど……
アサミ　イノウエはどうなの？　演出は。このまま稽古始めちゃっていいわけ？
ショウコ　……（俯いている）
タエ　バンドウさん、わたしたちはいいのよ。わたしたちはもう部員じゃないんだし。
カズミ　逆じゃないですか？　部員だから決めたことは守らなきゃいけないし、守らなかったら、それなりのなにかしないといけないんじゃないですか？
ミノリ　ああ、便所掃除とか。
トモコ　オイオイ。
モリオカ　そうしよう。ハシヅメとウエノは今日明日と便所掃除だ。それからタキグチとモチヅキの強制送還は執行猶予。これでいいだろ。どうだ、バンドウ。
アサミ　みんながそれでよければわたしは別に……
モリオカ　みんなもいいな。

みんな、返事する。

モリオカ　よーし。これで一件落着だ。イノウエ、稽古始めろ。
ショウコ　はい。じゃ、四幕から始めます。準備して下さーい。

みんな、ざわざわと動き出す。

ユキコ　八月十日　雨。

ストップモーション。

ユキコ　合宿に来て初めての雨。わたしたちを襲った突然の雨。そして、まるで嵐のような、思ってもみなかったいくつかの出来事。稽古中にサチコ倒れる。わたしも一緒に病院へ。小さな命が消えた。なにも知らなかった。トモコもわたしも泣きたいほど間抜け。友達のような顔をしていつも一緒にいたのに。オマエは許セナイ。生きているのがいやになる。バカ、死ね、バカ、死ね！…ほかにいったいなにを書くことがあるだろう　…

暗くなる。ヴァイオリンとハープの合奏が聞こえる。『三人姉妹』四幕の最終場面の稽古が始まる。

アサミの声　気をつけて行きなされや、あんたがた。いたわしいひと達だ、腹がくちけりゃ弾きもすまいに。

明るくなる。音楽、遠ざかる。

舞台にはヴェルシーニンのサチコ、オーリガのマリコ、アンフィーサのアサミ、イリーナのヒロコがいる。

次に登場するミホ、シノブ以外は、ふたりの顧問

ともども舞台前で芝居を見ている。

アサミ　（前に続けて）ごきげんよろしゅう、アリーシャ！（と、ヒロコにキスする）ええ、ええ、お嬢様、わたしはまだ生きておりますよ、この通り生きて！　女学校の官舎に、オーリュシカと一緒にね。老後をいたわっての、神様の思し召しですよ。

サチコ　（時計を出して見る）そろそろおいとまします、オーリガさん。もう時間です。どうぞお大事に、お元気で。　…どこでしょう、マーシャさんは？

ヒロコ　どこか庭のはずよ。あたし探して来るわ。

サチコ　お願いします。急いでいるんです。

アサミ　わたしも行って、探しましょう。マーシェンカ、ホーイ、ホーイ、ホーイ　…

アサミとヒロコ、舞台からハケる。

サチコ　なにごとも終わりがあります。われわれもこ

うして、お別れすることになりました。（時計を見て）市がわれわれを、朝食会のようなものに呼んでくれて、シャンパンが出たり、市長が演説したりしました。わたしは食べたり聴いたりしながら、心はここへ飛んでいました。あなたがたのところへね。……（庭を見回す）すっかりおなじみになってしまったもので。

マリコ　またいつか、お目にかかれるかしら？

サチコ　まあ、ないでしょう。

マリコ　町には、明日から軍人さんがひとりもいなくなって、一切が思い出になってしまいますわ。わたしたちの生活もがらりと変わってしまうでしょう。……なにごとも、思い通りにならないものですわ。

サチコ　いろいろありがとうございました。

マリコ　（涙をぬぐい）どうしたのかしら、マーシャは。

サチコ　お別れにのぞんで、またなにかあなたに申し上げますかな、何か哲学でも……（と、笑って）人生は苦しい。それはわれわれ多くの者にとって、出口も希望もないものに見えるが、それにしてもやはり、次第次第に明るく楽になって行くことは、認めざるをえません。そして、人生が光明に包まれる時も、そう遠いことでは……（時計を見る）もう行かなくては、時間だ！　これまで人類は戦争また戦争で忙しく

マリコ　あ、やっと来ました。

マーシャ役のミホ、登場。

サチコ　おいとまに来ました。

マリコ、サチコとミホの邪魔にならぬようそっと脇の方に離れる。ふたり、近づき、激しく抱き合う。

ミホ　さようなら。

マリコ　もういいわ、もういいわ。

ミホ　……（激しくむせび泣く）

サチコ　手紙をね、忘れないで！　さ、離して、時間

だ。オーリガさん、このひとを頼みます。わたしはもう、行かなくては。遅れてしまった。
（と、感極まったていで、マリコの両手にキスし、それからもう一度ミホを抱きしめ、足早に去る）

シノブ、うずくまって号泣！　救急車のサイレン、近づいてきて　…

ミホ　（泣き崩れて）……
マリコ　もう沢山、マーシャ！　おやめ　…

少し間。

ショウコ　（怒鳴る）クルイギン、早く出てきて！
シノブ　（慌てて出て）すみません、ちょっと来て下さい。マトバさんが、マトバさんがおかしいんです！

モリオカ、真っ先に舞台袖に飛んでいく。みんなもそれに続いて。

モリオカの声　（奥から）マトバ、どうした。サチコ、しっかりしろ！

5

翌日のお昼頃。前のシーンとそっくりだが、ここは現実の別荘の庭。背後には、抜けるようなみず色の空が広がっている。上手のテーブルを挟んでモリオカとヤヨイ。少し離れたところから、リョウがビデオカメラでふたりを狙っている。

ヤヨイ　セカイ？　世界だなんて。それ、ほんとにわたしなの？

モリオカ　言ったんだよ、わたしたちをとり巻いてる世界はって。世界なんて言葉、それまで地理の授業やオリンピックの時くらいしか聞いたことも口にしたこともなかったから、歳は二つしか違わないのに、ヤーちゃんはずいぶん大人なんだって思ったよ。俺はほんとに子どもだったんだ。なんにも知らなかった、セカイのことなんか。特にヤーちゃんのことはね。いくら考えても分からないからもう考えるのはやめて、とにかく何にでも積極的になろうと思ったよ。そう、俺があの時、ヤーちゃんに対してもっと積極的に振る舞ってさえいたら、あれからのきみの物語も、もちろん俺の物語だって、きっと全然別のものになっていたに違いないんだ。

ヤヨイ　反省したの？

モリオカ　ああ。それが大人になる近道なんだってね。

ヤヨイ　じゃ、彼女は積極的になったトオルくんの犠牲になったわけね。

モリオカ　ギセイ？

ヤヨイ　だって、十六歳の女の子が経験する必要のないことをしてしまったのよ。大人になったトオルくんのために。

モリオカ　今度のこと、逃げるつもりないよ、俺は。

ヤヨイ　逃げるとか逃げないとか、そういうことじゃないの。ひとつの哀しい結末があったわけでしょ。

モリオカ　終わってないじゃないか、なにも。

ヤヨイ　終わったのよ、彼女にとってはもう。だからトオルさんを病室に入れないわけでしょ。

モリオカ　それは……

ヤヨイ　なんなの？

モリオカ　少なくとも、俺はマトバと真面目に付き合ってきたつもりだし、この程度のことで終わってたまるかよ。

ヤヨイ　この程度のことなの？

モリオカ　そりゃ精神的なダメージはあるだろうさ。体の方は今日一日安静にしてれば心配ないって医者も言ってたけど、心の傷はそうはいかない。それくらい分かってるよ。だから、だからだよ。俺は逃げないって、これからもあいつの精神的な支えになってやるって言ってるんじゃないか。

ヤヨイ　変わらないわね。

モリオカ　なにが？

ヤヨイ　トオルくん。全然変わらない、あの頃と。

モリオカ　少年みたいだってか？　バカ言うんじゃないよ、今年三十になるんだぜ。

ヤヨイ　パパにもなるし？

モリオカ　よせよ。

ヤヨイ　…忘れられないわ。目を覚ますと、病院のベッドの枕もとにトオルくんがいて、心配そうな顔をして、大丈夫？って言ったの。声が少し震えていたわ。

モリオカ　ヤーちゃんはこっくり頷いて、それから小さな声で、手を握ってって言ったんだ。俺が手を握ると、ヤーちゃんは目を閉じてまた眠ってしまったよ。冷たい手だったな。おまけに少しも動かないし……

ヤヨイ　ホッとしたのよ、きっと。それこそ自分が世界に許されたような気がして。

セーラー服に着替え、モデルガンを手にしたミホ、現れる。

モリオカ　いい気なもんだよ。俺はあんたの手を握りながら、もしかしたらこのまま死んでしまうんじゃないかって、ひとりで泣いていたのに。

ヤヨイ　あの時のわたしとは違うのよ。いまの彼女には、トオルくんがそばにいたって安らぎにもならなければ、慰めにも励ましにもならないのよ。

モリオカ　どうして？　どうして俺は必要じゃないんだよ。

ヤヨイ　恋しているからよ。

モリオカ　俺にだろ。

ヤヨイ　そうよ。

モリオカ　だったらどうして

ヤヨイ　分からない？

モリオカ　分からないよ。じゃ、俺はいったいどうすればいいんだよ。

リョウ　人生には取り返しのつかないことがあるんですよ、やっぱり。

モリオカ　（リョウに近づき）きみ、幾つだ。

リョウ　二十歳です。

ヤヨイ　ここで亡くなったコウと同じ歳。

リョウ　「二十歳が人生のいちばん美しい時代だとは誰にも言わせない［注⑤］」、なんてね。そんなこと誰も言ってないって。

モリオカ　（ミホに気づき）なんか用か？

ミホ　スギヤマ先生が病院からお帰りになりましたけど。

モリオカ　みんな集まってるのか？

ミホ　はい。

モリオカ　（ヤヨイに）彼、あんたのダンナの弟だろ。似てるのかい？　ふたりは。

ヤヨイ　全然。

モリオカ　じゃ、いい男なんだ、ヤーちゃんのダンナは。安心したよ。

ミホ　先生、わたしちょっと……、すぐ行きますから。

モリオカ　分かった。（と、去る）

ミホ　（ヤヨイに）すみません、少しの間、席を外していただけますか？

ヤヨイ　（苦笑して）いつかのお返し？（と、立ち上がり、リョウに）車の中で待ってるわ。ああ、いいお天気ね。水色の空……。このまま消えてしまいたいくらいだわ。（と、去る）

リョウ　誤解だよ。

ミホ　なんのことですか？

リョウ　別にチグサに決めたわけじゃないんだからね。それに役だって、高校生くらいの女の子の役、ほかにもあるんだ、いっぱい。だから　…

ミホ　いいんです、それはもう。ただ、みんなに迷惑をかけたからそのことを

リョウ　その顔！　いまの表情、凄くいい！（と、カメラを構え）喋って、なんでもいいから。

ミホ　いま稽古してるお芝居の台詞でもいいですか。

リョウ　チェーホフだろ、いいなあ。

ミホ　幸福というものを合間合間にちょっぴりずつ手に入れては、それを、わたしみたいにそのつどなくしてごらんなさい。だんだん気持ちがすさんできてねじけた女になるのは当たり前だわ。（自分の胸を指し）わたし、ここが煮えくり返ってるの　…　[注⑥]

リョウ　いいよいいよ、もっと続けて。（カメラを覗いたまま）

ミホ　わたし、ここが煮えくり返っているから　…（と、銃口をリョウに向ける）

リョウ、驚いてカメラを顔から外す。ミホ、銃の引き金をひく。銃声！　リョウ、思わずひっくり返るが　…暗くなる。

6

明るくなる。大広間だが、前の庭のシーンと寸分変わらない。
ふたりの顧問と、サチコとカヨ以外全員が顔を揃えている。みんな脇にバッグ等あり、着替えも済ませた帰り支度だ。

ヒロコ　先生、マトバさんのお見舞いとか出来ないんですか？
スギヤマ　そうね。いまはそっとしておいてあげた方がいいんじゃないかしら。体の方はもう心配ないんだけど……
マリコ　稽古にはいつ頃から……
トモコ　バカね、出られるわけないでしょ。
シノブ　え、じゃあ、大会どうなるんですか。
トモコ　だから、みんなで頑張るのよ、みんなで。
マリコ　そんなあ……
トモコ　嫌ならやめればいいのよ。それだけの話じゃない。
ツグミ　そりゃ、オガワは関係ないからそれでいいかもしれないけどさ。
トモコ　カンケイ？　ありますよ。あるから言ってるんじゃないですか。（と、怒って）
ツグミ　じゃ、ヴェルシーニンどうするの？　誰がやるわけ？
トモコ　バンドウさんだって誰だっていっぱいいるじゃないですか。
ツグミ　ということは、あんたがアンフィーサやってくれるわけね。
トモコ　なんで陸上部のわたしが……
ツグミ　だって、そういうことじゃない。
トモコ　なにがそういうことなんですか。わけのわからないことばっかり言って。バカじゃないの。
ツグミ　え、なにそれ？　どういうこと？（と、いきりたって）
トモコ　バカだからバカだって言ったんですよ。
ツグミ　ちょっとあんた……！
モリオカ　そこまでだ。やめろ。

ツグミ　どうしてですか。どうしてわたしバカなんですか。三年生はみんな五月で引退したのに、わたしだけ残って今まで頑張ってきたのに…。え？　だからわたしバカなんですか、そうなんですか、先生。

スギヤマ　そうじゃないのよ。誰もジョウノウチさんのことバカだなんて思ってないわ。オガワさんもいろいろあって気が立ってるから　…、そうでしょ。

トモコ　すみません。

カヨ、現れる。

モリオカ　ムラセ、遅いぞ。なにしてたんだ。

カヨ　すみません。サポーターが見つからなくって

ケンスケ　死ぬまで探してろ。

カヨ　だってアレは、中二の時にバスケの先輩が

モリオカ　ムラセ、静かにしろ。

スギヤマ　…マトバさんはこんなことになって申し訳ない、みんなにすまないって言ってたわ。だから、大会には間に合わなくっても、もしも部に戻ってきたら、ううん、きっと戻ってくるとわたしは信じてるんだけど、その時はみんな、気持ちよく迎えてあげて。

アサミ　じゃ、またキャストが変わるわけですね。

スギヤマ　そうね。また演出のイノウエさんを中心にして、みんなで相談しないと。

ツグミ　アサミ、ニコニコ。

アサミ　わたし、そんなつもりで言ったんじゃありません！

チグサ　先生、思い切って別のお芝居にしませんか。

アサミ　バカ言ってんじゃないわよ。今更そんなこと

…

チグサ　ツマガリさんもマトバさんもいない『三人姉妹』をこのままやるのは、なんか変じゃないですか。穴があいたのにそれをなかったみたいに誤魔化すのって、なんかおかしいと思うんです。大会までまだ時間はあるし

カズミ　時間なんかないわよ。衣裳どうするの、衣裳。出来ない、わたし。

チグサ　使えばいいんでしょ、キノシタの考えた衣裳を。だから、全然別の芝居をやるんじゃなくて、いままでの稽古をもとにしてヴェルシーニンのいない、新しい『三人姉妹』をみんなで即興で作るのよ。

ツグミ　あ、それいい、いいかもしんない。もっとギャグとかいっぱい入れるわけでしょ。

チグサ　そう、歌とか踊りとかも。

トモコ　誰が歌うの、誰が踊るのよ。

ミノリ　わたし、歌だったらちょっとうるさいんですけど。

トモコ　うるさいだけでしょ、あんたの歌は。

スギヤマ　なんだか大変なことになってきちゃったわね。いまのアサミさんの意見、ほかのひとはどうなの？

ガヤガヤ。

ショウコ　先生、わたし　…

スギヤマ　はい、イノウエさん。

ショウコ　演劇部、やめさせて下さい。

スギヤマ　…（驚いて）

ショウコ　演劇部、やめさせて下さい。これ以上、続けていく自信がないんです。

スギヤマ　どうして急にそんなこと　…

シズカ　先生、わたしも　…

スギヤマ　どうして？　エンドウさんまでどうしてなの？　せっかくここまでみんなでやってきたのに　…

シズカ　わたし部長なんで立場上言いにくいことハッキリ言いますけど、マトバが可哀そうで　…。モリオカ先生が許せないんです、いまこうして一緒にいるのも嫌なんです、顔も見たくないんです、終わりッ。

モリオカ　…イノウエもか？

ショウコ　いいえ、わたしは　…

モリオカ　エンドウ、心配するな。俺は学校やめるよ。俺がやめたくないって言ったって、学校の方がいさせてくれないよ、多分。今度のこと、すぐにバレるからな。だから　…。

演劇部の顧問になったのは、タキグチが入学してきた時だから、五年前か。演劇なんてな、やったことはもちろん、観たことだってなかったから最初はなにも分からなくって。昨日、イノウエが誰かに「下手は下手だ」って怒鳴っていたけど、俺は今でも下手がどっちだってすぐには答えられないんだ。でも、楽しかったよ。……『はてしなき議論の後』って石川啄木の詩に、こんな一節がある。「卓を叩きてヴ・ナロードと叫び出づるものなし」。ちょうどチェーホフの時代だよ。ロシアの革命家たちは、「ヴ・ナロード」つまり、人民の中へと言いながら実際に行動を起こしたというのに、自分の仲間たちは議論するばかりでなにもしないって、啄木は嘆いているんだ。誰かテーブルを叩いて、やろうって言えよ。そしたらイノウエはやるよ、きっと。そうだろ。

ショウコ　……

アサミ　イノウエ。わたし、婆ぁだってなんだってやるから、最後まで一緒にやろうよ。

タエ　イノウエさん。もう少し頑張ってみない？　わたしも出来るかぎり協力するから。みんなには言っちゃいけないって言われてたんだけど、ママコ先生のお母さん、亡くなったの。だから、お父さんの面倒を見るために田舎に帰らなきゃいけないから、今度の大会が先生も最後になるかもしれないの、だから……ウッ！（と、嗚咽し）……これはお芝居？　ううん、お芝居じゃない。お芝居じゃないのよ、タキグチさん。

ケンスケ　分かってるよ。ウッ！（と、嗚咽する）

カヨ　先生、いまのモチヅキの話……

スギヤマ　まだハッキリ決めたわけじゃないけど、多分……

コウジ　（ドンと床を叩いて）イノウエさん、やりましょう！

スギヤマ　わたしのことはともかく、せっかくみんなでここまでやってきたんだから

ユキコ　みんなじゃありません。サチコがいません。

サチコがいない『三人姉妹』なんて、わたし出来ません！（と、膝の上にあった装置の模型を床に叩きつけ、小走りに出ていく）

スギヤマ　ツチヤさん……（と、追いかけようとする）

トモコ　先生、ほっとけばいいんですよ、ほっとけば。……勝手なことばかり言って。

ヒロコ　（ヒロコ、壊れた模型を拾い集めて）……今年の夏、これで終わるのかな。……つまんない（と、ポツリ）。

暗くなる。音楽が流れ出す。

トモコの声　まあ、あの楽隊の音！　あのひと達は発って行く。一人はもうすっかり永遠に逝ってしまったし、わたしたちだけここに残って、またわたしたちの生活をはじめるのだわ。生きていかなければ、生きていかなければねえ。

明るくなる。誰もいない。ゴザを敷いて床に座り、『三人姉妹』の台本を音読しているトモコ以外は。
ここは稽古に使っていた大広間のはずだが、椅子等は片付けられ別空間のよう。
トモコの周りには、音楽を流しているラジカセと、バッグ等の二人分の荷物、そして、壊れた装置模型が置かれている。

トモコ　（前に続けて）やがて時が来れば、どうしてこんなことがあるのか、なんのためにこんな苦しみがあるのか、みんな分かるのよ。分からないことは何ひとつなくなるのよ。でもまだ当分は、こうして生きていかなければ……働かなくっちゃ、ただもう働かなくてはねえ！

と語りつつ、トモコは台本を置いて立ち上がり、自己流の破格の芝居を始める。

トモコ　明日わたしは一人で発つわ。学校で子供たちを教えて、自分の一生を、もしかしてあたしでも、役にたてるかもしれないひと達のために捧げるわ。今は秋ね。もうじき冬が来て雪が積もるだろうけど、あたし働くわ、働くわ。

花束を抱えたスギヤマ、現れるが、黙ってトモコの芝居を見ている。

トモコ　（気づかず）楽隊は、あんなに楽しそうに力強く鳴っている。あれを聞いていると、生きていきたいと思うわ。まあ、どうだろう！　やがて時がたつと、わたしたちの顔も、声も、なんにん姉妹だったかということも、みんな忘れられてしまう。でも、わたしたちの苦しみは……［注⑦］（気づいて）先生！　いつからいたんですか、もう……（と、音を切って）恥ずかしい！

スギヤマ　そんなことないわよ。あなた陸上部やめて、演劇部に入った方がいいんじゃないの？

トモコ　またまたあ。いい気になっちゃいますよ、わたし。

スギヤマ　（笑って）……これ。（と、花束を差し出す）

トモコ　え、わたしに?!

スギヤマ　そうじゃないわよ。ツチヤさんの亡くなったお姉さんのために、海に花束を投げるんだって言ってたから……

トモコ　すみません、お金は……（と、財布を出し）

スギヤマ　いいわよ。

トモコ　ポーズですよ、ポーズ。

スギヤマ　もう！

トモコ　（花束を受け取って）……きれいですね。

スギヤマ、トモコの台本を手に取って座り、自らに語りかけるように、静かな声で読む。

スギヤマ　ああ、可愛い妹たち、わたしたちの生活は、まだおしまいじゃないわ。生きていきましょうよ！　楽隊は、あんなに楽しそうに、あんなに嬉しそうに鳴っている。あれを聞いていると、もう少ししたら、なんのためにわたしたちが生きているのか、なんのために苦しんでいるのか、分かるような気がするわ。……

いい台詞ね。［注⑦］

トモコ　わたしが好きなのは、好きって言うか……、イリーナの台詞で、「あたし生まれてから一度も愛を味わったことがないの」っていうのあるでしょ。あれを聞くと、なんか悲しくなっちゃうんですよね。

スギヤマ　（頁を繰って）……あたし生まれてから、一度も愛を味わったことがないの。ああ、あたしどんなに愛にあこがれたことか！　ずっと前から、夜も昼もあこがれ続けているのに、あたしの心はまるで、大事なピアノの蓋をしめて、その鍵をなくしてしまったみたいなの。［注⑧］……分かるわ。

トモコ　サチコがうらやましいですよ。こんなことになっちゃったけど……。夜寝るとき、時々あるんですよ。もしかしたら明日あたり誰かがわたしに、天にも昇るようなこと言ってくれるんじゃないかって予感のすることが。でも、その予感が全然当たらなくって。なんですか、予感って。この膝がいけないのよね。このまわたしの人生は終わるんじゃないかって、この膝が不吉な予感をさせたりなんかして……

スギヤマ　オガワさん、冬来たりなば春遠からじ、って言葉知らない？　もしもいまがオガワさんの冬の時代なら、チャンスよ。きっともうじき春が来るんだわ。オガワさんの愛や恋の花はこれから咲くのよ。

トモコ　いかん。この花、虫が食ってる！（と、花を一本引き抜いて捨てる）

スギヤマ　無理かもしれない……。

ユキコが現れる。

トモコ　ジャストミート！　いま出れば下田行きのバスに間に合う。（と、自分の荷物を持って）

ユキコ　先生、すみませんでした。わたし……

スギヤマ　いいのよ、ツチヤさん。あなたの気持ち、よく分かるわ。

ユキコ　でも……

トモコ　いいって言ってんだからいいんだよ。グズグズ言ってる暇があったら先生にこの花のお礼を言って。
ユキコ　（花束を受け取って）どうしたの？　これ。
トモコ　亡くなったサトミちゃんにだって。
ユキコ　（驚いて）……（俯く）
トモコ　コラコラ。泣いてる場合じゃないんだよ。乗り遅れたら、次は一時間待たなきゃいけないんだよ。
ユキコ　…
トモコ　もう！　わたし先に行ってバス待たせとくから。（と、二人分の荷物とラジカセを持って）ああ、急いでいるのに荷物が多すぎる！（とわめきながら出ていく）
スギヤマ　（壊れた装置の模型を手に取り）ダメよ、これを忘れたら。
ユキコ　嘘なんです。
スギヤマ　？　なんのこと？
ユキコ　わたしには双子の姉なんかいないんです。サチコにもトモコにも物語がいっぱいあるのにわたしにはなにもないから、嘘をついてたんです。だからこの花束は　…
スギヤマ　（微笑して）…だったらそれは、そのあなたの悲しい物語のエンドマークにすればいいわ。それから、マトバさんの生まれなかった赤ちゃんのためにも、海に投げてあげて、その花束を。

ユキコ、こっくり頷く。

スギヤマ　行きましょう。明日からまた、みんなの新しい物語が始まるわ、きっと。

ふたり、出ていく。装置の模型を置き忘れて　…。
それから幾歳月がありまして……。
雪が降ってきた。白い糸のように細いひと筋の雪、それが装置の屋根に降り積もり　…。声が聞こえる。それはサチコがユキコに宛てた手紙を読む声だ。

サチコの声　お手紙ありがとう。いろいろ大変ですね。

でも、なにはともあれ元気そうなのはなにより。わたしは、去年手術した心臓の具合がもうひとつで、特に、このところの暑さは骨身にこたえ、一日起きて二日寝て、というような毎日です。今年の夏休みには、孫のミゲルやサヴィーナを連れて、久しぶりに日本に帰るつもりでいたのですが、どうやらそれは無理のようです。

ユキコが、壊れた装置模型を修繕するための道具を持って現れ、床に座って屋根の雪を払い、おもむろに修繕を始める。

サチコの声　（前に続いて）今年十六になるサヴィーナが陸上のハードルの選手だということは、前にも書きましたね。この間、地区の大会があって、その日はからだの具合もよかったので、わたしも出かけたのですが、サヴィーナはなんと優勝。トップでゴールを駆け抜けた彼女の姿を見て、わたしは涙がとまらなくなったのでした。そう、あの夏の終わりに、あんな風に突然亡くなってしまったトモコのことを思い出して。……あれからいったい何年経ったのでしょう？『三人姉妹』のオーリガは、「やがて時がたつと、わたしたちも永久にこの世にわかれて、忘れられてしまう。わたしたちの顔も、声も、なんにん姉妹だったかということも、みんな忘れられてしまう」［注⑨］というのですが、わたしは、いつもサポーターを探していたムラセさんの顔や、ジョウノウチさんの笑い声を、いまでもよおく覚えているのです。……また必ずお手紙下さいね。日本語の文字が懐かしくて、あなたからの古い手紙、何度も何度も読み返しているのです。では、くれぐれもお体、大切に。

サチコ・マルチネス

二〇四五年八月十五日

コダマユキコ様

『天城越え』のイントロが遠くから…。ふとそんな気がして、ユキコは仕事の手を休め、遠い昔のあの夏の出来事に思いを馳せる…。と、歌声が聞こえ始め、背後に水色の空が広がり、そして、演劇部員たちの力強い歌声がどんどん近づいてきて、更には、懐かしい彼らの姿が甦る…!

おしまい

［注］

S1
注① A・チェーホフ『三人姉妹』（神西清訳）の第一幕・冒頭の台詞より引用。

S2
注② アサミとシズカのやりとりは、『三人姉妹』一幕後半のヴェルシーン&トゥーゼンバフのやりとりより引用。

S3
注③ コウジとショウコのやりとりは、『三人姉妹』四幕後半の、アンドレイの台詞より引用。

注④ シズカが語る怪談は、田中貢太郎『甕の中の顔』をベースとしている。

S5
注⑤ ポール・ニザン『アデン・アラビア』（篠田浩一郎訳、晶文社）より引用。

注⑥『三人姉妹』四幕前半のマーシャの台詞を引用。

S6
注⑦『三人姉妹』四幕最後の三人姉妹の台詞を引用。

注⑧『三人姉妹』四幕終盤のイリーナの台詞を引用。

ラストワルツ

登場人物

教授
夫人
ハル……………長女・父は夫人の前夫
メグム…………次女・父は夫人の現夫
トム……………正式名はツトム。夫人の前夫の弟
スズキ…………雑誌編集者・元公安刑事
パク……………不動産屋
イノリ…………教授宅のお手伝い
教授の母
教授の従姉
教授の妻
教授の息子
チヨ……………イノリの祖母

※教授の母と夫人、従姉とメグム、妻とハル、息子とトム、イノリとチヨは、それぞれひとりの俳優が演じることを前提としている。衣裳等の外観も両役同じでありたい。

1

音楽が聴こえる。ゆっくりと明るくなるとともに、音楽、消える。

冬の夜。教授の書斎。部屋の壁はすべて書棚になっていて、本がぎっしり詰め込まれている。

机の前の椅子に座っている教授は、額縁を手に、そこに納められているのであろう絵を食い入るように見ている。

机は下手手前にあり、そこには、山積みにされた本や書きかけの原稿、筆記具等が置かれている。

部屋の中央に、ゆったりと四、五人は座れそうな、いかにも重厚なソファと、そしてテーブル。上手のドアは玄関等に、下手のドアは教授の寝室に通じている。

ドアをノックする音。

教授　（顔を上げて）……

もう一度ノック。

教授　（幾分緊張した面持ちで）…はい。

上手のドアが開いて、イノリが現れる。

教授　きみか。

イノリ　御用がなければわたしはこれで…。

教授　もうそんな時間か。

イノリ　オニオンスープ、作っておきましたから。お腹がお空きになったらレンジで温めて下さい。

教授　ありがとう。

イノリ　誰だと思われたんですか？　わたしのこと。

教授　いや、まあ…。きみこそ誰だったんだい？　さっきの電話。

イノリ　電話？

教授　立ち聞きしたんじゃないんだよ、聞こえたんだ。聞こえたからつい聞き耳を立ててしまった。まあ、似たようなもんだが。

イノリ　わたしじゃありません。わたし、電話なんか

教授　違うんだよ。別に責めてるわけじゃないんだ。そうじゃなくて、きみがいつになく楽しそうに笑っていたもんだからね。

イノリ　わたし、笑ってなんかいません。

教授　分かったよ。すまなかった。立ち入ったことを聞くべきじゃなかった、そんなつもりはなかったんだが。ただきみがいつになく楽しそうにしてたから……

イノリ　だから違うんです。

教授　だから分かったって言ってるじゃないか。誰にだって秘密はあるさ。

イノリ　誤解です。わたしはずっと台所で

教授　そうだ。きみは台所で夜食のオニオンスープを作ってたんだ、わたしのために。

イノリ　……

教授　（苦笑して）……おかしな子だな、きみは。

イノリ　幻聴です、きっと。

教授　ゲンチョウ？

イノリ　あのひとたちがいなくなったから、誰もいなくなったからそれで寂しくなって、先生はきっと幻聴を聞かれたんです。

教授　そんな小理屈、どこで覚えた。

イノリ　先生は孤独。先生は寂しい。先生は孤独。先生は寂しい。

教授　（遮って）よしなさい。

イノリ　……帰ります。

イノリはドアを勢いよく閉めて消える。唐突に音楽。ひとり立ち尽くす教授を包み込むように、急速に暗くなる。

2

教授の書斎。夏の昼下がり（前シーンから半年ほど遡る）。
ソファで眠っているトム、窓から差し込む穏やかな光を浴びて。右手に包帯が巻かれている。
上手ドアの向こうから

パクの声 こちらは先生の書斎です。

ドアが開き、パクに先導されて、ハル、現れる。

パク おや、どなたか……
ハル トムニイだ。
パク トムニイさん？
ハル 叔父です、わたしの。
パク さっきお話に出てた？
ハル いつ来たんだろう？
メグム （上手ドアから現れ）どうしよう？　ここには FAXないって。
ハル トムニイが来てる。
メグム 嘘。（発見し）なんで？　昨日電話した時には来ないって言ってたのに。
ハル ママに頼まれたのよ、そうでなきゃ……
メグム じゃ、ママも来てるの？
ハル 隠れてるのよ、どこかに。
メグム なにをしてるの、いい歳をして。

ハル、メグムに下手のドアを示す。メグムは頷いて、そっとドアに近づき開けようとするが

メグム （声をひそめて）開かない。
ハル 鍵がかかってるのよ。（パクに）鍵あります？
パク いや、この部屋の鍵は……
メグム 大丈夫。……（と、頭からピンを抜いて鍵穴に）
パク なんだかホンカク的ですな。
トム ドロボー！

三人、驚く。

ハル　起きてたの？

トム　起こされたんだよ。せっかく気持ちよく……ハクション。

ハル　ほら、風邪ひいた。

トム　虫が鼻に入ったんだよ。

メグム　ママは？　一緒じゃなかったの？

トム　腹が減ったって言うから途中で降ろした。だからあとで迎えに行かなきゃいけないんだ。冗談じゃないよ、お抱え運転手でもないのに。

パク　（名刺を差し出し）ご挨拶が遅れまして。不動産屋のパクと申します。

トム　どうも。（と、受け取り）この辺には前に何度か来たことがあるんです。だから懐かしくって。

パク　ここからもう少し上に登っていくと、珍しい蝶のポイントがあるとか。

トム　よくご存じで。

ハル　メグが話したのよ、さっき。

メグム　どうしたの？　その手。

トム　ああ、旅先でちょっと。

ハル　旅行？　結構なご身分ね。

トム　そうじゃないよ。学生時代の友人が亡くなったんだ。それで徳島へ。

メグム　ケンカでもしたの？

トム　犬に噛まれたんだ。

メグム　犬に？

トム　泊まったホテルの前に公園があってさ。朝の散歩をしてたら、こんな仔犬がぼくの方を見て尻尾を振ってるんだ。そんなことされたら誰だって悪い気はしないだろ。だから、頭でも撫でてやろうかと近寄って屈んで手を出したらいきなりだよ。信じられる？　飼い犬に手を噛まれるっていうけど、飼い主でもなんでもないんだからね、ぼくは。

メグム　なにが言いたいの？

トム　なんだったんだ、あの振ってた尻尾は。

ハル　舐められたのよ。ひとを見るから、動物は。

トム　え、じゃ、ぼくは噛まれる前に舐められてたってこと！

パク　ハ、ハ、ハ。（と、笑う）
トム　そうだ、もうひとつ驚きの事件が。ハル、トモナガくんと会ったんだよ。
ハル　どこで？
トム　犬に噛まれて病院に行ったら、いたんだそこにトモナガくんが。
ハル　あのひと、いま徳島にいるの？
トム　知らなかったのか？
ハル　だってもうずっと連絡とってないし。
トム　元気そうにしてたよ。少し太って髭なんか生やしてた。
ハル　バカね、似合うはずないのに。
トム　院長先生だからね、一応。逆タマってヤツだよ。もうじき三人目の子どもが生まれるらしい。
メグム　三人目?!
トム　最初が双子だったんだって。お前と別れてまだ三年経ってないんだろ。三年足らずで三人の子持ちか。よっぽど溜まってたんだな。（と、笑う）
メグム　（書棚から本を抜き取り）『プリンキピア・マテマティカ序論』。…先生、遅いわね。
パク　（腕時計を見て）遅くとも一時前にはお帰りになるとおっしゃってたんですが。なにかあったんですかね。
メグム　なんだかお腹すいちゃった。（ハルに）ねえ、お腹すかない？
ハル　…
トム　先生はどちらに？
パク　病院らしいんですが。
トム　犬に噛まれたのかな？
メグム　またバカ言って。
パク　ハ、ハ、ハ。
ハル　エッセーの原稿、どこ？
メグム　え？
ハル　電話で送るから。
メグム　スズキが出るわよ。いいの？
ハル　しょうがないじゃない。どこにあるの？
メグム　車の中だけど。電話ならわたしが
ハル　直したいところがあるの。（と、出ていく）

トム　（見送って）なんなんだ、あいつ。

メグム　だからニイさんが……、アッ、車のキー。（と、ハルを追いかける）

パク　ご姉妹《きょうだい》でもずいぶんとご性格がその……

トム　父親が違うんですよ。

パク　なるほど、それで。

トム　ハルはわたしの兄の娘なんですが、妹のメグムの方は義姉《あね》の二度目の

メグムが戻ってくる。

トム　メグも大変だな。

メグム　ニイさんでしょ。トモナガさんの話なんかするからご立腹されたのよ。

トム　あいつ、まだ未練があるわけ？

メグム　まさか。

トム　だろ。だって叩き出したのはハルなんだから。

メグム　多分、トモナガさんが幸せそうにしてるのが面白くないのよ。

トム　革命家の娘だろ、あいつは。どうして人民の幸せを素直に喜べないんだ！（と、テーブルを叩き）イテッ！

メグム　（外を見て）暗くなったと思ったら、やっぱりすごい雲が出てる。

パク　（外を見て）ああ、こりゃ、ひと雨きますな。

トム　残念だなあ。久しぶりにヤマキチョウでも見て帰ろうと思ってたのに。

パク　ヤマキチョウ？

メグム　蝶です。日がかげると姿を消してしまう……

トム　よく覚えてたな。

メグム　だって一緒に探したでしょ。

トム　ああ、眠い。

メグム　ねえ、ニイさんもここで一緒に住まない？

トム　バカ言うな。

メグム　どうして？　このお邸の前を通るたび、こんなところに住めたらいいなって言ってたじゃない。

トム　昔の話だろ。あれから何年経ったと思ってるんだ。

メグム　それでなにか変わった？　ニイさん、全然変

わってないじゃない。そりゃ、歳はとったけど。

トム　だから、いつまでもお前たちと遊んでるわけにはいかないんだよ。（と、ソファに横になり）ヤマナカと新しい仕事を始めるんだ。その打ち合わせで今朝まで徹夜だよ。

メグム　いいわね。ニイさんは頼りになるお友達がたくさんいて。

トム　人徳かな。

メグム　皮肉のつもりなんだけど。

トム　まあ、みててごらん、今度はヤルから。ぼくもそろそろ動き出さないと。

メグム　仕事って？

トム　とりあえず、保険の代理店かな。

メグム　なに？　そのカナっていうのは。

パク　（腕時計を見て）すみません、ちょっと電話を。

トム　どうぞご遠慮なく。

パク、携帯を取り出し、電話する。
トムの携帯の呼び出し音。

トム　（携帯を取り出し）はい。

パク　ああ、おれ。

トム　トモナガくん？

パク　おれだよ、おれ。

トム　え？　ほんとに？

パク　誰だよ、シモジョウって。

トム　いまきみの話をしてたとこなんだ。

パク　マリアンに餌やったか？

トム　いや、ハルはいま席を外してて。

パク　バカ。もう何時だと思ってんだ。

トム　時計？

パク　誰が？

トム　やっぱりきみのとこだったんだ。

パク　また来てるのか、あいつ。

トム　どこにあったの？

パク　餌？　いつものところだよ、決まってるだろ。

トム　ああそうか、診察の時に。

パク　そう、八十グラム。

トム　送ってくれるの？

パク　ちゃんと計るんだぞ。

手持無沙汰なメグムは椅子に座って、机の引き出しを開けて中を見ている。

トム　住所？　名刺渡したよね。
パク　バカ、どの面さげて
トム　ああ、お陰様でもう　…
パク　大丈夫だよ、噛みつきゃしないから。
トム　まだ化膿止めの薬は飲んでるけど。
パク　バカ！　そんなことしたら死んじゃうだろ。
トム　嘘！

教授が上手のドアから現れる。右手に包帯。誰も気づかない。

パク　分かった、いい。帰ってからおれがやる。
トム　ほんとに？
パク　しょうがないだろ。え？
トム　えっ？　どこに？
パク　先生のとこだよ。見ろよ予定表を。
トム　そんなの見ないよ、誰も。だってきみがこれは化膿止めだって言うから　…
パク　言ってないよ、そんなこと。
トム　言ったよ、確かに。
メグム　（教授に気づき）あ！（と、慌てて引き出しを閉める）
パク　ああ、先生。
トム　え？（教授を見て）あ　…！
パク　（電話に）切るぞ。（と、切り）どうも気がつきませんで。
教授　それは構わないんだが、ここはわたしの書斎だからね。勝手に入られるのは　…
パク　すみません。なかなかお帰りにならないんで、お屋敷のあちこちをその　…
教授　お待たせして申し訳ありませんでした。気にはしてたんですが病院が思いのほか混んでいて。
トム　やっぱり犬に？
教授　犬？

トム　ぼくも犬に噛まれて。（包帯した手を見せる）
教授　薔薇《バラ》の棘です。棘が刺さってそのまま放っておいたら化膿してきたものですから。
トム　犬と薔薇。なんだろう？　この似ていて非なるものは。
パク　ハ、ハ、ハ。

トムの携帯の呼び出し音。

トム　（出て）もしもし、トモナガくん？　いや、ちょっと大事な方がいらっしゃって。いや、そんな話はいいんだよ。どういうことなの？　いや、もうそれは分かったから。早い話、大丈夫なの？　ぼくは。いや、だからね　…
（と言いながら上手に消える）
教授　あの方は？
メグム　叔父です、わたしの。
パク　こちらがお部屋を借りられる　…
メグム　モチヅキです。
教授　電話でもお話したように、お姉さんと一緒に漫画の方を　…？
メグム　姉はいまちょっと外してるんですけど。
教授　さきほど玄関口でご挨拶を。
パク　早速なんですが、お部屋の方は気に入っていただけたということなんで、あとは、先生の方からこちらにお聞きになりたいことでもあれば　…
教授　実はその　…
パク　なんでしょう？
教授　今回の話はなかったことにしてもらえませんか。
パク　な、なんですか、いきなり。
教授　事情が変わったんです。
メグム　もう誰か他の方に決められたとか？
教授　いや、そうではなく。病院で待たされてる間に考えが変わったんです。二階のあの部屋はどなたかにお貸しするより書庫にした方が、と。
パク　なにをおっしゃるんですか、今更。書庫に改築する、その費用をひねり出すために期限付きで一年貸そうって、この話はもともとそこから始まったわけで。

教授　ご覧の通り、ここにはもうこれ以上本を置くスペースがありません。それどころか、どこになにがあるのか分からないような按配で、仕事にならないのです。一日も早くなんとかしないと。若いあなた方と違ってわたしにはもう時間がない。ゆっくりしてはいられないのです。

パク　本の収納場所くらいなんとでもなるじゃありませんか。あそこの、物置になってる玄関脇の部屋だって、整理をすればずいぶん置けるし、廊下にズラッと棚なんか作って並べれば、楽にここの半分くらいは

教授　（遮って）きみの指図は受けない。

パク　……

教授　いや、きみの立場も分からなくはないんだが。

メグム　どこかお悪いところでも？

教授　悪いところよりも、いいところを教えて差し上げた方が早いくらいのものです。この歳ですからね、それはもう。

メグム　先生はまだそれほど気になさるほどのお歳じゃありませんわ。

パク　そうですよ。そんな、老け込むにはまだ早過ぎますよ。これからひと花もふた花も咲かせなきゃ。

教授　きみは案外正直なんだね。心にもないことを言うとそれが顔に出る。

パク　わ、わたしは別に……

教授　そう、こんな風にひとの話になかなか耳を貸そうとしないのが、老人であることのなによりの証拠です。おまけに、長い間ひとり暮らしをしてきたものだからすっかり我儘が身についてしまった。こういう偏屈な年寄りとひとつ屋根の下で生活をしたらどういうことになるか。賢明なあなたなら凡その見当はつくでしょう。

トム　（現れて）心配いりません。我儘な人間の扱いには慣れてるんです、こいつは。それにこう

いう若い女と一緒にいれば、嫌でも若返りますよ、先生も。

パク　確かに。両手に花で寿命が十年は

教授　そんなに長生きしたいとは思わんよ。

パク　たった一年じゃないですか。一年我慢すりゃ、あれもこれも万事丸く収まるんですから。

教授　我慢するには体力がいるんだ。さっき病院で思い知らされたばかりだよ。

パク　しっかりして下さいよ、先生。気持ちですよ、気持ち。

教授　それはともかく。わたしが言うのもなんですが、この家はもう相当ガタがきています。もしかしたらわたし以上かもしれません。交通の便だって決していいとは言えません。それに、二階のベランダから見えるあの川、いまは穏やかに、疲れた心を癒すように流れていますが、ひとたび大雨でも降れば、今から十年ほど前ですが、堤防を越えて玄関先まで、鬼のような形相で押し寄せて来たのです。この家はそういう危険も抱えているのです。もしも安全で快適な生活をお望みなら、他を当たられた方がいいのじゃありませんか。

メグム　このお屋敷がいいんです。

教授　なぜ？

メグム　入ったのは初めてなのに気持ちが落ち着くんです。なんだか自分の本当の家に帰って来たみたいで。それに、先生みたいなひと、わたしのタイプなんです。

パク　ほらほら。ここまで言われたら男として断るわけには

教授　(遮って) うるさいな、きみは。少し黙っててくれないか。

パク　スミマセン。

メグム　確かに先生は変わっていらっしゃるかもしれませんわ。でも、自慢するわけじゃありませんが、わたしたちだってずいぶん変わっているんです。同類なんです、先生とわたしたちは。同じ穴のムジナですもの、きっとうまくいくわ。

教授　困ったな。どう言えば分かっていただけるの

か……

イノリが人数分の紅茶を用意して現れる。

イノリ　（ドアのところで）こちらのお部屋でよろしいんでしょうか。

教授　ああ、そこへ。（と、テーブルを示す）

イノリ、四人分の紅茶をテーブルに置く。

イノリ　先生、お昼の方は？

教授　ああ、あとで。（三人に）どうぞ。

三人、ソファに座る。イノリ、出ていく。入れ替わるように、ハル、戻ってくる。

ハル　ああ、アタマに来た。

メグム　どうしたの？

ハル　スズキのヤツ……

メグム　だからわたしがするって言ったのに。

トム　なにがあったんだ。

ハル　言いたくない。

トム　だったら最初から言うなよ、思わせぶりなことを。

ハル　だからなんにも言ってないでしょ。

パク　（カップを鼻先に持っていき）ああ、ダージリンですな、これは。

ハル　（メグムに）ねえ、今日からこっちに住まない？

メグム　今日から？

ハル　しばらく東京へは帰りたくないの。

メグム　だって、ベッドも何もないのよ。

ハル　買えばいいいんでしょ、とりあえず必要なものは。

メグム　それに、まだ話もついてないし。

ハル　話？　なんの？

トム　先生のお許しが出てないんだよ、まだ。

ハル　どうして？

トム　ぼくに聞くなよ。

ハル　なにが気に入らないの？　わたしたちの。

トム　だから聞くなって、ぼくに。

教授　あなた方が問題ではないのです。例えば、そう、こういう時間が駄目なのです。耐えられないのです、わたしには。

メグム　こういう時間？

教授　さきほども申し上げましたように、わたしは長い間ひとりの生活を続けてきました。多分そのせいでしょう、いまのこういう、くつろいだ雰囲気になじめないのです。それに、思い切って申し上げますが、あなた方の紅茶をすする音、カップの持ち方、他愛のない会話、笑い声、足音、髪形、服装、香水の匂い、そのひとつひとつが気になって仕方ないのです。こんなことが毎日続くのかと思うと、とても我慢出来そうにないのです。

ハル　先生は誤解なさってるわ。わたし達は仕事場としてこちらをお借りするんです。仕事がなければここには来ないし、仕事があれば先生のお相手なんかしてる暇はないし。心配なさらなくっても、先生のお嫌いなこういう時間はきっとこれが最初で最後になりますわ。

メグム　そうよ。足音が耳障りなら、床から階段から深めの絨毯を敷き詰めたらいいし、髪形や服装がお気に召さないのなら、わたしたち、先生のお目に触れそうな時には、頭っからマントでも被って見えないようにしますわ。

トム　いや、体中に包帯を巻いた方がいいな、透明人間みたいに。

教授　わたしは真面目に話してるつもりですが。

トム　もちろんわたしも。それくらい、やると決めたら平気でやるんですよ、この子たちは。

パク　どうでしょう、先生。袖振り合うも他生の縁なんて言葉もありますし。こう言っちゃなんですが、月々決まった家賃収入があれば先生もずいぶんお楽に……

教授　いつきみに生活の心配をしてくれと頼んだ、ええっ！（と、激高）

パク　いやいや、わたしはそういうつもりで……もういいでしょう。知らない方々とこんなに

教授　話をしたのは久しぶりです。少なからず苛立

ハル　ちもしましたが、あなた方がとても聡明で愉快なひと達だということはよく分かりました。でも、わたしの出した結論は変わりません。申し訳ないがお引き取り願えませんか。少し横になりたいのです。疲れました。

トム　帰りましょ。

ハル　どうする？　メグムは。

どうするもこうするも、これだけお願いしても駄目だっておっしゃってるのよ。

メグム　わたし、先生を見捨てていけないわ。

トム　右に同じだ。

ハル　なにを言ってるの？　ふたりともおかしい。

トム　おかしいんだよ、ぼくたちは。

メグム　だってこのままじゃ。先生は間違ってるわ。あなたのおっしゃる通りです。わたしの生き方は間違っています。でも、リンゴが枝から落ちるにはそれなりの理由と必然があり、落ちたリンゴはもう二度と枝には戻れない。あとは腐るにまかせるしかないのです。

教授　あなたはとても優しい。だからと言って、腐ったリンゴを拾い上げてわざわざご自分の手を汚すことはありません。そのまま放っておけば鳥たちがついばみ、あるいは、土の肥やしになるのです。腐ったリンゴのことを考えたら、その方が賢明な選択とは言えないでしょうか。すみません。わたしをひとりにしていただけませんか。

次なる言葉が思い浮かばず、立ち尽くしている彼ら。そこへ、まるで突風が吹き込んできたかのように、大きな包みを抱えて、夫人が現れる。

夫人　ああ、みんな待っててくれたのね。ありがとう。電話をしようかと思ったんだけど手帳を忘れてしまって。買い物をしてたの。ほら、これ。なんだか分かる？（と、包みをほどきかかったところで）ああ、いけない。忘れていたわ。ご挨拶しなくっちゃ。こちらのオーナーさんでいらしゃいますわね。初めまして。わたくし、この子たちの母親でございます。この子たちには来るなって言われてたんです。でも放っておけなくって。もう三十に手が届こうかって歳なのに、ふたりともなんにも知らないんです、世間というものを。でも、安心しました。来てよかったわ。ツトムさん、あなたの言ってた通りだわ。ほんとに素敵なお屋敷。お庭に咲いてる薔薇はどなたのご趣味かしら。ラセビリアーナ。わたしの二番目に好きなお花なんですの。嬉しいわ。空気はおいしいしとっても静かで。ここならお仕事もはかどるわね。それで？　あなたたちのお部屋はどこなの？

パク　（誰も答えないので）ええっと、一応、二階に……

夫人　ああ、それはいいわ。お天気が良ければお部屋から富士山が見えるんでしょ。

パク　いいえ、方向が逆になるんで……

夫人　まあ。それ、なんとかならないのかしら。

パク　わたしの力ではなんとも……

夫人　冗談ですわ。ホ、ホ、ホ。そうそう、これこれ。

夫人、包みをとく。額に入った絵である。

夫人　ほら、素敵でしょう。家族の肖像画。（教授に）駅前の骨董屋さんで見つけましたの。ございますでしょ、パスタのお店の隣に。ご主人の話では、十八世紀にイギリスで描かれたものらしいんですの、本当かどうかは知りませんけど。でもいいの。だってこんなに素敵なんですもの。そうお思いになりません？

イノリが再度、紅茶を用意して現れる。が、部屋の中まで入らず、ドアのところで中の様子を窺っている。

夫人　ねえねえ、ツトムさん。こちらの女性のご主人はどのひとだと思う？　これ？　この女性の隣に座ってる年配の男性？　ううん、そうじゃないと思うの、わたしは。このひとは親戚の叔父さんじゃないかしら。それで、この家になにか問題が起こると、いつも相談にのってあげてるのよ。だって、いかにも一家言ありそうなお顔でしょ。この二列目に並んでるふたりはきっとご主人の古いお友達。で、こっちの男性は若い頃、この奥さんにプロポーズしたんだけど断られてしまって、だけど今でも好きだから独身を続けているの。てことは？
そう、正解は彼の左に立ってるこのひょろ長いひと。ほら、よく見て、この男の子。目元がそっくりでしょ、このひょろ長さんと。それからこっちの娘さんも。え？　ちょっと待って。この女の子、どことなくこっちの振られた男性に似てない？　ううん。似てるどころかそっくりだわ。どうなってるの？　どうなってるの？　ツトムさん、このご家族は。

[注①]

トム　やっぱり凄いよ、義姉《ねえ》さんは。

夫人　なに？　わたしのどこが凄いの？

トム　まるで忘れっぽい天使みたいじゃないか。

夫人　え？　わたし、またなにか忘れてる？

メグム　見て。明るくなってきたわ、東の空が。

みな、窓の外を見る。

部屋の中はまばゆいほどに明るさを増し、そして、暗くなる。

3

前シーンから十日後の夜。教授の書斎。誰もいない部屋で、音楽が流れている。

部屋の隅に、夫人が持ってきた絵が包み直されて置かれている。

ドアが半開きになった寝室から教授、現れる。机の引き出しを開けて、なにかを探しているようだ。

ドアをノックする音。教授は気づかない。

ドアが開いて、イノリが現れる。

イノリ　すみません。（と、声を張り）

教授　（その声に驚き）なにか？

イノリ　少しヴォリュームを落とした方が。

教授　そうだ。二階にもひとがいたんだ。（と、リモコンで音楽を消す）

イノリ　お熱の方は？

教授　さっき薬を飲んだから……。どうしたんだろう？　ほかにこれといって風邪の症状はないんだが。（と、探しものを続けながら）なにか？

イノリ　明日こちらに伺うの、お昼過ぎになってもいいでしょうか。

教授　それは構わないが……

イノリ　病院に行かなきゃいけないんです。

教授　病院？

イノリ　お見舞いです。

教授　ああ、チヨさんの。だったら時間のことなんか気にしないでゆっくりしてくるといい。

イノリ　ありがとうございます。

教授　わたしも一度お見舞いに行こうと思ってるんだが、入院してもう？

イノリ　あと三日で一ヶ月になります。

教授　まさかこんなに長くなるとはねえ。きみにはせいぜい一週間くらいのつもりでお願いしたんだが。そろそろ代わりを探さないと。

イノリ　代わり？

教授　もちろんチヨさんがよくなればまた戻ってきてもらうさ。だからそれまでのツナギというか……

イノリ　わたしじゃダメなんですか。
教授　だってきみは　…。こんな仕事をしてたら勉強する時間もないだろ。
イノリ　…
教授　きみはよくやってくれてるよ。でも、こっちの都合で受験に失敗したなんてことになったらわたしも困る。チヨさんに恨まれたくないからね。
イノリ　…
教授　絵を描いてるそうだね。チヨさんから何度も聞いたよ、なんとかきみを美術大学に行かせてやりたいんだって。
イノリ　分かってないから、おばあちゃんは。
教授　きみはどんな絵を描くんだろう？
イノリ　マンガです。だから別に大学なんか行かなくっても。

上手のドアにトムが現れる。右手に包帯を巻いている。

トム　よろしいですか、お邪魔して。
教授　来てたのかね。
トム　ですからご挨拶に。

イノリ、出ていく。

トム　（イノリに）あ、お茶とかいいから。ぼくは客じゃないから。
教授　なにか御用でも？
トム　だからご挨拶に。
教授　いや、そうではなく　…
トム　ああ。ふたりの偵察です。仲良くやってるかどうか時々のぞいてみてくれって、頼まれてるんですよ、例の忘れっぽい天使に。（部屋を見回しながら）好きだな、この部屋。本、本、ゴホン（と咳の真似）。
教授　その手は？
トム　嬉しいな、気にしていただいて。
教授　まだいけないんですか。
トム　もう治ってるんですけど傷口がカッコ悪いん

でこうして。犬の歯形がそのまんま残ってるんです。見ますか？　笑いますよ。

教授　(苦笑して) 申し訳ないがいまはそんな気分じゃないんで。

トム　じゃ、なにか辛いことでもあった時にでも。

教授　すみません、座っていいですか？

トム　あまり長居されると……

教授　(座って) いいんですよ、このソファ、寝心地が。

トム　うん？　いまなにか探してたはずなんだが……、何を探してたんだろう？　わたしは。

教授　難問ですね、それは。ハ、ハ、ハ。

トム　そんなにおかしいかね。

教授　評判いいですよ、二階のふたりにも、先生は面白いって。

トム　そのうち飽きますよ、コアラやパンダみたいに。

教授　なにをお話になってたんですか？　親密そうに彼女とふたりで。

トム　夫人にはわたしの偵察も頼まれてるのかね。

教授　暇なんで。

トム　ステレオの音がうるさいって叱られてたんです。聴こえてたでしょ、二階まで。

教授　弦楽五重奏四番ト短調。誰かが「モーツァルトのかなしさは疾走する。涙は追いつけない」と書いていましたね。作品番号は五百十六だったかな。

トム　詳しいんだね、ずいぶん。

教授　兄がよく聴いていたんです、それで。兄のこと、ふたりからなにか聞いてます？

トム　別になにも。

教授　アクネ・ヒロムっていうんですけど。

トム　アクネ？

教授　ヒロム。聞き覚えがあるでしょ。

トム　アクネ・ヒロム……

教授　当時はテレビや新聞で兄の名前を見ない日はないくらいの超有名人だったんですが。もうずいぶんになりますからね。そうか、来年で三十年になるんだ。

トム　なにをなさってそんなに？

トム　ハイジャックです。

教授　ハイジャック。

トム　うちの兄がリーダーだったんですよ。覚えていらっしゃるでしょ、「われわれは明日のジョーだ」って声明文。

教授　昔から世間の動向にはあまり関心がないので。

トム　わが道を行くってヤツですか。羨ましいな、先生のそういう生き方。

教授　偏屈なだけですよ。

トム　粋がってた兄に比べたらずっと先生の方が。あの声明文を読んだ時も子どもながらに、ちょっと違うんじゃないかと思いましたよ。だって兄はもう結婚して、義姉さんのお腹には子どもがいたんですよ、ハルが。おかしいでしょ、子持ちの明日のジョーなんて。

教授　……

トム　大変でしたよ、あの頃は。家に警察は来る、マスコミは押し寄せる、脅迫めいた手紙が山のように届く、家の塀には落書きされる、歩いてると石を投げられ、母は自殺する、父は気が狂う。中学生だったぼくはしょうがないから毎日、山に芝刈りに行ったり川に洗濯に行ったり。そしたらある日、川上から大きな桃が流れてきましてね、どんぶらこっこどんぶらこ。

教授　からかってるのかね、きみは。

トム　すみません、つい調子に乗ってしまって。ハ、ハ、ハ。

ドア口にハルが現れる。

ハル　ニイさん、いまメグから電話で、今夜は帰らないって。

トム　そう。

ハル　だから泊っていけば？

トム　なんでダカラなのか分からないけど。どうしようかな。

ハル　（入ってきて）なんだか楽しそうね。なにを話してたの？

トム　昔話だよ、ぼくの、暗い。ドコが！　ハ、ハ、

ハル　ハ。

教授　あんまり信用なさらない方がいいですよ、トムニイの話はいい加減だから。どうもそのようですね。どこまで本当でどこからが冗談なのか……（と言いながら探しもの再開）

トム　あいつのとこに行ってるのか？　メグムは。

ハル　知らない。

トム　まだつきあってるんだろ？　あの馬みたいな男と。

ハル　気になるんなら聞いてみれば？

イノリ　（ドア口に現れ）すみません、わたし帰ります。

教授　ああ、きみ……

イノリ　はい。

教授　いや、いい。きみに聞いたところで……

イノリ　なんですか？

教授　さっきその、きみが来た時わたしは探しものをしてたんだが……

イノリ　ええ。

教授　なにを探してたんだろう？

イノリ　爪切りじゃないですか。

教授　そうだ、爪切り。よく分かったね。

イノリ　だって指でこんなこと……（と、爪を切る真似）。

ハル　分かりやす〜い。

イノリ　失礼します。

教授　ちょっと。（と、また止める）

イノリ　まだなにか？

教授　（ハルに）この子も漫画家志望らしいんです。

ハル　あらま。

教授　（イノリに）だから描いたものを一度こちらに（遮って）いいです、違うんです。先生は勘違いをなさってるんです。わたし、マンガなんか描いてません。おやすみなさい。（と、ドアをバタンと閉める）

イノリ　（遮って）いいです、違うんです。先生は勘違いをなさってるんです。わたし、マンガなんか描いてません。おやすみなさい。（と、ドアをバタンと閉める）

ハル　振られちゃった。（と、教授に）

教授　難しい子なんです。まあ、あれくらいの歳頃の女の子はみんな……

ハル　これくらいの女の子はどうなのかしら？

教授　あまりお付き合いがないのでね。

ハル　奥様は？　結婚なさったこと、おありになるんでしょ。

教授　詮索好きだね、きみたちは。

ハル　先生には興味をそそられるんです、多分、誰だって。

教授　子どももいたよ、男の子が。生きていればちょうど彼（トム）くらいの。

トム　亡くなったんですか。

教授　肺炎をこじらせてね。まだ小さくて、二つになったばかりだったからアッという間だった。

ハル　奥様は？

教授　答えなきゃいけませんか？

ハル　先生のこと知りたいんです、もっといろいろ。

教授　息子が亡くなった後、妻は毎日泣いてばかりいた。彼女の哀しみを癒すためにあれこれ手を尽くし、あらん限りの言葉も費やしたが、彼女は泣くのをやめなかった。わたしはとうとう我慢出来なくなって、手をあげた。彼女はようやく泣き止んだ。そして、でもその日から、ふたりの間で交わされる言葉がなくなって。ある日、仕事から帰ってくると家の中に彼女の姿は見当たらず、その代わりとでもいうように、この机の上に見慣れない、古ぼけた木箱が置いてあった。なんだろうと蓋を開けてみると中から白い煙が湧きだして、わたしはあっという間に年老いた。

トム　浦島太郎だ。まいったな、真面目に聞いてたのに。

教授　さっきのお返しだよ。さあ、今夜はこれくらいで。仕事をしなくちゃいけない。

ハル　その前に爪切りを探さないと。

教授　いかん、また忘れてた。

ハル　（笑って）いまのお話の続き、明日また聞かせていただけるかしら。

教授　アラビアンナイトだ、まるで。

ハル　今夜から先生はわたしのシェーラザードよ。

トム　さてと。（と、立ち上がり）どうしようかな、ぼくは。

ハル　泊まっていけばいいじゃない。なに？　遠慮してるの？

トム　こいつ、いま近親相姦の話を描いてるんですよ。

ハル　だから？　わたしがトムニイになにかするわけ？　冗談じゃないわ。（と、出ていこうとする）

教授　そうだ、これを夫人に。今度お会いになる時に……（と、絵の包みを手に取り）

ハル　ご趣味じゃないんですか？

教授　いや、そうではなく。この絵を売った骨董屋に値段を聞いたら、ホンのお礼にというようような金額ではなかったのでね。

ハル　そんなの別に気になさらなくっても。

教授　しかし、ちゃんと礼金だっていただいてるんだし。

トム　ひとになにかプレゼントをするのは、義姉《あね》の趣味というより、一種の病気なんです。それを突っ返したらただじゃ済みませんよ。

教授　穏やかじゃないね。

トム　穏やかじゃないんです。なんたって革命家と結婚した女性ですから。

ハル　それがいまは土建屋の奥さんだっていうんだから。

トム　なんにも変わっちゃいないよ。義姉さんは今も昔も嗅覚だけで生きてるんだ。

ハル　まるで犬ね。そうか。だからニイさんは犬に噛まれたんだ、徳島で。

トム　なんなんだ、そのダカラというのは。

ハル　だから、嫉妬したのよ、その仔犬はママに。やっと謎が解けたわ。

トム　全然解けてない。なにを言ってるんだ、おまえは。

教授　申し訳ないがそろそろお引き取りを。（ハルに）きみも仕事があるんだろ？

ハル　わたし、先生がおやすみになってから始めることにしてるんです。それで夜が明けて、先生がお庭に出てきて薔薇にお水をやっているのを見届けて、それからベッドに入るんです。

教授　監視してるのかね、いつもわたしを。

ハル　ええ。カーテンの間からそっと、先生に気づかれないように。

トム　やっぱり帰る。

ハル　そう。勝手にすれば。

トム　なんだかお邪魔みたいだからな、ぼくは。（と、出ていこうとした時）

ドアが開いて夫人が現れる。手にボストンバッグ。

トム　義姉さん！
夫人　やっぱりここにいたのね。探したわ。
トム　え、ぼくを？
夫人　どうして？　どうしてあゝいうことをするの？　わたし分からないの。教えて、お願いだから。
トム　そんな、いきなりお願いされても　…
ハル　いったいなにをしたの？
トム　分からない、なんのことだか。
夫人　とぼけないで！
トム　まいったな。
夫人　今日のお昼よ。うちのひとのところへ行ったんでしょ、お金のことで。
トム　ああ、あのこと。
夫人　どうしてわたしに相談してくれなかったの。
トム　だって社長に直接かけあった方が話は早いし。
夫人　お陰でわたし、聞きたくもない話を長々聞かされて。ツトムさんのこと、なんて言ってたと思う？
ハル　あの能ナシ、ろくでなし、うすらバカ、愚図、屑、役立たず
トム　（遮って）もういいだろ、それくらいで。
ハル　お金ってなんの？
トム　今度ヤマナカと始める仕事の運転資金を借りに行ったんだ。
ハル　幾ら？
トム　二千万。
ハル　ピュー（と、口笛を吹く）。
トム　ナカヤマのやつ、あちこちに借金してて、それを清算しないことにはなにも始められないんだ。
教授　（咳払いして）　…
トム　（教授に）すみません、こんなところでこんな話を。帰ります。
教授　出来ればそうしていただけると　…

トム　義姉さん。（と、夫人を促す）
夫人　わたし帰らないから。
トム　ええっ？
夫人　もう二度と帰らないって家を出てきたの。今夜からここに泊めてもらうわ。いいでしょ。
ハル　困る、いきなりそんなこと言われても。
夫人　あなたたちの邪魔はしないわ。しばらくここでゆっくり静養しながらこれからのことを考えたいの。そういう時間が必要なのよ、いまのわたしには。
（教授に）構いませんわね、ほんの少しの間。もちろん、先生のご迷惑になるようなことは決して

教授、あたかも夫人の次の言葉を遮るように、よろめく。

ハル　先生、どうなさったの？
教授　いや、ちょっとめまいが　…
ハル　ママのせいだわ。

教授　大丈夫です、大丈夫。今日は朝から少し熱があるのです。分かりました。あなたのご希望はすべて了解しました。ですから、お願いですから今夜のところは、皆さん、二階のご自分たちの部屋の方にお引き取り下さい、いますぐ、いますぐにです。いや、どうしてもこの部屋でお話を続けたいのであればそれも結構。ご自由にお使いください。わたしは寝室へ。お話がすんだらドアを二回ノックして下さい。もしかしたらもう眠っているかもしれませんが。（と、寝室に向かう）

と、トムの携帯に呼び出し音。教授、思わず足を止める。

トム　（電話に出て）モシモシ。　…泣いてるのか？なにがあったんだ。　…黙ってたら分からないよ。なにか話したくって電話したんだろ？　…なんとか言えよ。いまどこにいるんだ。モシモシ、メグム。モシモシモシモシモシ。

暗くなる。

4

教授の夢の断片。
教授と母、ソファに向かい合って座っている。教授の少年時のひとコマだが、教授の姿形は、年老いた現在のままである。

母　どうしてお祖父さまにああいう口の利き方をするの？
教授　頬っぺたにキスしようとしたからだよ。赤ん坊じゃないんだ、ぼくは。髭だってチクチク痛いし。
母　お祖父さまは一年に一度、夏休みにこうしてあなたに会えるのを楽しみにしていらっしゃるの。それくらい我慢出来るでしょ。
教授　出来ないよ、あんな……。どうしておじいちゃんはあんなに臭いの？
母　そんなこと言うもんじゃありません。
教授　だって……

母　しょうがないでしょ、ご病気なんだから。

教授　病気？

母　お祖父さまに言ったらダメよ、内緒にしてるんだから。多分、ご自分でもうすうす感づいておられるとは思うけど。

教授　そうか、だからあんなに　…。おじいちゃんはもう腐りかけてるんだ。

母、教授が言い終わらぬうち、彼の頬を打つ。

母　あなたにはお祖父さまの寂しさが分からないの。

教授　ひとはみんな孤独だよ。

母　そうよ。だから生きてる間はみんなで助け合ったり励ましあったりしなきゃいけないのよ。

教授　…

母　さっきのこと、お祖父さまに謝ってきなさい、まだ起きていらっしゃるはずだから。

教授　（小声で）はい。（と、立ち上がり、寝室の方へ）

教授、寝室のドアをノックする。応答がないので二度三度。

教授　（不安げに）なんにも言わない。大丈夫だよね、まだ死んじゃいないよね。

母、足早に寝室に向かい、ドアを開けて中へ。

母の声　お祖父さま、お祖父さま！

暗くなる。

明るくなる。

教授の従姉（中学生）が椅子に座って、本の頁を繰っている。

下手のドアから教授が現れる。

教授　悪いけどそこ、ぼくが使うから。

従姉　勉強するの？

教授　読書感想文を書かなきゃいけないんだ。

従姉　なに書くの？

教授　これから読むんだよ。
従姉　これ？（と、読んでいたH本を見せる）
教授　あっ。
従姉　こんなの読んでなんて書くんだろう？
教授　返せよ。
従姉　昨日、わたしがお風呂に入ってた時、覗いてたでしょ。
教授　してない、そんなこと。
従姉　知ってるもん、わたし。
教授　返せよ、それ。
従姉　変態！
教授　返せよ。
従姉　カズミくん、こんな本読んでるって叔母さんに教えてあげなきゃ。
教授　バカ、返せよ。
ふたりは揉みあううち、ソファに倒れこむ。一瞬、動きがとまる。
従姉　ヘンタイ。
ふたり、ゆっくり顔を近づける。
暗くなる。
明るくなる。
教授、ソファに座ってゴム風船を膨らませている。
傍らに妻。
テーブルには空気を入れた風船が二つと、長い金串が一本。
教授は、いっぱいに膨らんだ三つ目の風船の口を結び、
教授　これでよし、と。
妻　どうするの？
教授　これに取り出しましたる金串でこの風船を貫いて、見事、花見団子となりましたらご喝采。
妻　そんな、ちょっと大丈夫？
教授　とくとご覧あれ。
教授、風船をひとつ手に取り、それに金串を刺す。破裂しない。妻、オーと声を出して拍手する。続

いて二つ目も成功。妻はさらに拍手拍手。

教授　やってみるか？

妻　いい。

教授　大丈夫だよ、ここんとこ刺せば絶対に失敗しないから。

妻、三つ目の風船を受け取り、それに金串を刺す。

破裂！

ふたりは思わず顔を見合わせる。

教授　ハ、ハ、ハ。もう一回やろう、最初から。

教授、妻の失敗を取り返すべく、急いでゴム風船を手に取り、口元に持っていく。

と、妻は立ち上がって寝室へ行こうとする。

教授　待てよ。（と、止める）

妻、教授に背を向け、泣いている。

教授　泣くなよ。もう泣かないって約束したじゃないか。

妻　ひどい。

教授　ダメなのか？　ダメなのか、わたしたちはもう。

妻、教授の手を振りほどいて、寝室に消える。

上手のドアが開いて、亡くなったはずの息子が、成長した姿を見せる。

教授　きみは？

息子　あなたの息子です。

教授　帰って来たのかね？　それとも、わたしがおまえのところへ……

息子　帰って来たのです、お父さん。大きくなって。

教授　ええ。あなたの力になりたくて。その昔、あなたがぼくを、瀕死のぼくを励ましてくれたように。

お父さん、ぼくは決して忘れない、あの夜のこと。病院のベッドに横たわるぼくの傍らで、ぼくが息を引き取った後も尚、あなたが繰り返し繰り返し呟いていた、あのイギリスの詩人の美しい愛の歌を。それはこんな歌。

心からきみを、愛す、
中国とアフリカが一つになり
川が跳びはねて山を越え
鮭が街で歌う日まで
きみを愛す、大海原がたたまれて、
物干し竿にかけられる日まで
七つ星が雁のように
鳴いて空をわたる日まで。
歳月は兎のように駆けさせろ、
ぼくは〈世紀の花〉と、
世界でいちばんの愛を
この手にかかえているんだ

教授　（息子の「歳月は兎のように駆けさせろ」に重ねて始める）

心からきみを、愛す、
中国とアフリカが一つになり
川が跳びはねて山を越え
鮭が街で歌う日まで
きみを愛す、大海原がたたまれて、
物干し竿にかけられる日まで
七つ星が雁のように
鳴いて空をわたる日まで。
歳月は兎のように駆けさせろ、
ぼくは〈世紀の花〉と、
世界でいちばんの愛を
この手にかかえているんだ［注②］

衝撃音！　ベルリンの壁が壊された時のような。
そして、ドドッと崩れ落ちる音。
暗くなる。

5

それから数日後の昼下がり。書斎。部屋中埃が舞う中、教授が電話をしている。

机の上に数本の薔薇を挿した花瓶。掃除機を使って掃除をしているイノリ。

ソファに噂の編集者・スズキ。ボールペン片手に競馬新聞を睨みながら、イヤホンでラジオを聴いている。

教授は掃除機の音がうるさいせいもあってか、いつになく声を荒げている。

教授 前もって？　聞いてたら許すはずないじゃないか。今日工事をやるなんて、なんにも聞いてないんだ、わたしは。病院から帰ってきたら玄関も応接間も、もうもうたるホコリだよ。上から落ちてきてるんだ。わたしの帰るのがあと三十分も遅かったら、きっと家ごと壊されていたよ。オーバーじゃない、見れば分かる、まるで戦場だ。爆弾でも落とされたみたいなんだ、二階は。彼女たち？　いない。どこへ行ったか？　知ってるはずないだろ、だからきみにこうして……。わたしに言われても？　なんだ、その言い草は。彼女たちを紹介したのはきみじゃないか、ふざけたことを言うんじゃない、すぐに来たまえ、すぐにだ。ええっ？　分からん。はっきり言いたまえ、ハッキリ。ええっ？（イノリに）うるさいんだ、きみ。さっきから電話をかけてるんだ、わたしは。応接間の方を先にやればいいじゃないか、アッチの方がひどいんだ。見れば分かるだろ、それくらい。

イノリ すみません。（と、掃除機を持って出ていく）

スズキ バカタレが！　逃げなきゃ勝負になるわけねえだろ、ったく。（と、イヤホンを外す）

教授 （改めて受話器を耳にあて）モシモシ、モシモシ……（反応ナシ）

教授、苛立たし気に受話器を置き、もう一度かけるべくダイヤルを回そうとするが、止めて、出ていこうとする。

スズキ　（腰を浮かせ）どちらへ？

教授　なんでイチイチきみに断る必要があるんだ。

スズキ　知らないお宅でひとりにされると、なんとなく。家見知りするって言うんですか。こんな言葉があるのかどうか知りませんが。イエミシリ。なんだか水木しげるのマンガに出てきそうですね。フ、フ、フ。（と、笑う）

教授　（ドアのところで）イノリくん、雑巾持ってきてくれないか。

スズキ　彼女、イノリっていうんですか。親がクリスチャンかなにかで？

教授　知らない。

スズキ　すみません、タバコ吸っていいですか？

教授　灰皿なんてものは置いてないんだ、この家は。

スズキ　いいえ、灰皿なら。（と、携帯用の灰皿をポケットから取り出し）恥ずかしながら愛煙家なもので。愛煙家。考えてみたらおかしな言葉ですよね。別に煙を愛してるわけじゃないのに、少なくともわたしは。（タバコに火をつけ）うん？　嫌煙家って言葉、あるのかな。あるか。ケンエンカ。嫌・演歌？　フ、フ、フ。タバコ嫌いは演歌嫌いだったりして。

イノリ、雑巾を持って現れ、机を拭こうとする。

教授　（それを止めて）いいよ、自分でやるから。（と、雑巾を受け取り）さっきは悪かった、大きな声を出したりして。

イノリ　いいえ、わたしがちゃんと、工事のひとが来た時に、聞いてないって止めてれば……

教授　悪いのはきみじゃない。

イノリ　……

教授　チヨさん、元気そうだったよ。涼しくなったら退院出来そうだって。

イノリ　失礼します。（と、出ていこうとすると）

スズキ　きみ、クリスチャン？

イノリ　なんですか？

スズキ　まさかムスリムじゃないよね。
イノリ　知りません。（と、出ていく）
スズキ　学生時代につきあってた女がムスリムだったんです。インドネシアから来てた留学生だったんですけど、わたしも一時期はまっちゃって。フ、フ、フ。別れてからもお祈りのサラート、一日五回ちゃんとやってましたよ。ファジルって最初の礼拝がやっぱり一番辛いんです。夜明け前に起きてやらなきゃいけないんで。でも、真面目にやると結構な運動になるんで、体にいいんです。アレやめてからすっかりお腹が出ちゃって。日本じゃ昔、フィフィ教って言ってたんですよね、イスラム教のこと。オウヤン・フィフィ、教祖かい？　なんて。フ、フ、フ。あ、すみません、さっきからひとりで。普段はこんなに喋るやつじゃないんですけど、なんか先生の前だからあがっちゃって。ファンなんですよ、先生の。御本も何冊か。まさかこんなところでお会いできるなんて。確か先生、人生も偶然やハプニングがあるから成り立つんだっておっしゃってましたよね、大学の最終講義で。
教授　学生だったのかね、わたしの。
スズキ　まさか。ただの単なる一ファンですよ。わたし、当時は公安の刑事だったんで見つかったらヤバかったんですけど、なんとか教室にもぐりこんで。
教授　公安の刑事？
スズキ　ええ。
教授　公安の刑事から雑誌の編集者に？
スズキ　スキップしたんです。若気の至りで。

上手のドアに夫人、現れる。

夫人　ああ、先生、お帰りでしたの？
教授　お待ちしておりました。
夫人　大変なことになっておりますわね。
教授　ええ、実に。
夫人　まさか下のお部屋までこんなになるなんて。

教授　どういうことなのか、ご説明願えませんか。
夫人　ごめんなさい。工事責任者にわたし文句を言ってまいりますわ。
教授　帰りましたよ、連中は。
夫人　帰った？
スズキ　帰したんです、先生が。
夫人　まあ、工事も終わってないのに？　困りますわ、そんな勝手なことをされたら。
スズキ　勝手なことをしたのはあなたの方でしょう。
夫人　あら、わたくしがなにを…？
スズキ　なんの断りもなしに借りてる家の二階に浴室を作ろうなんて、そんな非常識、わたしゃ聞いたことがありませんよ。
夫人　お断りしましたわ。（教授に）しましたでしょ。
スズキ　断ってたら許すはずないでしょ、先生が。
夫人　いいえ、お話ししました。
スズキ　いつ？
夫人　昨日の夜です。廊下の突き当たりのところに、ちょっとモノを置かせてもらっていいかって。
教授　確かにそれは…
夫人　ほら、ご覧なさい。そしたら構わないっておっしゃったわ。おっしゃいましたでしょ。
スズキ　なんですか？　それは。
夫人　なんですかってなんですの？
スズキ　モノじゃないでしょ、浴室は。
夫人　ユニットバスはモノでしょ？　違うかしら。
スズキ　スッゲエ屁理屈。じゃ、なに？　ユニットバス置くだけでよかったわけ？
夫人　そうよ。それにちょっとお湯が出るようになればね、それだけで。
スズキ　ちょっとお湯？　だったらなにもこんな工事させなくったって、ヤカンで湯沸かせば十分でしょ。
夫人　お湯を沸かしたら蒸発してしまうわ。
スズキ　いつまでガキみたいなことを言ってんだ、いい歳をして！
夫人　（気色ばんで）どなたですの、こちら。
スズキ　ファンです、先生の。
夫人　先生。わたし、こんな言われ方、心外ですわ。確かに、遠回しな言い方をしないでハッキリ言うべきだったかもしれません。でも、まさかこんな大工事になるなんて思ってもみなかったんです。ユニットバスを置いて、ほんのちょっと壁に穴をあけてガスと水道を通せば、それで済むと思ったんです。先生を騙すつもりなんかこれっぽっちもなかったんですのよ。うぅん、むしろ先生のお気を煩わせないようにって気を使ったんです。だからわたくし、ハッキリ言わなかったんです。

教授 理由はともあれ、これは重大な契約違反です。あなたはご覧になっておられないかもしれないが、契約書にも、家主の承諾なしに部屋に手を加えたら、即刻退去を命じることが出来るとあったはずです。申し訳ありませんが、そのようにしていただけますか。

夫人 まあ。本気でそんなことおっしゃってますの?

スズキ もちろんです。

教授 きみは黙って。

夫人 ひどいわ。こんなに毎日暑いのに、シャワーも浴びずにいたら体がどうかなってしまいますわ。

教授 娘さんたちは確か、町の共同浴場にお出かけになってるはずですが。

夫人 嫌いなんです、わたしは。知らないひとと一緒にお風呂に入るなんて、そんなこと。大体、いまどきお風呂もないのに部屋を貸そうなんて、そっちの方が非常識じゃありませんこと?

スズキ それを承知で借りたんでしょ、娘さんたちは。

教授 だからいいんだよ、きみは。これはわたしの問題なんだから。

スズキ 先生の問題はわたしの問題でもあるんです。

教授 なにを言ってるんだ、きみは。

スズキ ファン心理ってやつなんです、これが。

夫人 わたし間違っていましたわ。先生はもっと包容力のおありになる方だと信じておりましたの。

スズキ そういうことじゃないでしょ。

教授 きみ……

スズキ　ここはわたしに任せて。（夫人に）いいですか。ひとをナイフで刺しといてですよ、治療費は自分がって言えば、無罪放免になります？　そんな話が世の中通ると思います？

夫人　（無視して）今度のことはわたしの一存でしたことなんです。先生と契約を交わした娘たちは、なんにも知らないんです。だから契約を違反したことにはならないはずですわ。

スズキ　ウッ。これは意外な盲点を……

夫人　うちの主人はそっちの方の仕事をしておりますの。連絡して、すぐに元通りにさせますわ。お電話拝借してよろしいかしら？

教授、笑いだす。

スズキ　どうなさったんですか、先生。

教授、なおも笑う。

スズキ　先生……

上手にメグムが現れる。左手首に包帯が巻かれ、右手にはバッグ。

メグム　珍しい。先生が笑ってる。

教授　きみのお母さんは異星人だ。わたしは言葉の通じない異星人相手に、腹を立てたり、契約がどうのこうのって理屈をこね回したりしてたんだ。（と、更に笑う）

スズキ　（メグムに）お早うございます。

メグム　よくここが分かったわね。誰に聞いたの？

スズキ　その前になにか言うことがあるでしょ。

メグム　昨日のことなら

スズキ　ナラなに？

メグム　オオエバラさんにはちゃんと。

スズキ　なんでこのおれ飛び越してオオエバラに電話するわけ？　担当はおれでしょ、スズキくんでしょ。でも、いい、過ぎたことだから、サイン会のスッポカシは。忘れる。水に流す。おれ元ムスリムだし。だけどアレはさ、口惜しいけどおれの許容範囲を超えてたんだ。

メグム なによ、アレって。

夫人 (メグムに)あなた、この三日間、どこでなにをしてたの？　ママに連絡もしないで。

スズキ ちょっとちょっと、そっちの質問、あとにしてくれます？　いまわたしが話してんだから。

夫人 わたしはこの子の母親よ。

スズキ わたしだってこのひとの担当ですよ。生活だってかかってんだ、こっちは。

夫人 あなた誰なの？

スズキ だから、担当のスズキくんだって言ってるでしょ、さっきから。

メグム 「漫画ピンキー」の編集のひと。

夫人 ああ、このひとが。

スズキ あらら、おれのこと、なんか侮ってません？

夫人 悪いけど話は三分で済ませてちょうだい。急いでるの、わたくし。

スズキ うん？　なに話してたんだっけ？　おれ。

メグム だから、あなたの許容範囲を超えたアレがあるんでしょ。

スズキ ああ、ソレソレ。

メグム ソレじゃなくてアレでしょ。

スズキ いいじゃん、そんなのどっちだって！

教授 ちょっと出てきます。ここはわたしのいるべき場所ではなさそうだ。どこへ行こう？　まるで国を追われた亡命者にでもなった気分だ。

(と、去る)

スズキ 行ってらっしゃいませ。(と、頭を下げて)

メグム なによ、アレって。

スズキ 「エロエロジャンプ」で来月から始める連載だよ。なんだよ、アレ。担当のヤツに聞いたら、前におれがあんたたちに話したネタ、マンマ使うんじゃない。いいの？　そんなことして。

メグム わたしに言わないでよ。

スズキ ワタシに言わないで誰に言うのよ。

メグム 描いてるのは姉さんなんだから。

スズキ そりゃ描いてるのはアクネ様だけどさ、名前はメグ・ネットーリってあんたになってるじゃない。だからサイン会っていうとあんたがホイホイ出かけるわけでしょ。
夫人　なんなのあなた、その口の利き方は。ちょっと失礼が過ぎるんじゃないこと？
スズキ　失礼されちゃったのはこっち、スズキくん。おたくの娘さん、わたしが捻りだしたネタを盗んだのよ。許さないからね。いや、おれは許してもアラーの神が許さないから。
メグム　フン。
スズキ　あ、アラーの神を鼻先で笑ったな。
メグム　どうすりゃいいの。
スズキ　ギャラこっちへ三割バック。
メグム　セコイわね。
スズキ　セコイのはどっちよ。出るとこ出る？　じゃ。
メグム　いいわよ、出たって。話はそれだけ？
スズキ　捨て鉢だね、ずいぶん。
メグム　ママに話したいことがあるのよ。
夫人　なに？　話って。
メグム　パパが早く帰ってこいって。
夫人　会ったの？　パパと。
メグム　着替えをとりに家に帰ったの。そしたら広い庭でひとりっきりで、寂しそうにしてたわ。自分の話を聞いてくれるのは、池の鯉だけだって。
夫人　自業自得よ。
メグム　なにをしたの、パパが。
スズキ　あ、いけねえ、お祈りしないと。ズフルズフル。その前にお清めのウドゥーをして……（と、出ていき）すみません、水道借りま～す。
（と、声が聞こえる）
夫人　ツトムさんも一緒に？
メグム　え？
夫人　一緒に家に行ったの？
メグム　行くわけないでしょ。トムニイは、あの家もパパのことも嫌いなんだから。
夫人　ずっと一緒じゃなかったの？
メグム　そんなわけないでしょ。
夫人　でも会ったんでしょ。なんだったの？　昨日の電話。あんな時間にツトムさんのこと呼びだしたりして。
メグム　……

夫人　なにがあったの？

メグム　なんにもないわ、ママに話さなきゃいけないことなんか。

夫人　いいわ、ツトムさんに聞くから。

メグム　無駄よ。トムニイはなんにも知らないんだから。

夫人　だってあの晩、会ったんでしょ、ふたりで。

メグム　会ったけどなにも話さないうちに誰かから電話が入って、慌ててどこかへ飛んでったわ。てっきりママからだと思ってたけど、違うみたいね。

スズキ、さっぱりした表情で戻ってくる。

スズキ　罪深いあなた方のために、わたしが祈ってさしあげましょう。なんて善人なの？　おれって。（と、言いながら部屋の隅に行き、イスラームの祈りを始める）

メグム　パパは疑ってるわ。

夫人　疑ってる？　なにを？

メグム　ママとトムニイのこと。自分と別れて、ママはニイさんと一緒になるんじゃないかって。ママにも同じことを言ったわ。だから家を出てきたのよ。許せないわ、言うに事欠いて。

夫人　確かに、わたしはツトムさんのことが好きよ。でも、男としてどうこうなんて考えたこともないわ。子どもだもの、ツトムさんは。息子みたいなものなんだもん。だからあなたたちだって彼のこと、ニイさんって呼ぶんでしょ。ツトムさんだってきっとそう思ってるわ、わたしのこと母親みたいに。

メグム　パパにはコンプレックスがあるのよ、ママの前のダンナに。だからよ、だから弟のトムニイとなにかあるんじゃないかって勘繰るんだわ。わたしよく分かる。

夫人　可哀そうな人。

メグム　そうよ、パパは可哀そうなの。だからいつまでも意地なんか張ってないで、帰ってあげて。わたしたちだって、ママにいつまでもここにいられたら迷惑だわ。大体、ママみたいなひ

夫人　とがこんな、夜になると物音ひとつ聞こえなくなるような、寂しい山奥での生活なんて出来っこないもの。そのうち慣れるわ。ええ、慣れてみせるわ、共同浴場だってなんだって。

ハル、現れる。

スズキ　お帰りなさいませ。
ハル　来てたの？
スズキ　そろそろ原稿をいただかないと　…

トム、現れる。

トム　ひどいね、義姉さん、これは。
夫人　お風呂がないでしょ、お二階に。だから
ハル　いま先生に聞いた。
夫人　そんなに大変な工事にはならないって言うから頼んだんだけど。
トム　だって古いもの、この家は。
メグム　ふたり、一緒だったの？
トム　駅前で偶然会って　…。（メグムの手首に気づき）どうしたんだ、それ。
夫人　あら、そう言えば　…
メグム　やっと気がついた。わたしなんかママの目には入ってないのね。
ハル　どうしたの？
トム　猫にひっかかれたんだよ、な。
メグム　そう。ニイさんは犬に噛まれてわたしは猫に。
スズキ　嘘を言っちゃダメだ。手首切ったんでしょ、剃刀で。
夫人　まさか。
メグム　なに言ってんの、あんた。
スズキ　わたし、これでも元公安ですよ。いまでも現役でバリバリやってる連中もいるんです。だから、その手の情報はすぐにわたしの耳に入る仕掛けに。
夫人　メグム、あなた　…
メグム　荷物、部屋に置いてくる。（と、足早に出ていく）

夫人　メグム。

ハル　いいのよ、ほっとけば。ピンピンしてるんだもの、大した傷じゃないわ。

スズキ　it's cool！

夫人　（トムに）なにがあったの？

トム　……

夫人　あなた知ってるんでしょ？

スズキ　男との痴話げんかですよ。振られたんです、早い話が。それで当てつけに……

トム　どうしてそこまで……

スズキ　彼女の担当さんですからね、それくらいのことは。

教授、戻ってくる。手にデパートの包み。

教授　ああ、皆さんお揃いで。ちょうどよかった。もしも今夜お暇でしたら、一緒に町まで食事に行きませんか。

ハル　まあ、どういう風の吹き回し？

教授　今夜はどうやら家で食事が出来そうにないので。束の間の休戦です。

ハル　休戦？　わたしたち、先生と戦争してるの？

教授　わたしの領土が侵略されてる。

夫人　侵略だなんて、そんな。

教授　今日はとうとう二階が爆撃されましたしね。いまのところ明らかにわが軍の旗色は悪い。作戦の失敗です。わたしはこれまで、あなた方をなんとか遠ざけようと、そればかりを考えていた。でも、敵を倒すには敵のことをよく知っていなければいけない。その基本のところをすっかり忘れていました。おまけに冷静さも失って。これでは勝てない。さっき夫人と話していて、遅ればせながらやっとそのことに気がついたわけです。まあ、冗談はともかく。

スズキ　冗談だったんですか?!

教授　駅裏に、小さな店ですが、地の野菜や川魚を使ってなかなか凝ったものを出す、フランス料理店があるんです。もしもご一緒していただけるのであれば予約を入れますが。

夫人　それは是非。ネ。（と、ハルとトムに振って）でも先生はほんとに意地悪だわ。そんなお店があるんならあるって、どうしてもっと早く教えて下さらなかったの？

教授　敵に塩を送るほどの余裕はありませんでしたからね。（と、言いながら電話に向かう）

トム　先生、今日はお体の方は？

教授　心配してくれてるんですか？

トム　いいえ、なんとなくお顔の色が。光線のせいかな。

教授　さっきまで相当カッカしてたから、きっとそのせいです。歳をとると回復が遅くなる。（受話器を取って）ああ、わたしだが。今夜いいかな。いや、ひとりじゃないんだ。ええっと、わたしを入れて……

夫人　メグムもいますから。

スズキ　わたしも。

ハル　あなたも来るの？

スズキ　伺いますとも。アクネ様のいらっしゃるところなら地の果てまでも。

教授　六人。いや、イノリくんもいるから七人だ。大丈夫かな？　そう。じゃ、六時に。（と、電話を切る）

パクが現れる。いかにも急いで来た風を装って。

パク　いやあ、どうも遅くなりまして。

教授　来ないかと思った。

パク　出がけに女房のやつがグズグズ言いやがって。ええっと、それでお話の方は？

教授　夫人は、工事をとめて原状回復させるとおっしゃっているんだが。

夫人　いけない。電話するの忘れてたわ。（ハルに）うちの会社にやらせるの。

トム　社長に頼むの？

夫人　だってその方が無理もきくし、お金だって……

ハル　ママはこういうひとなのよ。なんだかんだ言ったって、最後は結局あのひとのところに行くんだから。

夫人　そうじゃないわ。背は腹にかえられないって、立ってるものは親でも使えって、そういうアレでしょ、これは。

イノリが掃除機を持って現れる。

イノリ　すみません。こちらのお掃除をしたいんですけど。
教授　頼むよ。
イノリ　皆さんがいらっしゃると……
教授　ああ、邪魔なんだ。庭にでも出ましょうか。
パク　結構ですな、天気もいいし。
スズキ　アクネ様。
ハル　なに？
スズキ　駅前のホテルに部屋をとってあるんですけど。
ハル　ハア？
スズキ　六時までまだ時間もありますし、これから一緒に
夫人　なんでハルがあなたとホテルなんか行かなきゃいけないの。
スズキ　あんたがここんちに爆弾なんか落とすからでしょ。締切り、もう三日も過ぎてんです。アクネ様には寸暇を惜しんでお仕事に励んでいただかないと。
ハル　分かったわ。やればいいんでしょ、やれば。
夫人　ダメよ、こんな男と。
ハル　二階でやるのよ。（と、出ていく）
スズキ　お祈りしたのに、もう！（と、ハルの後を追う）
ハル　（戻って来て）先生、今夜はさっき差し上げたソレ、そのシャツを着てお出かけになるのよ。
教授　是非にというのであれば。
ハル　きっとお似合いになるわ。
イノリ　すみません、早くしていただけますか。
トム　彼女、なんだかご機嫌が……
教授　（イノリに）今夜みんなで外に食事に行くんだ。よかったらきみも一緒に
イノリ　（遮って）いいです、わたしは。
教授　予約を入れたんだ、もう。さっきのお詫びのつもりなんだが……
イノリ　分かりました。

教授　ありがとう。

教授以下、出ていく。イノリ、掃除を始める。
電話がかかってくる。

イノリ　(出て) はい、そうです。わたしですけど。おばあちゃんが？　分かりました。すぐ行きます。(と、受話器を置いて) …どうして？　なに？　キトクって。

暗くなる。

6

同じ日の夜。中央のテーブルを囲んで、夫人、トム、メグム、スズキ、パク。
教授はその輪から離れて自分の定位置である机の前の椅子に座り、彼らのやりとりを聞いている。

トム　暴走族！
パク　そりゃもう近所じゃ評判のワルで、警察の世話になったことも二度や三度じゃなかったんですから。
夫人　まあ、あんなに優しそうなシェフが？　信じられないわ。
パク　東京に行ってコックの修業をしてるって話は聞いてたんですが、帰って来た時には物腰や言葉使いはもちろん、顔つきまで変わっていたんで別人かと思いましたよ。
夫人　変わるのね、人間って。
パク　あそこに店を出すについちゃ、わたしもいろいろ骨を折ったんで。そりゃそうですよ、町の人間はみんな知ってんですから、悪かった頃のあいつを。でも今はまあ、ああして　…。相当苦労したんでしょうな、あの男も。料理にそれが滲み出てましたよ。いやあ、わたしも骨折り甲斐があったというものです。

トム　言ってみれば、彼がいまあるのはパクさんのお陰ってわけだ。

パク　不動産屋なんて商売をしてますと、まあ、いろいろありますよ。ハ、ハ、ハ。

ハルが、コーヒーをいれて現れる。

教授　申し訳ないね、客にそんなことをさせて。

ハル　客じゃないもの、わたし。（テーブルにカップを置きながら）先生もこちらにいらっしゃったら？

教授　いや、ここの方が落ち着くんだ。

ハル　じゃ、わたしもそっちで。

スズキ　じゃ、わたしもそっちで。

ハル　いいの、あなたは。（と、二人分のコーヒーを机に置き）

部屋の隅にあった椅子を移動させて教授の隣に座る。

パク　（香りをかいで）ブルマンですな、これは。

教授　ああ、なんだかすっかり酔っぱらってしまった。

ハル　たったグラス半分のワインで？

教授　さっきも話したでしょ、アルコールを口にするのは久しぶりなんです。

スズキ　わたしもムスリム時代は、アルコールは一切。

ハル　誰も聞いてないから、あんたの話なんか。

パク　（飲んで）うん？　待てよ、この酸味は　…？

夫人　いつ以来になりますの？　お酒を飲むのは。

教授　さあ。さっきからそれを思い出そうとしてるんですが。もともと下戸なんです。結婚式の三々九度の盃で目のふちが赤くなったくらいですから。あとで女房に笑われましたよ。

トム　まさか、それ以来？

教授　大学にいた頃はなにかと付き合いがあったから多分、年に二、三度は。しかし、こんなことになるんなら、もうアルコールはこりごりだ。

夫人　ダメダメ。先生、誕生日はいつですの？

スズキ　十二月二十三日。つまりクリスマス・イブイブ。星座はやぎ座。干支はひつじ。血液型はB。ちなみに、亡くなられた奥様はさそり座の蛇のO型で、先生とは相性バッチリだったんですが。

トム　よく知ってる。

スズキ　二十年来のファンですから。先生のことならなにからなにまで。

夫人　じゃ、今度の先生のお誕生日にはみんなで盛大なパーティを開いて、先生にお酒を飲ませて、もうグデングデンにしてしまうの。どう？

教授　十二月までいらっしゃるおつもりなんですか？　この屋敷に。

夫人　いますとも。ええ、石に齧りついても。

トム　酔ってるよ、義姉さん。ハ、ハ、ハ。（と、立ち上がる）

夫人　だってなんだか……。こんなに晴れ晴れとした気分になったの、久しぶりだわ。

トム　（書棚の本を眺めながら）先生のお誕生日会か。中身をどうするか考えなきゃ。

スズキ　ダンスパーティなんてどうでしょ。

トム　ダンスパーティ？

スズキ　先生は学生時代、社交ダンス部に籍を置いておられたんです。奥さまとも、大学三年生の時の、夏の夜のあるダンスパーティがきっかけとなって

夫人　まあ！

教授　どうしてそこまで？

スズキ　ファンの中のファン。そんじょそこらの輩とは違うんです、わたしは。

夫人　お若い頃の先生ってどんなだったのかしら。お会いしたかったわ。

メグム　会ってたらどうだって言うの？

夫人　どうってことはないけど。きっと素敵だったわ。

ハル　今だって充分素敵よ。ハンサムで、知的で、おまけにダンスだってお出来になるんだもの。

教授　年寄りをからかっちゃいけない。

ハル　だってほんとのことでしょ。

メグム　そんなに言うんだったら結婚すれば？　先生と。

ハル　いいわよ、先生さえよければ。

教授　わたしがもう少し若ければね。

ハル　プロポーズしていただけた？

トム　するわけないだろ、お前みたいな我儘な女に。先生はもっと素直で純真で、そう、ここで働いてる彼女みたいな、なんにも知らない若い女の子がお好みなんだから。

教授　な、なにを言ってるんだ、きみは。

ハル　あっ、赤くなってる。

教授　そうじゃない、これはアルコールで　…

ハル　赤くなってる赤くなってる。

夫人　先生はほんとに純情でいらっしゃるわ。（と、笑う）

教授　あなたたちというひとは　…。呆れたひとたちだ、まったく。

パク　分かった。モカもブレンドされてるんだ。ウンウン。

トム　メグムもな、もう少しつきあう相手を選ばないと。

夫人　ハルだって同じよ。先生みたいな方ならママも安心だけど、あなたたちときたら揃いも揃って　…

ハル　ママに言われたくないわ。

トム　どういう意味だ？　それは。

ハル　説明しなくったって分かるでしょ。

メグム　パパのこと言ってんの？

イノリが現れる。

教授　なんだ、きみ、いたのか。

イノリ　いえ、いま病院から。

教授　病院？

イノリ　明日から二、三日お休みしていいですか。
教授　なにかあったのかね？
イノリ　おばあちゃんが亡くなったんです。
教授　！　チヨさんが亡くなった？
イノリ　それで、火葬場の手続きとかいろいろ　…
教授　（遮って）どうしてわたしに黙ってたんだ。
イノリ　だって、せっかく皆さんとお食事の約束をされているのに　…
教授　どっちが大事なんだ。チヨさんはきみが生まれるずっと前からずっと、ずっと前からここで　…、きみだって知ってるだろ。
イノリ　だからなんですか？　先生がそのお似合いのシャツを着てわたしと一緒に病院に行ってくれたら、おばあちゃんは死なずにすんだんですか。
教授　そんなことを言ってるんじゃない。
イノリ　すみません、まだしなきゃいけないことがあるんで。（と、出ていく）
教授　待ちなさい。（と、追いかけ出ていく）
トム　…あの子もこれからはひとりぼっちだ。
夫人　ご両親は？　いらっしゃらないの？
トム　母親はいるらしいんだ。でも、彼女が小学校に入る前に家を出て行って、その後、再婚してるって言うから　…
ハル　せっかく離婚したのに再婚するなんて、気が知れないわ。
メグム　いいじゃない、それで幸せになれるんなら。
ハル　当人さえよければそれでいいの？　周りの迷惑は考えなくていいわけ？
メグム　なに？　姉さんはママがパパと再婚したのは迷惑だって言いたいわけ？
ハル　彼女のことを言ってるんでしょ、わたしは。
メグム　どうして？　パパのどこが不満なの？　姉さんになにかした？　わたしと区別した？　差別した？　パパがどれだけ姉さんに気を使ってると思ってるの。
夫人　よしなさい、こんな気持ちのいい夜に。
メグム　気持ちのいい夜？　ひとがひとり亡くなってるのよ。
パク　ひとがひとり死んだってことは、どこかで誰かが生まれてるってことですよ。世の中ってもんは万事、そうやって差し引きしながら回ってるわけで。

スズキ 愛と死は似ている。ともにベッドの上の出来事なのだ。先生はどこかで、こんなことを書かれておりました。

パク どうなんですか、それは。人間、死ぬときはひとりだが、ナニの方はもうひとりいないと出来ませんからなあ。

夫人 お幸せなのね、パクさんは。

パク いやいや、これは。ハ、ハ、ハ。

夫人も笑う。

メグム 世の中は差し引きしながら回ってる。そうね、きっとそうだわ。ママがこうして、みんなに囲まれて気持ちのいい夜を過ごしている時に、パパは今夜も、ひとりで食事してひとりでテレビを見て、きっとひとりでベッドの中で枕に齧りついているんだわ。

ハル そんなに言うんなら、あのひとのところに帰ってあげればいいでしょ。

夫人 そんなのダメよ、メグムがいないと。ハルはひとりじゃなんにも出来ないんだから。

スズキ アクネ様にはわたしが。

ハル あなた、もう帰ったら？

スズキ アクネ様は？

ハル わたしがどこへ帰るのよ。

スズキ Lover come back to me. 恋人よ、我に帰れ。

ハル 我に帰らなきゃいけないのはあなたでしょ。

スズキ 上手い！　上手すぎる！

トム 義姉さん。

夫人 なに？

トム 驚かないで聞いてくれる？　実は……

ハル ダメよ、あのことなら。

トム どうして？

ハル 誰にも話すなって言われたんでしょ。

トム だけど義姉さんには話しておかないと。

夫人 なんなの？　いったい。

ハル あとで話すから。

メグム　なによ、ふたりでコソコソ。わたし？　わたしがここにいたらそんなにまずいわけ？
トム　関係ないよ、メグムには。
メグム　そうなの？　そうか、関係ないひとなんだ、わたしは。
ハル　誰もそんなこと言ってないでしょ。さっきからひとりでなにひがんでんの？
トム　兄さんが帰ってるんだ。
ハル　トムニイ！
トム　大丈夫だよ、みんな悪いひとじゃないし。
ハル　だってこのひと（スズキ）、アレよ。
トム　昔の話だろ、ソレは。
ハル　いまでも関係あるって言ってるじゃない、さっきから。
スズキ　なんのことでしょう？　アレとかソレとか。
夫人　ツトムさん、あなたいまなんて　…？
トム　だから、兄さんが日本に。
スズキ　まさか！　まさかラナイ。まさかリマス。まさかル時。まさかレバ。まさかロウ。「まさか」の五段活用。ねえよ、そんなの！
トム　この間、ぼくのところに電話があったんだ。
夫人　この間って、いつ？
トム　義姉さんがここに来た日だよ。メグムと会ってたらいきなり電話がかかってきたんだ。
メグム　そうか、あの時の電話が　…
夫人　それで？
トム　指定された場所で待っていたけど、そこへは来なかった。あとで聞いたら、誰かに見張られているような気がして動けなかったらしいんだ。翌日また電話があって、今度はハルも一緒に待ってた。
夫人　ハルも一緒に？
トム　兄さんが会いたいって言うから。
夫人　知ってたの？　ハルのこと。
トム　ずっと気になってたって、お腹の子どもがちゃんと生まれてちゃんと育ったのかどうか。女の子で、もう三十になるって言ったら驚いてたよ。
夫人　それで、会えたの？
トム　いや、やっぱり来なかった、動けないって。

メグム　ずいぶんもったいぶるのね。
夫人　しょうがないでしょ、警察の目を盗んで来てるんだもの。
メグム　（スズキに）見つかって捕まったらどうなるの？
スズキ　まあ、十年くらいは臭い飯を食ってもらわないと。しかし、ほんとかな、それ。
ハル　わたしたちが嘘をついてるって言うの？
スズキ　いや、その電話をかけてきた相手が。誰かの悪戯ですよ、きっと。わたしのとこにも、アクネが潜入してるなんて情報、全然入ってきてないし。
トム　兄さんだよ、あれは。だって
スズキ　この三十年、会ってないのはもちろん、声だって聞いてないわけでしょ。
トム　最初はぼくも疑ったんだ、突然だったし。信じろって言う方が無理だよ、だけど話しているうちに。ぼくのことよく知ってるんだよ、よく覚えてたって言うか。昔ふたりで見た映画のこととか、他にもいろいろ。
パク　ああ、だったらそれは。間違いないですよ。
夫人　どこにいるの？　いま。
ハル　聞いても言わないの。
夫人　あなた、話したの？　ヒロムさんと。
ハル　謝ってた、悪かったって。
パク　分かるなあ。
夫人　わたしのことは？
ハル　言ってたわよ。
夫人　なんて？
ハル　許せないって。
夫人　許せない？
トム　義姉さんのこと聞いたからぼくが話したんだ、再婚したこと。そしたら……
メグム　そんなこと言う権利があるの？　そのひとに。ママとお腹の中の姉さん捨てて、勝手にどこかへ行ったんでしょ。
ハル　再婚したことを責めてるわけじゃないの。
夫人　じゃ、なにを？
トム　社長はアジア人民の敵だって言うんだ。
メグム　なにそれ？

トム　戦時中、社長の会社は政府の手先になって中国や朝鮮のひとたちを　…

メグム　いつの時代の話をしてるの、いったい。

夫人　そうよ。パパはそんなことしてないもの。それは亡くなったおじいちゃまが　…

トム　でも許せないんだよ、兄さんにはそれが。

メグム　バカじゃないの。

ハル　バカじゃないわ。

メグム　バカじゃなかったらボケてるんだわ。アジアの人民の敵？　なんのことだかよく分からないけどそれでもいいわ。だけど、自分が捨てた家族をそのあと支えてくれたのは誰？　パパでしょ、パパがいたからみんなのいまがあるんでしょ。それでもパパは敵なの？　普通だったらお礼のひとつも言うところじゃないの？　分からない、わたし。どうなの？　ニイさん。わたしの言ってること、間違ってる？

トム　…

パク　ハ、ハ、ハ。なんだか話が難しくなってきたようで。

教授、戻ってくる。

トム　お帰りなさい。彼女は？

教授　帰ったよ。家まで送って、線香のひとつもあげさせてもらいたかったんだが、断られてしまった。今夜はチヨさんとふたりだけで過ごしたいって言うんだ。しかし、信じられない。今朝お見舞いに行った時にはあんなに元気だったのに。

夫人　でも、今日お会いになれただけでも。先生、ものは考えようですわ。

パク　すみません、わたしはお先に。あんまり遅くなるとまた女房のやつが。面倒ですな、家族ってものは。そうと知りつつわが家へ急ぐ、と。どうも今日はご馳走さまでした。

ハル　パクさん。

パク　なんでしょう？

ハル　いまの話、誰にも　…

パク　合点承知ノ介。こう見えて口は堅い方なんで。
教授　おやすみなさい。（と、そそくさ出ていく）
トム　秘密の会合でもあったのかね。
ハル　兄が帰って来てるんです。
トム　また話す！
夫人　大丈夫だよ、先生なんだから。
トム　でも、どうして帰って来たのかしら。なんのために……
トム　きっと抑えられなくなったんだ、望郷の念ってヤツを。
夫人　それだけ？　またなにかしようとしてるわけじゃないの？
トム　なにかって？
夫人　だから、昔みたいに……
トム　出来るわけないよ。もうそんな時代じゃないんだ。それに、兄さんはもうじき六十になるんだよ。
スズキ　「そんな嘘を好んで信じた者は誰もいない、もうひとつの時代にもうひとつの生き方があるなんて」［注③］
教授　それはオーデンの詩だね。
スズキ　ええ。先生のお好きな。
メグム　イノリさんとパクさんと、ふたり帰って先生がひとり戻って来た。世の中が差し引きゼロで回ってるんだとしたら、もうひとり、誰かがここに来るんだわ。
ハル　誰かって、誰よ。
メグム　もしも姉さんたちが会いたがってるひとがいまここに来たら、みんなどうするの？　それで、もう一度みんなでやり直そうって言ったら。どうするの？　ママは。
夫人　言うはずないわ、そんなこと。ずっと昔だけど週刊誌で読んだわ、アクネは向こうで結婚して子どももいるって。
メグム　向こうの家族は捨てて来たって言ったら？
夫人　そんなひとじゃないもの、あのひとは。
メグム　だってママたちを捨てたじゃない。
ハル　やめてくれる？　そういう言い方。
メグム　本当のことでしょ、これは。
教授　本当のことがいつも正しいとは限らない。

メグム　先生は姉さんたちの味方をするの？
スズキ　先生は美しいものの味方だ。
メグム　待って。世の中がゼロ法則で回るためには、そうよ、ダンナに捨てられたママは、うちのパパのこと捨てなきゃいけない。
トム　メグム！　もういいよ。
メグム　なにがもういいの？　わたし？　わたしはもういいの？　分かってる。あのときニイさんは、まるでご主人様にお仕えする律儀な番犬みたいに、尻尾を振って駆け出して行ったわ。わたしを置き去りにして、振り向きもしないで。
トム　ひとりで大丈夫かって聞いたら、心配しないでって言ったじゃないか。
メグム　大丈夫じゃないって言ったら、ニイさん、行かなかった？
トム　…
メグム　ごめん。もうやめる。自分が嫌になっちゃった。さあ、邪魔者は退散退散。
ハル　どこへ行くの？
メグム　仕事をするのよ。
スズキ　仕事だ？
メグム　原稿、今夜中に渡さないといけないんでしょ。いまの姉さんの頭の中は、恋しい愛しいヒロム・パパのことでいっぱい。マンガなんか描けるわけないもの。
スズキ　描けるのかよ、あんたに。
メグム　「ミス花子」でしょ。ドブスでバカな淫乱女。何度も振られて騙されて。描けるわよ、あれぐらい。姉さんはわたしのことを描いてるんだもの。あんな女、わたしが地獄に落としてやるわ。（と、二階へ）
夫人　メグム。
メグム　（立ち止まり）ママはパパと結婚すべきじゃなかったし、わたしなんか産んじゃいけなかったのよ。（と、去る）
スズキ　ドラマだ。
ハル　なにも先生までそんな哀しそうなお顔をすることないわ。だってこれは、わたしたち家族の問題なんだもの。

教授　…わたしは一人っ子で、中学の時から家を離れて寄宿舎で生活していた。おまけに、妻との生活もわずか数年だったから、家族というものがいまだによく分からない。時々、あなた（夫人）にいただいた、あの家族の肖像画を見ているんです、家族の秘密を解き明かそうとして。でも、分からない。見るたびにどんどん謎が深まってしまう。もちろん、この世の中には理解しがたいものは数限りなくあって、そんなことは重々承知してるはずなんですが、いざこうして、目の前でさっきのような家族の問題を突きつけられると、改めて無力な自分があからさまにされたようで、いたたまれなくなってしまう。

ハル　家族の問題ではなく、きっとわたしたち家族が問題なんだわ。

教授　そこに問題があるのなら、解かなければいけない。

トム　メグムのやつ、いつ手首を切ったんだろう？　あの夜、ぼくが会った時には包帯なんかしてなかったのに。

ハル　じゃ、その後に　…？

トム　義姉さん、メグムのところに行っていいかな。

夫人　ダメよ。いまはそっとしておいた方が　…

トム　早く謝っておきたいんだ、あの夜のことを。

夫人　それだけ？

トム　慰めて、励ましてやるよ、お前はひとりじゃないんだって。

夫人　あの子がそれで満足すると思う？　メグムはあなたのことが好きなのよ。

トム　どうすればいいの？　ぼくは。

ハル　どうしてそんなことまでいちいちママに聞くわけ？（と、声を荒げて）

トム　行ってくる。（と、二階に行こうとすると）

スズキ　ちょっとその前に。

ハル　なんなの？

スズキ　わたしにもっと光を！

ハル　ふざけるのもいい加減にして！

スズキ　いい加減に出来ないのがわたしの性分で。「ツトム、わたしが誰だか分かるか」

トム　え？

スズキ　この声に聞き覚えがないか聞いてるんです。「分からないのか。ヒロムだよ、お前の兄貴だ」

トム　きみ、それ……

スズキ　わたしです。あの夜、あなたの携帯に電話したのは、わたしなんです。

ハル　嘘よ。わたしだって電話に出たのよ。あなたの、そんな声じゃなかったわ。

スズキ　お話してません？　わたしは子どもの頃から物真似名人だったってこと。（目玉のおやじの声色で）「おい、鬼太郎」（松田優作の声色で）「なんじゃ、こりゃ！」（何度か繰り返し）もう！　誰か止めてくれないと。

ハル　どうしてそんなこと……

スズキ　もちろん、アクネ様への愛ゆえに。あなたは父親に過剰な幻想を抱いてる。それは父親のことを知らないからだ。いつか会えるんじゃないかと思ってる。会えばなにかが変わると思ってる。でも、そんなことはありえない。アクネがいくら帰りたいと言っても、おいそれと向こうの国が認めるはずはないし、たとえ認めたとしても、この国の警察はそれを許すほど甘くはありません。そんなことは百も承知のはずなのに、なぜ、なんのために帰って来たのか。
望郷の念にかられて？　イカニモな理由ですが、もしも帰って来たのが本当だとしたら、それは革命の夢や希望を捨ててしまったことになりませんか。そんな男に、あなたのなにを変えることが出来るんでしょう。アクネ・ヒロムにはもうなにも出来ない。彼に出来るのはあなたの期待をはぐらかすことだけです。そのことをハッキリさせるために、わたくしスズキは苦肉のひと芝居をうったと、こういうわけです。ああ、恋人よ、我に帰れ。

トム　アレがきみだなんて。だって、ぼくが三つの時に海で溺れたことまで……

スズキ　それくらい。アクネ・ヒロムの家族の趣味、癖、交友関係その他諸々、すべて調査済ですよ。

夫人　恐ろしいひと。

スズキ　わたしはなにも。あれもこれもお国がやってることですよ。

ハル　帰って。

スズキ　ここは先生のお宅です。ただの間借り人にすぎないアクネ様に、それを言う権利があるんでしょうか。

教授　あなた方がこの家の二階を借りに来られた時、わたしはそれをお断りした。これまで営々と築き上げて来た日々の生活のリズムに、乱れが生じるのを恐れたからです。すべてわたしが想像していたよりもずっと悪い結果になってしまった。まったく、あなた方ときたら、わたしが考えうるかぎり、最悪の間借り人だった。でも、わたしはいま、その最悪の間借り人が、わたしの家族であっても構わないと思ってる。何故だか分からない。あなた方とはなにひとつ共有出来るものなどないはずなのに。遠くのものが出会う。これは、この国のある詩人が自らの詩の秘密について語った言葉ですが、もしかしたら、わたしたちは遠く離れていたからこそ、結びつくことが出来たのかもしれない。わたしはあなた方を愛してしまった。あなた方家族のために、わたしに出来ることはないだろうかとさえ考えている。でも、なにが出来るのだろう？　数々の困難を抱えているらしい家族のために。そうだ、彼の助けを仰ごう。二十世紀初頭、イギリスで生まれた詩人、ウィスタン・ヒュー・オーデンに。彼は自らの作品にこんな言葉を書きつけている。「でも、ごらん、ごらん鏡を、きみの苦境をのぞいてごらん。人生はいまも至福なのさ。たとえ幸福だと思えなくとも。ほら、窓際に立ってごらん、熱い涙があふれるときは。ねじ曲がった隣人を愛するのだ、きみのねじ曲がった心で」［注④］

トム　メグムのところに行ってくる。（と、去る）

ハル　（テーブルのカップを片付けながら）ママ、お庭に出てみない？　月の光に照らされた薔薇の花、とってもきれいよ。まるで夜空の星が落ちて来たみたいに。

夫人　（スズキに）ツトムさんに電話したのは、本当にあなただったの？

スズキ　（再び声色を使って）おい、鬼太郎。なんじゃ、こりゃ。おい、鬼太郎

ハル、カップのコーヒーをスズキの顔に浴びせる。

スズキ　アチッ！

ハル　行きましょう。（と、夫人を促し、ふたり出ていく）

スズキ　（顔を拭いながら）すみません、メグ女史の原稿があがるまでここで待たせていただいていいですか。いや、ここでは先生のお邪魔になるから台所かどこかで。

教授　好きにすればいい。

スズキ　ありがとうございます。しかし、先生もとんだ災難を。

教授　わたしが招き寄せたんだ。きっとどこかで待ち望んでいたんだよ、こういう事態を。

スズキ　先生はこんなゴタゴタに巻き込まれずに、これまでと同様、孤独という宝石箱の中でお仕事に専念された方が。

教授　もう無理かもしれない。物音ひとつしない、夢さえ見ない死のような眠りから、かれ等がわたしを目覚めさせてしまった。

スズキ　それが本当なら、残念です、一ファンとしては。（と、出ていく）

教授はしばらくそこに立ち尽くしている、いまひとりであることを確認するように。携帯の着信音が。それはソファに落としていったトムのものだ。

教授　（携帯を取り上げ）もしもし。（すぐに切れる）

ひと間あって再び。

教授　もしもし。いいえ、間違いじゃありません。こ

れはツトムくんの。ええ。彼がわたしの部屋に置き忘れたんです。いや、いまは二階におりますが。失礼ですがあなたは？　誰だかおっしゃっていただかないと彼を呼ぶわけには……。いい加減にしたまえ。スズキくんだろ。わたしをからかっているのか。どういうつもりなんだ、いったい。

スズキが現れる。

教授　（スズキに）きみ……！

スズキ　すみません、ちょっと横になりたいんです。枕の代わりになりそうなものがあればなにか……

教授　（電話相手に）もしもし。誰なんだ、きみは。もしもし、もしもし。（切れたようだ）

スズキ　どうなさったんですか。

教授　（呆然としている）……

スズキ　先生。

教授　アクネ・ヒロムから電話が……

スズキ　アクネから？

教授　誰だろう？　どういうつもりでこんな悪戯を……

スズキ　わたしのほかにそんなバカをするやつはいませんよ。すみません、ちょっとそれ。

教授、携帯をスズキに渡す。

スズキ　（携帯の画面を見て）公衆電話か。

教授　まさか本人が電話を……

スズキ　だとしたら、わたしのひと芝居の二番煎じってことに。とんだ茶番だ。フ、フ、フ。

教授　信じられない。そんなに会いたいのだろうか、自分が捨てた家族に。

スズキ　夢破れて家族あり、ですか。愚劣の極みだ。かつては英雄のようにもてはやされた男が。

教授　ダメだ。

スズキ　？

教授　きみ、警察に電話を。

スズキ　？

教授　いまアクネ・ヒロムと会えば、あの家族はバラバラに崩壊してしまう。その前になんとか手を打たないと。多分、悪戯電話だとは思うが、もしもということがあるからね。

スズキ　なにをおっしゃってるんですか。

教授　きみ、アクネが彼らの前に現れたら、きみが愛してる彼女はアクネの方に、父親の方に行ってしまうんだよ、それでもいいのかい？　いや、ダメだ。そんなことになったら……。わたしにはあの家族を守ってやらなきゃいけない義務と責任がある。だから早く、彼らに知られる前に警察に……

スズキ　どうしてわたしがそんな電話を？

教授　だって、きみは公安の刑事だったんだろ。

スズキ　ムスリムは永遠なんて信じない。それは人間の弱さを知っているからです。ひとは変わる。季節が移ろうように変わってしまう。だからこそムスリムは、来る日も来る日も神のご加護を求め、罪の許しを乞うために祈り続けるのです。先生はお変わりになった。お変わりになったからこそ、そんな言葉を吐かれたのでしょう。先生も人の子。人並のか弱きひとだと分かってわたしも安心しましたが、ならばこそ、ご自分の弱さはこの際、ご自分で確認されるべきでしょう。警察へはご自分で。もしもいまの電話がアクネからだとしたら、彼も何かを捨て何かを賭けてこの国に帰って来たのです。ですから先生も、本当にあの家族を守りたいのであれば、いや、そんなに彼らをこの家に止めおきたいのであれば、アクネを売ってその手を汚すべきでしょう。このゲスが！　ハクション、ハクション、お借りしていきます。ハクション（と、くしゃみし）。ああ、眠い。（と、ソファのクッションを手にして、出ていく）

教授、自分の手を見る。そして、ゆっくりとした足取りで電話に。受話器をとってダイヤルしようとした時、ふと、脇にある花瓶の薔薇の花に目がとまる。受話器を元に戻して、花瓶を手にする。

教授　（一本の花を抜き取り）虫が食ってる……！　これも、これも、これも！　病気だ。みんなやられてる。

教授は狂ったように、薔薇を激しく床に打ちつける。書棚が開いて、教授の母が現れる。以下、夢と現実が混然となる。

母　どうしたの？　大きな声を出して。
教授　わたしの薔薇が、丹精込めて大事に育ててきたぼくの薔薇が……
母　また怖い夢を見たのね。
教授　ママ！（と、母にすがりつき）みんな病気なんだ、腐ってるんだ、おじいちゃんみたいに。
母　大丈夫よ、もう大丈夫。ママがそばにいるわ。さあ、静かに目を閉じて、お眠りなさい。（と言って、離れる）
教授　どこへ行くの？
母　パパをお迎えにいくだけよ。あなたを置いてどこへも行かないわ。（と、書棚に消える）
教授　ママ……

上手のドアから、メグムが現れる。

メグム　誰とお話してたの？
教授　（呆然として）……
メグム　誰かとお話してたでしょ、いま。
教授　（床に散らばった花を集めながら）電話がかかって来たんだ、その携帯に。
メグム　誰から？
教授　アクネ・ヒロム。きみが言ってた通りだよ。ここへやって来るそうだ、懐かしい家族に会うために。
メグム　そう……
教授　彼が来たらきっとみんなここからいなくなる。きみはひとりぼっちになるんだ。
メグム　ひとりじゃないわ、先生がいるもの。（教授の傍らにやってきて）わたし、最初にこの部屋でお会いしたとき言ったでしょ、先生みたいなひとが好きだって。先生のためならなんでもするわ。お料理だってお掃除だってお洗濯だって、子どもだって作ってあげる。そうだ、確かあの時、このお屋敷は自分の本当の家みたいだってわたし言ったわ。こんなことってあるかしら？　妄想が現実になるなんて。

教授　きみはわたしを利用しようとしているね。そうだろ。自分の寂しさを癒そうとして。そうでなければ、こんな年寄りとの生活にそんな未来図を描きはしない。

メグム　先生はまだお若いわ。全然お若いわ。そうよ、わたしといれば、ふたりでいればもっともっとお若くなれるわ。

教授　きみはいい子だよ、優しくて。とても優しい。でも、哀れみや同情はいらないんだ、わたしは。それに、きみは大きな勘違いをしている。寂しいふたりがいくら肩を寄せ合ったところで、寂しさはいっそう深く重くなるだけだ。マイナスにマイナスを足しても決してプラスにはならない。

メグム　だったら掛ければいいでしょ、マイナスにマイナスを掛ければプラスになるわ。そうよ、子どもを作ればいいんだわ。先生とわたしとわたしたちの子ども。賑やかになるわ、わたしたち、きっとうまくいく。

教授　正気か、きみは。

メグム　狂ってるの、わたし。先生。（と、教授に抱きつき）わたしを捨てないで。

教授　落ち着いて。まだ仕事が残ってるんだろ。

メグム　仕事なんかいいの、どうでも。

教授　描けないんだね。描けないからこうしてわたしに……

メグム　描けない、自分のことなんか。

教授　戻りなさい、二階の仕事場へ。

メグム　捨てないで、わたしを。

教授　（メグムを引き離し）きみが望んでいるような人間じゃないんだ、わたしは。

　……みんなそう言ってわたしから逃げる、離れてく。でも平気。ひとりでいることの自由。

メグム　拘束のない幸せ。メグム。わたしは恵まれ過

教授　ぎている、多分（と、出ていく）。
　…汚れてる、わたしは腐りかけてる、あの薔薇のように。

　書棚から妻が現れる。手にボストンバッグ。

教授　出かけるのか。
妻　坊やのところよ。
教授　待って。わたしも一緒に。
妻　ええ、いいわ。
教授　すぐに戻る。着替えるだけだ（と、寝室に向かおうとする）。

　妻は上手へ。

教授　どこへ行くんだ、待ってるって言ったじゃないか。
妻　あなたのこと、わたしがどれだけ待ってたか、知ってる？　いつも待ってたわ。ここにはいないあなたと、バカな話をして笑ったり、詰らないことでケンカをしながら。気がつくとわたしはひとり。たとえあなたがそこにいたとしても、わたしはいつも　…。でも、恨んだりはしない。今でもあなたのこと、愛しているんですもの。待ってるわ、きれいな薔薇が咲いてるお庭で。
教授　ダメだよ、庭は。
妻　どうして？
教授　もう薔薇なんか咲いちゃいない。病気なんだ、みんなやられてしまってるんだ。
妻　季節が変わればまた花を咲かせるわ。だから、忘れないで、わたしがお庭で待っていることを（と、上手に消える）。
教授　…（呟く）きみと踊ったあの夜。胸の高鳴り、震える指先、ぎごちないステップ　…。煙のような遠い遠い思い出　…
トム　（上手から現れ）すみません、電話を貸していただけますか。
教授　どこへ？
トム　先生の浴室でメグムがまた手首を　…

教授　彼女が手首を……?

教授　（受話器を取り）もしもし、救急車をお願いしたいんですが……

教授　これも夢なら……!

暗くなる。

7

音楽が聴こえる。ゆっくりと明るくなるとともに、音楽、消える。

冬の夜。教授の書斎。

机の前の椅子に座っている教授は額縁を手に、そこに納められているのであろう絵を食い入るように見ている。

冒頭シーンに似ているが、ただひとつ、着ているモノが……。いま着ているシャツは、季節外れの、いつかハルにプレゼントされたものだ。

ドアをノックする音。

教授　（顔を上げて）……

もう一度ノック。

教授　（幾分緊張した面持ちで）……はい。

上手のドアが開いて、イノリが現れる。

教授　きみか。

イノリ　御用がなければ、わたしはこれで……。

教授　もうそんな時間か。

イノリ　オニオンスープ、作っておきましたから。お腹がお空きになったらレンジで温めて下さい。

教授　ありがとう。

イノリ　誰だと思われたんですか？　わたしのこと。

教授　いや、まあ……。きみこそ誰だったんだ？　さっきの電話。

イノリ　電話？

教授　立ち聞きしたんじゃないんだよ、聞こえたんだ。聞こえたからつい聞き耳を立ててしまった。まあ、似たようなもんだが。

イノリ　わたしじゃありません。わたし、電話なんか

教授　違うんだよ。別に責めてるわけじゃないんだ。そうじゃなくて、きみがいつになく楽しそうに笑っていたもんだからね。

イノリ　わたし、笑ってなんかいません。

教授　分かったよ。すまなかった。立ち入ったことを聞くべきじゃなかった、そんなつもりはなかったんだが。ただきみがいつになく楽しそうにしてたから……

イノリ　だから違うんです。

教授　だから分かったって言ってるじゃないか。誰にだって秘密はあるさ。

イノリ　誤解です。わたしはずっと台所で

教授　そうだ。きみは台所で夜食のオニオンスープを作ってたんだ、わたしのために。

イノリ　……

教授　（苦笑して）……おかしな子だな、きみは。

イノリ　幻聴です、きっと。

教授　ゲンチョウ？

イノリ　あのひとたちがいなくなったから、誰もいなくなったからそれで寂しくなって、先生はきっと幻聴を聞かれたんです。

教授　そんな小理屈、どこで覚えた。

イノリ　先生は孤独。先生は寂しい。先生は孤独。先生は寂しい。寂しい、寂しい

教授　（遮って）よしなさい。

イノリ　…帰ります。

ドアが閉まる。教授はゆっくりと室内を見回す。自分以外に誰もいないことを確認するかのように。どこからか声が聞こえる。あの家族たちの声が切れ切れに。

メグムの声　確かに先生は変わっていらっしゃるかもしれませんわ。でも、自慢するわけじゃありませんが、わたしたちだってずいぶん…

トムの声　そしたらある日、川上から大きな桃が流れてきましてね、どんぶらこっこどんぶらこ。

ハルの声　わたし、先生がおやすみになってから始めることにしてるんです。それで夜が明けて、先生がお庭に出てきて薔薇にお水をやっているのを見届けて…

夫人の声　ほんとに素敵なお屋敷。お庭に咲いてる薔薇はどなたのご趣味かしら。ラセビリアーナ。わたしの二番目に好きなお花なんですの。

パクの声　不動産屋なんて商売をしてますと、まあ、いろいろありますよ。ハ、ハ、ハ。

書棚の本の隙間の向こうに、あの夜の、談笑していた家族たちの姿が浮かび上がる。

夫人　ダメダメ。先生、誕生日はいつですの？

スズキ　十二月二十三日。つまりクリスマス・イブイブ。星座はやぎ座。干支はひつじ。血液型はB。ちなみに、亡くなられた奥様はさそり座の蛇のO型で…

夫人　じゃ、今度の先生のお誕生日にはみんなで盛大なパーティを開いて…

メグム　わたし、先生のためならなんでもするわ。お料理だってお掃除だってお洗濯だって、子どもだって作ってあげる。

ハル　赤くなってる赤くなってる。

夫人　先生はほんとに純情でいらっしゃるわ。（と、笑う）

家族たちの姿、かき消える。
上手ドアの向こうから、「先生、先生」と教授を呼ぶ女性の声が　…

教授　誰かいるのかね？
女の声　わたしです。
教授　きみは　…？
女の声　ドアを開けて下さい、両手がふさがってるんです。あ、その前にお部屋の明かりを部屋の明かりを？
教授　部屋の明かりを？
女の声　消して下さい。
教授　なぜ？
女の声　わけはあとで。消しました？
教授　ああ、いますぐ。

明かりが消えて。教授がドアを開けると、ロウソクで飾られた大きなバースデイケーキを持った、チヨが現れる。

教授　チヨさん　…！
チヨ　お誕生日おめでとうございます。
教授　覚えていたんだ。
チヨ　忘れるはずないじゃありませんか、先生のお誕生日を。（と、ケーキをテーブルに置き）いつまでそんなところに。さあ、早くお席についで。
教授　（座って）大きなケーキだ。
チヨ　これくらいないとロウソクが並びませんもの。
（と、座る）
教授　長生きはするもんだ（と、笑って）。しかし、ひと吹きで消せるかな、これだけのロウソクを（と、吹き消す構え）。
チヨ　待って。あと三分で先生がお生まれになった時間になるの。
教授　焦らすねえ。
チヨ　待てるでしょ、それくらい。
教授　よし。数えながら待とう。一・二・三・四
チヨ　…
教授　（ゆっくり立ち上がり）雪が降ってきたわ。
教授　ほんとだ。道理で寒いはずだよ。

チヨ　あの日もちょうどこんな雪が降っていて……先生は大変な難産で、ずっと奥さまのそばについていた旦那さまは、先生の元気な産声を聞いた途端、病院のお庭に駆け出して行って、雪の中を万歳万歳と叫びながら、仔犬のように走り回っていたんです。

教授　まるでそこにいたような口ぶりだね。

チヨ　誰に聞いたのかしら？　こんな話を。

教授　わたしが話したんだ、母から何度も聞かされた話をね。

シェイクスピアの『リア王』の中に、こんな台詞があるよ。「ひとはみな泣きながらこの世にやって来る」。なぜだろう？　この世に生を受けたということが、どうしてそんなに哀しいんだろう？

この地球という星のすべてのいのちは、遠い昔、ほうき星のしっぽに乗って、宇宙の向こうからもたらされたものらしい。だとしたら、わたしたちの哀しみも、遠い遠い星々の彼方からやって来たんだ。

宇宙のはての哀しみと孤独の深さ。それをこの地球のいきものすべてが、少しずつ分かち持っているのだと考えれば、なんだか救われたような気持ちにもなれる。そうだ、このバースデイケーキはきっと、この歳までなんとか生き延びてきたことへの、天からのご褒美だ。

(祈るように)「おだやかに吹く夜明けの風よ、鼓動するこの心臓と目が喜びをたたえるような、このいのち限られた世界を満足と思えるような、そんな美しい日をもたらしてはくれまいか」［注⑤］

天井から雪が舞い降りてくる。
音楽が聴こえる。遠藤賢司の『星空のワルツ』が。

教授　チヨさん、踊ろうか。

チヨ　その前に、このロウソクの火を吹き消して。先生のお生まれになった時刻になるわ。三・二・一、ハイ。

教授、ロウソクを吹き消す。一瞬、暗くなる。

明るくなる。と、書棚の向こうに、ペアになって踊らんかなのポーズをとっている、夫人・トム、ハル・メグム、パク・スズキの姿が浮かび上がる。

教授はひとり、あたかもそこに誰かがいるかのように、ゆっくり歩を進め、そして、ダンスのポーズ。

イノリが現れ、教授の手に手を重ねる。

降る雪が、いつの間にか赤い薔薇の花びらに変わっている。

時間が止まったように、誰も動かない。

幕

［注］

本作品は、映画『家族の肖像』（L・ヴィスコンティ監督）より、主人公（教授）の設定、及び、彼の住まいへ見知らぬ家族が間借りして…という、物語の基本的な構造を借りている。

また、注①は、同映画の台詞を借りて、本作に沿うよう書きかえたもの。

注②〜⑤はいずれも、W・H・オーデンの詩集『もうひとつの時代』（岩崎宗治 訳）の中の「ある晩ふらり外に出て」「もうひとつの時代」「子守歌」より、その一部を引用している。

ムスリムに関する記述は、『イスラームの日常世界』（片倉もと子著、岩波新書）を参考とした。感謝！

オカリナ Jack&Betty　わたしたちののぞむものは

登場人物

高杉晋……町の電気屋
堂本すみれ……高杉の姪
小暮太一……高杉家の居候
島田清美……小暮の内妻
鈴木満ちる……すみれの幼友達
手塚……借金の取立て屋

＊

利根川さやか……交通課の警官
渋井……刑事
岡本……ラーメン屋の出前持ち

＊

百合子先生……小学校の教員

＊

小学生たち

1

小学校の教室。まばゆいほどに明るい。椅子に座って、百合子先生が本を読んでいる。背後の壁に、子供たちが描いた自画像。

百合子 （呟くように）ソーニャ、わたしはつらい。この辛さがどれほどのものか、わかってくれたらなあ。

背後の自画像たちがそれに続いて唱和する。

女 （声をあわせて）でも、仕方ないわ、生きていかなければ！　ね、ワーニャ伯父さん。

全員 生きていきましょうよ。

男 長い、はてしないその日その日を、いつ明けるとも知れない夜また夜を、じっと生き通していきましょうね。

女 運命がわたしたちにくだす試練を、辛抱づよく、じっとこらえて行きましょうね。

男 今このときも、やがて歳をとってからも、片時も休まずに、人のために働きましょうね。そして、

女 やがてその時が来たら、静かに死んで行きましょうね。あの世に行ったら、どんなに私たちが苦しかったか、

男 どんなに涙を流したか、どんなにつらい一生を送ってきたか、それを残らず申し上げましょうね。

女 すると神さまは、きっと憐れんでくださる。その時こそ伯父さん、

全員 ねえ、伯父さん、

男 あなたにも私にも、明るい、すばらしい、夢のような生活が開けて、まあ嬉しい！　と思わず声をあげるのよ。

女 そして現在の不仕合わせな暮らしを、なつかしく、ほほえましく振り返って、私たち、ほっと息がつけるんだわ。

男 わたし、ほんとにそう思うの、伯父さん。心

底から、燃えるように、焼けつくように、私そう思うの。

女　ほっと息がつけるんだわ！

全員　ほっと息がつけるんだわ！

百合子　その時、わたしたちは、天使たちの声を聞き、きらきらしたダイヤモンドでいっぱいの空を仰ぎ、そして、この世の中の穢《けが》れのすべてが、

男　私たちの悩みも、

女　苦しみも、

全員　残らずみんな、

男　世界中に満ちひろがる神さまの大きなお慈悲のなかに、呑み込まれていくのを見るの。

女　そこでやっと、私たちの生活は、まるでお母さまの優しい愛撫のような、穏やかで、うっとりするような、

全員　ほんとに楽しいものになるのだわ。

男　わたしそう思うの。

全員　どうしてもそう思うの。

女　かわいそうなワーニャ伯父さん、いけないわ、泣いてらっしゃるのね。

男　あなたは一生涯、嬉しいことも楽しいことも、ついぞ知らずにいらしたのね。

女　でも、もう少しよ、ワーニャ伯父さん、もう暫くの辛抱よ。

男　やがて、息がつけるんだわ。

全員　ほっと息をつけるんだわ！［注①］

暗くなる。

2

字幕《高杉電気店　リビング　２０××年7月31日（土）14時50分》
部屋の中央のテーブルを囲んで、手塚とサングラスをかけた満ちる。
テーブルの上には、麦茶の入ったコップと、それに競馬新聞。
下手側に店があり、上手側には台所・風呂・二階に至る階段等がある。
ボールペンを手にした満ちるは手元のペーパーを見ながら、手塚に以下の質問。
手塚はくつろいだ様子。
のどかな土曜の昼下がり。後に起こる惨劇を予期させるものはなにひとつない。

満ちる　次。あなたの職業はひったくりです。絶好の獲物と目をつけるのはどっち？
　A　杖を使わないと歩けない、年金暮らしの老人。
　B　上から下までばっちりブランド物できめてる若い女性。
手塚　A。捕まる心配ないし、とりあえず。
満ちる　（ペーパーに印をつけて）次。あなたが家でペットを飼うとしたどっち？
　A　なにかというと体に巻きついてくる体長三メートルの蛇。
　B　育児に夢中であなたに見向きもしないカンガルー。
手塚　どっちもいらないな。
満ちる　しいて言えば？
手塚　じゃ、Aだ。カンガルーって跳ぶんだろ、ぴょんぴょん。ありえねえ。
満ちる　次。あなたが彼女と一緒に二泊三日の旅行に行くとしたら、どっち？
　A　心のこもったおもてなしで有名な、山間にある老舗の温泉旅館。でも、部屋に幽霊が出るという噂がある。
　B　プライベートビーチがあって、夜の食

事も高級食材を使った和洋中のバイキング形式。でも従業員は全員ロボットの超未来志向の高級ホテル。

手塚　A。

満ちる　いいんですか、部屋に幽霊が出るんですよ。

手塚　海、嫌いなの。お肌も焼けるし。

満ちる　次。あなたが結婚相手に選ぶとしたら、どっち？

　A　ベッドで興奮すると、あなたの首筋に噛みついて血を吸う吸血女。

　B　満月の夜になると、毛むくじゃらになる狼女。

手塚　くるねえ。（と、笑って）

満ちる　これが最後の質問です。

手塚　こういうの駄目かな。夏はAで、冬は暖かそうだからBというのは。

満ちる　駄目です。

手塚　じゃ、Aだ。血液さらさらになりそうだからな。Bも悪くないけど。だっていきなりモサッて毛が生えるわけだろ。萎えちゃう、絶対。

満ちる　全部Aですね。

手塚　なに？　いまのでなにが分かるわけ？

満ちる　相性を調べたの。

手塚　え？　俺とおねえちゃんの？

満ちる　違いますよ、手塚さんとすみれのですよ。

手塚　それで？　いいの？　悪いの？　俺たち。

満ちる　ビミョー。

手塚　駄目だよ、そこんとこはハッキリさせなきゃ。競馬なんて鼻差で勝ち負けが決まるのよ。たった数センチ足りないだけで賭け金全部巻き上げられるのよ。

満ちる　なんか、意外。

手塚　なに？　俺？

満ちる　北海道のひとだって聞いてたから、もう少し物静かなひとじゃないかって。

手塚　北国の人間は無口だって、それ偏見よ、黒人はみんなリズム感がいいって言うのと同じで。確かに、昔はこんなに喋れなかったけど、おねえちゃんみたいな若い女の子とさ、しかも今日が初対面だろ、自分でも信じられないよ。

ひとって変わるな。うん、変わる。昔はもっとカッカしてた、いつも。今は温和でしょ、一見。ハ、ハ、ハ。もちろん、イク時はイクよ、舐《ねぶ》られたら終わりだし。でも、抑えるときは抑える。ちょっとしたことでいちいちキレてたら身が持たないからさ、俺たちの商売は。

満ちる　あの……

手塚　なに？

満ちる　おねえちゃんて呼ばれるの、嫌なんですけど。

手塚　え、名前で呼べって？　呼び捨て？　いかんだろ、それは。まだ寝てもいないのに。満ちるちゃん？　満ちるさん？

満ちる　（競馬新聞を指し）これ、見てもいいですか？

手塚　こんなこと聞いていいかな。

満ちる　なんですか？

手塚　さっきから気になってて。おねえちゃん、目、見えるの？

満ちる　見えますよ、まだ。小さい字の方はもう無理だけど。

（読む）小倉　五　発走　十二時十分　サラ三歳　未勝利　一千八百　芝　一　プリンセスメーク

手塚　父キャプテンスティーブ　母トロピカルメイク　母父リアルシャダイ

満ちる　なんですか、それ？

手塚　ほら、この太字で大きく書かれた名前の、右側に小さく書いてあるのがこの馬の父親で左側のが母親で、その下のカッコの中が母親の父親の名前なんだ。

すみれ、三人分の紅茶とケーキを用意して、現れる。

すみれ　手塚さんって凄いんだよ。馬の名前言うと、その馬の父親母親、母親の父親の名前まで、みんな言えるの。

満ちる　ほんとに？

すみれ　ほんとほんと。

満ちる　じゃ、ドリームガールは？

手塚　父クロフネ　母グローバルピース　母父サン

すみれ　デーサイレンス
満ちる　当たってる。
手塚　エオリアンハープ。
　父キングカメハメハ　母エアウィングス　母父サンデーサイレンス
すみれ　凄い凄い。
手塚　こんなの知ってたってなんの自慢にもならないけどな、馬券が当たるわけでもねえし。
すみれ　だって、この間来たとき……
手塚　そりゃ、たまには当たるさ、犬だって歩けば棒に当たるわけだから。
すみれ　じゃ、こんな馬、知ってる？　父トウショウボーイ　母メロディ　母父　フォルティノ
手塚　分かンねえ。
すみれ　知らないんだ。
手塚　知らないよ。トウショウボーイなんて俺が生まれるずっと前の馬なんだから。
すみれ　結構有名なのよ、ネットで調べたら出てきたし。
手塚　なんて言うの？
すみれ　言わない。
手塚　チェッ。自分で調べるよ。
すみれ　宿題ね、今度来るまでの。
満ちる　ああ、あ。（と、殊更なため息）
すみれ　満ちるは？
満ちる　なに？
すみれ　いまの問題。知ってるはずよ。
満ちる　分かるわけないでしょ。わたし、帰る。（と、新聞を手塚へ）
すみれ　なによ、急に。
満ちる　用事を思い出したの。
すみれ　え、食べてってよ、これ、せっかく作ったんだから。
満ちる　わたしのために作ったんじゃないんでしょ。
手塚　ミルフィーユかあ。
すみれ　だって今日はなにもないんでしょ。
満ちる　あるわよ。
すみれ　ないって言ってたじゃん、今日は一日暇だからって。
満ちる　予定が入ったのよ。

すみれ　どんな？
満ちる　はあ？　あんたわたしのマネージャー？　いつから？
すみれ　いいよ、分かった。帰れば？
満ちる　あんた、いくら頑張っても無理だから。
すみれ　なんのこと？
満ちる　相性悪いし、あんたどこに目をつけてるの？
すみれ　え？
満ちる　手塚さん、指輪してるじゃない。（と、出て行く）
手塚　（見送って）ウゼエ。なに？　あれ。
すみれ　ともだちです。
手塚　小学校からのだろ。それはさっき聞いたから。そうじゃなくって、いやまあ、目が不自由だからそりゃイライラもするんだろうけどさ。
すみれ　昔からです。満ちるは昔から……。あ、紅茶冷めちゃった。淹れなおします。
手塚　いいよ。俺、猫舌だから。（と、紅茶を飲む）
すみれ　よかったら、これも。（と、満ちるのミルフィーユを差し出す）
手塚　ごめん。
すみれ　え？
手塚　ミルフィーユ、駄目なんだよ。ちょっと嫌な思い出があって。聞く？
すみれ　いいです。（紅茶を飲む）にがっ！
手塚　悪い、ほんと。甘いものは嫌いじゃないんだけどさ。（と、時計を確認し）あ、もう三時だ。
すみれ　どうなってんの？　二時って約束だったのよ。
手塚　ごめんなさい、急な仕事の電話があって。すぐに帰るって言ってたんですけど。
すみれ　高杉さんじゃなくって。小暮、小暮ご夫妻。
手塚　あのひと達は……。お昼前にふたりでどこかへ。
すみれ　（舌打ちをして）あいつら……

手塚、乱暴に競馬新聞を広げ、ボールペン片手に検討を始める。

すみれ　叔父さんは可哀そうなんです。

手塚　知ってるよ。でも、時々ムカッと来るんだ、高杉さんには。ひとが好すぎる。ま、俺が言うのもおかしな話だけどさ。

すみれ　昔、ふたりで競馬場に行ったことがあるんです。わたしそのころ学校に全然行ってなくて、四年生、毎日部屋で本を読んでた。多分叔父さんはそんなわたしを心配して外へ連れ出すために、今日はふたりで遠足だ、なんて言って。電車に乗って二時間かけて、着いたところが競馬場だったの、高崎の。

手塚　高崎？　わざわざ？

すみれ　もう冬だったのね、駅をおりたら風がずいぶん冷たくて。空もどんより曇ってて。

手塚　ウィークデーだったんだ。

すみれ　もちろんわたし競馬場なんて初めてだったし、馬を間近で見るのも初めてだったから、最初は大きい、凄いなんてはしゃいでて叔父さんも、勝ったらすみれの欲しいものなんでも買ってやるからって張り切ってたんだけど、

手塚　そうは問屋がおろさなかった、と。

すみれ　ひとつレースが終わるたびに叔父さんはどんどん無口になるし、周りの大人たちの、多分、外れちゃったからだと思うけど、馬や騎手にむかって、バカヤロウとか死んじまえとか怒鳴る声が怖くて怖くて。おまけに、日も暮れかかったまばらなスタンドが子供心に妙にこたえて、わたし哀しくなって、もう帰ろうって言ったら、叔父さん、あとひとつ、最後は絶対当てるからって……

手塚　それで？

すみれ　雪が降ってきたのね。雪が降ってる中を十頭くらいの馬が黒いかたまりになって走ってるの。叔父さんは柵につかまって、最初はお祈りしてるみたいになにか呟いてたんだけど、その黒いかたまりがどんどん大きくなって近づいてくると柵から身を乗り出して、でも、周りの大人たちみたいに声は張り上げないでお祈りを続けてる。耳を澄ましてもなにを言っているのか分からない。そのうちに、黒いかたまりの中から一頭、真っ黒な小さな馬が

手塚　ゴール目指して抜け出して来て、それが叔父さんの買った馬だったのね、「チョチョリーナ！」って、今まで聞いたこともないような、まるでオペラ歌手みたいな凄い声で叔父さんが叫んだの。そしたら

すみれ　そしたら？

手塚　グイーンって

すみれ　勝ったんだ。

手塚　負けちゃった。

すみれ　なんだよ、それは。

手塚　グイーンと来たのはほかの馬。チョチョリーナは叔父さんの大声に驚いて、きっと脚がすくんじゃったのね。

すみれ　待って。まさかそのチョチョリーナがさっきの、父トウショウボーイの

手塚　違う。

すみれ　そうだよな。チョチョリーナなんて聞いたことないから。

手塚　あの時の叔父さんの後ろ姿、忘れられない。場内に『蛍の光』が流れ始めて、わたし、帰ろうと思って、気がつくと隣にいるはずの叔父さんがいない。振り返ると叔父さんは両手で柵につかまって、崩れ落ちそうな体を必死に支えてた、それがまるで鉄棒の逆上がりが出来ない子供みたいで　……

すみれ　高崎、最終、チョチョリーナ。あれ？　こんな演歌なかったっけ？

手塚　急がなきゃ。わたし四時からバイトなんです。（と、テーブルの上を片付ける）

すみれ　今度は俺と競馬場に行こう。

手塚　え？

すみれ　九月になれば中山開催になるから。

手塚　でも　……

すみれ　大丈夫。勝つから俺は。高杉さんみたいに、チョチョリーナなんて、そんなインチキイタリアンみたいな馬、買わないし。

手塚　手塚さん、奥さんいるんでしょ。

すみれ　いないよ、なんで？　あ、これ？（と、指輪を示し）会社の先輩に貰ったの、これ嵌めてるとパワーがつくって言うから。

店の入口のチャイムが聞こえる。

すみれ あ、叔父さん、帰ってきた。（と、コップ等を持って台所へ）

手塚 そうか。高崎、最終、チョチョリーナじゃなくて、横浜、黄昏、ホテルの小部屋だ。

高杉が現れる。

高杉 どうもどうも。お待たせしちゃって。

手塚 いや、待たされるのも仕事なんで。

高杉 駅前にマクドナルドがあるでしょ。あそこの上のオカリナ教室のエアコンの調子が悪いって言うんで、いや、エアコンの方はすぐに直ったんですけど、仕事が終わって帰ろうとしたらそこの先生が、トイレの水槽タンクも水漏れがするって言うんです。わたし一瞬、考えたですよ。このひとはなにを言ってるんだろう？「水槽タンクも」の「も」ってなんだろう？って。

すみれ （顔を出し）叔父さん、ミルフィーユ食べる？

高杉 ああ。（手塚に）それでね

すみれ （一旦消えるがすぐに顔を出し）ミルフィーユってなんだか知ってるの？

高杉 お菓子だろ、知ってるよ、それくらい。

すみれ 二つ食べられる？

高杉 三つでも四つでも。昼飯食べてないから腹ペコなんだ。

すみれ （笑って）なに、それ。

高杉 え？　叔父さん、また変なこと言ったか？

すみれ 「腹ペコ」なんて言葉、もう誰も使わないよ。（と、消える）

高杉 そうなんですか？

手塚 さあ。

高杉 え？

手塚 なに？

高杉 腹ペコのペコって、どう書くんです？　漢字で。

手塚 （首を横に振って）……

高杉　アレですかね、でこぼこの凹ですかね、ペコって要するにへこんだ状態のことでしょ。だから……、いや、まずいか。あれを使うと腹ボコって読まれる可能性もあるし。大体、なんですか、アレ。漢字なんですか、あの凸凹って。

手塚　（高杉をじっと見て）高杉さん。

高杉　なんでしょう？

手塚　あんたもウザい。

高杉　言われちゃった。

すみれ、二人分の紅茶とミルフィーユを用意して現れる。

すみれ　（高杉に）わたし、これからバイトだから。

高杉　帰りは？

すみれ　遅くなるかもしれないから夕ご飯は先に食べて。

高杉　そうだ、これ貰ってきたから。（と、ペーパーをすみれに）

すみれ　（受け取り）あ、オカリナ教室の。ありがとう。（手塚に）冷蔵庫にお団子があります。よかったら

手塚　ありがとう。

すみれ、去る。

高杉　（一口食べて）……あいつは可哀そうな子なんですよ。

手塚　さっき彼女も同じことを言ってましたよ、叔父さんは可哀そうなんだって。

高杉　いやいや、あの子に比べたらわたしは……

手塚　ふたりで高崎競馬場に行って、最終レースでやられて、スッテンテンにされた叔父さんの後姿が忘れられないって。

高杉　ああ。……なんていったかな、あの最終レースでナニした……

手塚　チョチョリーナでしょ。

高杉　そう、それ、チョッチョリーナ。

手塚　違うでしょ。

高杉　え？
手塚　小さい「ツ」はいらないんじゃないですか？
高杉　「ッ」？
手塚　チョチョリーナでしょ。
高杉　チョチョリーナ？
手塚　チョッチョリーナではなく
高杉　チョチョリーナ　…？
手塚　別にどっちでもいいんですけど、俺は。
高杉　あれの母親はよく出来た女で、わたしとは一回り以上歳が離れてたんですが、自慢の姉でした。きれいで優しくて頭もよくて。でも世の中、完璧な人間なんていないわけで。残念なことに姉には男を見る目がなかった。結婚した相手というのがまあろくでもない男で、高校で歴史かなんか教えてたんですが、姉が亡くなって半年もしないうちに若い女と再婚ですよ、わたしより五つも若い女と。許せます？　まだ小学生だったすみれをほっぽらかしてですよ。
手塚　それからずっと高杉さんが彼女の面倒を？
高杉　いやいや。面倒をかけてるのはこっちの方で。二年前にわたしが女房と別れて、ひとり暮らしじゃなにかと困るだろうからってすみれがここへ　……。今日のメインはナニから？
手塚　え？
高杉　（手塚の耳元で大きく）今日のメインは
手塚　うるさいな！
高杉　いや、聞こえてないのかなと思って。
手塚　急に話が変わったからビックリしたんだよ。
高杉　さっきから気になってたんで。
手塚　五番の
高杉　五番？（新聞を見て）全然人気ないじゃないですか。
手塚　こいつをアタマに、三連単で外枠三頭にドンドンドンと。
高杉　来たら凄いですよ、これ。
手塚　ずっと追いかけてるんだ、このアイノドライブ。
高杉　わたしも乗っかろうかな。
手塚　駄目だよ、あんた貧乏神なんだから。

高杉　ひどいな。わたしが手塚さんになにかしました？　利子だって毎月ちゃんと払ってるじゃないですか。

手塚　それそれ。いったい小暮とどういう話になってるんですか。

高杉　どう？

手塚　なんであんたが小暮の借金の利子を払わなきゃいけないの？

高杉　え、払わなくていいんですか？

手塚　いや、あんたは保証人だから払ってもらわないと困るんだけどさ。

高杉　なにを言われてるのかさっぱり

手塚　だから、払わせればいいんだよ、小暮に、小暮ご夫妻に。

高杉　それが出来ないからわたしが

手塚　出来るよ。ふたりで真面目に働けば毎月の利子くらい払えるんだよ。なんでそれ言わないの？　言えないの？

高杉　それは、むこうにもいろいろ事情があるし……

手塚　高杉さんだって事情あるじゃない。先月から掃除のバイトもしてるんでしょ。今日だって、電気屋なのにトイレの水槽タンクの修理までしてきたんでしょ。

高杉　いや、そっちはお金もらってないんで

手塚　キレそう。俺、血管キレそう！

高杉　まあまあ。これ、ひとつ食べます？

手塚　いらない。

高杉　（食べながら）ミルフィーユって千枚の葉っぱって意味なんです。知ってました？

手塚　（無視）……

高杉　昔、ミルフィーユって馬がいたんですよ。芦毛の小さな牝馬だったんですけど。わたし、真っ白とか真っ黒とか、はっきりしたのが好きなんです、どっちかというと。あ、いま、だったらなんで物事の白黒がハッキリつけられないんだって思ったでしょ。

手塚　（無視）……

高杉　ま、自分にないものを求めるのが人間なわけで。

手塚　どこ行ったの？　小暮。
高杉　前の会社の同僚に会うんだとか言ってましたけど。遅いですね。連絡は？
手塚　ないよ。逃げたのか、あの野郎。
高杉　そんな、逃げ隠れするような男じゃありませんよ、小暮さんは。わたしと違って肝っ玉も据わってるし。
手塚　確かに。いくら住むとこがなくなったからって、女の前の亭主の家に転がりこむような真似、普通じゃ出来ないよ。
高杉　ま、それをふたつ返事で受け入れる、わたしも相当なタマですが。

手塚、立ち上がる。

高杉　お帰りですか？
手塚　あっちでテレビ見てくる。これ以上あんたの話を聞いてたら俺、なにするか分かンねえから。

上手の台所の冷蔵庫のドアがバタンと閉まる音。

高杉　あ、帰ってきたみたいですよ。

小暮、現れる。両手に麦茶の入った容器とコップ。

小暮　（高杉に）なんで？
高杉　え、なにが？
小暮　なんで冷蔵庫にビールないの？　出がけに言ったでしょ、今日は手塚さんが来るからビール買っとかないとって。
高杉　忘れたあ。
小暮　まったく。（手塚に）すみません、気がきかなくって。
高杉　買ってきます。
手塚　いいよ。
小暮　（エアコンのリモコンを操作しながら）暑いスねえ。今日で六日連続でしょ、真夏日。
高杉　清美、さんは？
小暮　むかいの靴屋に。サンダルがほしいとか言っ

高杉　て。（座る）
　　　ああ、昨日から店じまいのバーゲンやってるから。
小暮　きついなあ。もう駄目だよ、ここの商店街も。盆踊り大会なんて言ったって若い子いないんだもん、年寄りばっかりで。（コップに麦茶を注ぐ）
手塚　舐めてるのか？
小暮　え？
手塚　挨拶。
小暮　挨拶？
手塚　言い訳とかお詫びとか、なんかあるだろ、一時間以上ひとを待たせたんだから。
小暮　（麦茶を飲んで）手塚さん、少し痩せました？
手塚　（高杉に）こいつ殴って。
高杉　ええっ？
手塚　うちの会社、腕ずく禁止だから俺の代わりに。あんただってこいつにはアタマにきてンだろ、きてンだよ。許す。殴れ。蹴ってもいいから。
高杉　蹴るだなんてそんな、犬の糞じゃないんだから。
小暮　無理でしょ。蹴れないでしょ、犬の糞は普通。
手塚　普通じゃねえんだよ、てめえは！
高杉　（慌てて手塚をおし止め）どー、どー、どー。
手塚　馬じゃねえんだ、俺は。（と、振りほどく）
小暮　若いなあ、手塚さんも。今日は商談で来たんでしょ。もう少し冷静にならないとまとまる話もまとまらないじゃないですか。とりあえず座って。（高杉に）コップもうひとつ。いや、先にビール買ってきてもらおうかな。
手塚　いいって言っただろ、ビールは。（と、座る）
小暮　手塚さん、確か干支は寅でしたよね。
手塚　ああ。
小暮　てことは、今年二十九で来年は三十だ。焦るでしょ、正直。分かりますよ、わたしもそうだったから。仕事は覚えた。覚えた分、責任が増えた。責任は増えたけど思ったほど給料は上がらない。給料は上がらないのに忙しさは変わらない。なんだこれはって感じ。このままズルズル行ったらマズいでしょって思って会社の金に手をつけたのが九の時で。株をやってましてね。最初はうまくいってたんですよ。うまくいくから会社から引き出す金もどんどん大きくなって。でも、ちゃんと返していたからバレずにすんで。まとまった金が出来たところで独立するつもりだったんですよ。それが、

手塚　リーマンショックでなにもかもパーになったんだろ。会社は首になる、買ったばかりのマンションはなくなる、親兄弟親戚からは見放されると。

小暮　え？　この話、手塚さんにしました？

手塚　聞かされたよ、聞きたくもない話を。で？　で？

小暮　この後、千葉の方に行かなきゃいけないんだ。

手塚　サーフィンですか？

小暮　仕事に決まってるだろ！

手塚　ご苦労様です。

小暮　どうすンだ、残りの借金千二百万。今日はその話をするんだろ。まさか高杉さんに払わせるつもりじゃないだろうな。

手塚　え、うちにはそんな大金……

高杉　大丈夫ですよ。喜んで下さい、やっと返せる目途が立ったんです。

小暮　ほんとか？

手塚　手塚さん、武道の心得あります？

小暮　ブドー？

手塚　柔道とか剣道とか空手とか合気道なら。

小暮　いいですね、合気道。

手塚　小学生のとき一年ばかり、近くの道場に通ってたんだ。

小暮　じゃ、外国とか興味あります？

手塚　……

小暮　東南アジアとか。

手塚　なんでそんなこと聞くんだ。

小暮　手塚さん、いま月にいくら給料を？

手塚　おい。

小暮　転職する気ないですか？

手塚　おい。

小暮　もうすぐ三十でしょ。勝負ですよ、ここで勝負をかけないと。
手塚　俺の質問に答えろ。
小暮　新しい会社を立ち上げるんです、前の会社の同僚と。
手塚　会社だ？
小暮　ベトナムで。
高杉　ベトナム！
手塚　なにをするんだ、ベトナムで？
小暮　ジャカジャカ家を建ててジャカジャカ売るんですよ。本当は、新しくやり直すんだから前とは別の仕事にチャレンジしたかったんですが、十年働いて得たノウハウが、外国でどれだけ通用するかどうかを試すのも立派なチャレンジじゃないかって清美に言われて。
高杉　清美もベトナムへ？
小暮　ええ。わたしより彼女の方がその気になってるんです。日本はもううんざりだって。
手塚　それで俺にその会社に入れって？
小暮　いまの仕事、手塚さんには向いてないですよ。ていうか、もっと大きな仕事が出来るはずです、手塚さんには。いや、もちろん、今日明日にどうこうって話じゃありませんよ。とりあえず運転資金を作らないことには。
手塚　その前に、うちの借金を片づけて貰わないと。
小暮　待ってもらえませんか、もう少し。出来ればあと一年。会社が軌道に乗るまで半年はかかると思うんですよ。でも、ここを乗り切ればあとは右肩上がりの鯉の滝登りで、一年後には目出度く完済と。
手塚　正直な話、一年後だろうが二年後だろうが、完済なんていつだっていいんですよ。ていうか、完済しないでいつまでも毎月きちんと利子を払い続けてくれた方が、うちとしてはありがたいんだ。でも、実際、利子払ってるの、高杉さんでしょ。それが俺、心苦しいんだよ。ていうか許せないんだ、おたくら夫婦が。だからね、だから一日でも早く完済させたいわけだよ、個人的に。
小暮　あなたの目にはどう映ってるか知らないが、

わたしだって高杉さんには感謝してるんですよ。いや、申し訳ないとさえ思ってる。だって、清美と別れさせた男なんですからね、わたしは。なのに、この家に転がり込んできて三度の食事の世話にもなって、おまけにわたしの借金の尻拭いまでしていただいて。だから、なにがなんでもベトナムの仕事を成功させて、一日でも早く借金を完済させて、高杉さんに肩代わりして貰ったお金もすべてお返ししたいと思ってるんですよ。（床に膝をつき、高杉に）申し訳ないです。

高杉　いやいやいや、やめて下さいよ、そんな、頭を上げて下さい。

小暮　いや、さっきも一度ならず二度までも失礼な言葉を吐いてしまって。ほんとに申し訳ないです。反省してます。分かってます。結局わたしは甘えているんです、あなたに。だから時々、「兄貴」とか「兄さん」とか言いそうになってしまうんだ。

高杉　まあ、一年近くもこうしてひとつ屋根の下に暮らしていれば、それは……情もわいてくる、と。そうですよね。どうですか、ベトナム。

小暮　え？

高杉　わたしたちと一緒に。

小暮　いや、わたしはこの店もあるし。

高杉　だから、この店を売り払うんですよ。

小暮　売り払う？　この店を？

高杉　ええ。

店のチャイム。高杉、店の方をのぞく。

高杉　お帰り。

清美の声　ただいま。

高杉　ずいぶん買ったな。

清美の声　こんなに買うつもりはなかったんだけど、安かったの、あんまり安いから。ほら、晋さんのサンダル、可愛いでしょ。

高杉　え、いいの？　ほんとに？　悪いな。（と、消える）

清美、現れる。

清美　（小暮に）ねえ、二千円貸して。
小暮　二千円？
清美　一万円出してお釣を貰おうと思ったら、奥さんこれ五千円札ですよって言われて、恥かいちゃった。
小暮　どれだけ買い込んだんだ。
清美　だから、安かったのよ。あんまり安いからないよ。
小暮　どうして？
清美　使っちゃったから。
小暮　さっき？
清美　飯代三人分。
小暮　どういうこと？　ここはわたしがって青木さん、財布からカード出してたでしょ。
清美　こっちが呼び出しといて向こうに払わせるわけにいかないだろ。それに、後輩だぞ、あいつは。
清美　あんた無職なのよ、お金ないのよ。
小暮　これから一緒に仕事をやろうって男に今から弱みをみせてどうすンだ。
清美　それであんたが払ったわけ？　わたしがちょっと席を外した隙に。
小暮　プライドだよ。
清美　ああ、あ。とんだオウンゴール。トイレなんか行かなきゃよかった。
小暮　いまの俺からプライド取ってみろ、ただのクズだぞ。
手塚　早くしてくんねえかな。時間がないんだ。
小暮　ああ、そうでしたね。高杉さん。（と、呼ぶ）
高杉の声　はーい。
小暮　なにしてんですか、ちょっとこっちへ。
高杉　（現れて、手塚に）五番、結構いい返し馬してますよ。
手塚　ひとりでテレビ？　ズルいなあ。
高杉　外枠三頭も悪くないです。
手塚　ほんとに？　信用していいの？
高杉　あれ？　手塚さんに話しませんでした？　わ

清美　たしこれでも一度は騎手を目指して競馬学校の門を叩いた男ですよ。

高杉　叩いただけでしょ。

小暮　いやまあ、思いのほか体が大きくなり過ぎて、その……

清美　昔話はそれくらいにして。時計の針を先に進めましょうよ、これからどうするって方向に。

小暮　どこまで話したの、晋さんに。

高杉　だから、この店を土地ごと売り払って

小暮　土地ごと？

高杉　そりゃそうでしょ。こんな店だけ売りに出したって買い手なんかいませんよ。

小暮　だからってさっきはそこまで……

手塚　分かります。ここは高杉さんが生まれて育ったところ。愛着があって当たり前、人手に渡るなんて想像もつかないでしょう。でもね、物事には潮目というものがあります、絶好の転換期というやつが。いまがそれです。高杉さんもとっくに気づいているように、誰がどうあがいたってこの商店街にはもう、あなたが子供だった頃の賑わいは戻りません。だから、この店をこのまま続けたって先行きは見えてます。てことはですよ、いま毎月払っていただいてるわたしの借金の利息もいずれは払えなくなる。払えなくなるとどうなります？　いまのわたしに返済はどう考えたって無理だ。てことは？　保証人であるあなたがわたしの借金の一切を肩代わりをしなきゃいけなくなるわけでしょ。でも、そんな手持ちの金があるわけがない。となると？

清美　読めたぞ。早い話が、この土地売らせてそれを新会社の運転資金にしようって魂胆なわけだ。

高杉　どっちにしたってここは手放すしかないのよ、早いか遅いかの違いだけで。悪いけど。

清美　……

高杉　いいじゃない。一緒にベトナムに行こうよ、ここ売って。

手塚　わたしはよくても…

え、いいの？

高杉　すみれがどう言うか。
小暮　彼女はいいでしょう、もう子供じゃないんだし。高杉さんがいなくてもひとりでなんとかやっていきますよ。
清美　もしもアレだったら、彼女も一緒にベトナムへ
高杉　行かないよ。あいつには夢がある。小さくてもいいから自分のケーキ屋を持ちたいんだ。
清美　それ、ベトナムじゃダメなわけ？
高杉　ダメだね。ここでやりたいんだ、あいつは。
小暮　ここで？
清美　どうするの？　電気屋は。
高杉　縮小する、売り場を。どうせうちで冷蔵庫やテレビを買う客なんていないし。時々、ケーキ作りの講習会でも開けば電子レンジが売れるんじゃないかって、ふたりで話してるんだ。
小暮　いやいや、だからさっきも話したでしょ。こんなところで今更どうあがいたって客なんか来やしないって。
高杉　だから、最初はネットで
小暮　甘〜い！　いくらケーキ屋だからって、甘すぎますよ、その考えは。ネットは弱い者の味方じゃないんだ。
高杉　チャレンジですよ、すみれとわたしの。
小暮　高杉さん、チャレンジと無謀な選択は違うんです。無謀の「謀」って訓読みでどういうか知ってます？「はかる」っていうんです。はかる。わからない先のことをどうするか考えるって意味です。無謀っていうのは、だから、な〜んにも考えてないってことなんですよ。
手塚　よく言えたな、目先の儲けに目がくらんで会社の金にまで手を出した男が。
小暮　それ逆。苦い経験をしたわたしだからこそ言えるわけでしょ。
高杉　一応、すみれには聞いてみますが、いずれにせよ、わたしたちにとっては大事な話です。一日二日で結論をというのは無理な話で。
小暮　困ります、それは。計画はもう動き出してるんです。今月末にはわたしがハノイに行って必要な情報収集をして、イケるとなったら、

高杉　事務所を見つけて手付けも打ってってってとこまで話は進んでるんです。今更ストップはかけられないんですよ。

小暮　そんな勝手なことを言われても　…

高杉　なんで分からないかな。わたしは自分の損得だけでこんな話をしてるんじゃないんですよ。うまくはまればこの土地の売却代金はあなたのところに、二倍にも三倍にもなって返ってくるんです。そんなにこの土地に愛着があるんなら、その金で買い戻したらいいじゃないですか。買い戻したらここで、すみれさんにケーキ屋でもなんでもやらせたらいいじゃないですか。

手塚　そういうの、空手形って言うんだよ。

小暮　（無視して）なにを考えることがあるんです。いいですか、さっきも言ったように、いいですか、高杉さん、なにもしないでこのままズルズル行ったら借金のカタにこの土地、こいつの会社に持っていかれるんですよ。

高杉　なんでこんなことに　…

清美　晋さんが保証人のところにハンコなんか押すからよ。

手塚　それはお前達が泣きついたからだろ、高杉さんに。

清美　泣きついたわけじゃないわ。ここに置いてもらってた冬服をとりに戻ってきた時に、いまこういうことになってて話したら、俺でよければばって、晋さんの方から言ってくれたのよ。

手塚　なんで？

高杉　だって困ってるって聞けば誰だって

手塚　ほっとけばいいでしょ、あんたを捨てた女なんか。

高杉　それはそれ。

手塚　はあ？

高杉　相手が赤の他人ならともかく、知らん顔は出来ないでしょ、人間として。

手塚　高杉さん、あんたは人間じゃない。神だ、仏だ、ノーと言えないイエス様だよ。（と、立ち上がる）

高杉　どちらへ？
手塚　そろそろ最終レースが。
清美　手塚さん。
手塚　えっ？
清美　少し太りました？
手塚　（無視して小暮に）借金は自力で返せ。一年も待てない。あんたも男なら殺してでもなんでもやって意地でも返せ。（と、行きかけて振り返り）はっきり言う。俺は太ってもいないし、痩せてもいないんだ！（と、店のほうに消える）
清美　なに凄んでンの？　バカみたい。
小暮　青木の話じゃ、いま売れば二千万くらいにはなるって言うんです。仮に、これはあくまで仮の話ですが、そこから借金を完済して、手数料だなんだ引いても手元に五、六百万は残るはず。青木も退職金やら貯金やらで四、五百は出せるって話だから、合わせて一千万。運転資金には十分過ぎる金額です。高杉さん、これからは東南アジアですよ。街もひとも、ヤル気と元気が溢れかえってる。そうですよ。高杉さんも電気屋、むこうでやればいいんだ。家電もね、白モノって言うんですか、日本じゃもうアタマ打ちだけどベトナム行けば冷蔵庫だってなんだって、ジャカジャカ売れますよ、きっと。
高杉　いいなあ。
小暮　でしょ。
高杉　そうじゃなくって。小暮さんのね、そういう晴れ晴れした顔を見るのは久しぶりだから、なんだかわたしまで嬉しくなって
小暮　ああ、やっとその気に
高杉　いやいや、それとこれとは
小暮　もう！　あなたも一度は勝負の世界に足を踏み入れようとした男でしょ。いい加減腹くくりましょうよ、一か八かの勝負に出ましょうよ。
清美　サン・テグジュベリって知ってる？
高杉　サンテグ？
清美　ジュベリ。『星の王子様』を書いたひと。
高杉　ああ。

小暮　知ってるんですか？
高杉　さあ。
小暮　駄目だ、こりゃ。
清美　彼がね、こんなことを言ってるの。ひとは人生で他人から必要とされることは、自分が思ってるほどにはないはずだって。だからね、そういう機会は逃しちゃいけない、受け入れなさい、応えなさいって。
高杉　サンテグの言う通りだよ。確かに、ひとから頼りにされるほど嬉しいことはないからね。
分かりました。この土地売ります。と、言いたいところですが。
小暮　高杉さん、俺いま切羽詰ってんの。さっきの手塚の言葉にそそのかされたわけじゃないけど、金のためならなにをしでかすか自分でも分からない。いつまでもグズグズ言ってたら、高杉さん、俺、やっちゃうよ。
高杉　やっちゃう？　なにを？
小暮　だから！（と、声を荒げて）

店の方から

手塚の声　差せ、よし、差せ、差せ。よしよし、そのままそのまま、そのままそのまま。よおし、よおし、やったあ！
高杉　当たったのかな。
手塚　（現れて）ああ、俺、漏れそう、ちびりそう！
腹減ったあ！（と、そのまま下手に消える）
高杉　なにが来たんだろう。（と、急いで店に消える）
清美　……もう一度、お兄さんに頼んでみたら？
小暮　無理だよ。田舎のガソリンスタンドなんてどこも火の車なんだから。
清美　でも、百万くらいなら
小暮　あれだけの啖呵を切ったんだぞ、今更オメオメどの面下げて行けるんだ。
清美　ああ、あ。
小暮　高杉さんを。
だからなんとか口説き落とすしかないんだよ、
清美　（唄う）ジングルベル　ジングルベル　鈴が鳴る

小暮　なに、それ。
清美　季節はずれのサンタさんが来てくれたらなあって。

暗くなる。

トイレの水の流れる音。
高杉、現れる。

高杉　大穴。五・十六・十四と来て五千倍。（と、新聞を見て）
清美　あのひと、当たったの？
高杉　（頭を抱えて）なんで買わなかったんだろう。
清美　五千倍ってことは、百円が五十万？
小暮　やってられねえ。
清美　幾ら買ったのかしら？　千円買ってたら、五百万!?

突然、下手の方で、モノが激しく崩れ落ちる音！

清美　なに？　どうしたの？
高杉　なんでここで来るわけ？　アイノドライブ！

3

字幕《〇〇署　バラバラ事件捜査本部・別室　8月10日（火）20時05分》
中央にテーブル。テーブルの上に黒電話。刑事・渋井がラーメンをすすっている。その対面の椅子に、出前持ち・岡本。

岡本　大体、専門学校の学生ふぜいが家賃二十万もするマンションに住んでること自体、なんか怪しくないですか。

渋井　金持ちなんだろ、親が。

岡本　当たり。親は新潟の方で整形外科やってて、病院はコンブの八つ上の兄貴が継ぐことになってるらしいんです。コンブも最初は医学部に入るつもりで勉強してたんだけど、アタマ悪くて三浪して、それでもダメで諦めて、だから、いまはカメラの専門学校なんかに行ってるわけです。

渋井　詳しいな。

岡本　調べたんですよ、あちこち足を棒にして。コンブにはもうひとり、年子の妹がいるんですけど、この妹、なにしてるか知ってます？

渋井　分からん。

岡本　モデル。

渋井　へえ。

岡本　これがメッチャ可愛くて。

渋井　見たのか？

岡本　コンブのブログに写真が。俺、アタマきちゃって。

渋井　どうして？

岡本　だって、自慢出来るじゃないですか、友達とかに。でも、怪しいんですよ。

渋井　なにが？

岡本　そんなに可愛い妹を、一度もうちの店に連れてきたことがないんです。コンブはほとんど毎日ウチに来てるのにですよ、ブログにも時々、マリンが今日うちに来てって書いているのに

渋井　マリン？
岡本　文脈で分かるでしょ、コンブの妹ですよ。
渋井　確かめたんだよ、念のために。
岡本　コンブは時々、店に来ないで出前を頼むことがあるんです、二人分。調べて見ると、出前をとった日にはマリンが来ているらしい、ということが分かったんです。なんか匂いませんか？
渋井　別に。
岡本　コンブはうちに来た時は、わかめラーメンかもやしラーメン、それに、鶏の唐揚げを頼んで、半分は必ず食べないで持って帰ります。どうしてだか分かります？
渋井　さあ。
岡本　食べてばかりいないで真面目に考えて下さいよ。
渋井　回りくどいんだよ、お前の話は。早回し早回し。
岡本　コンブは自分の部屋で亀を飼ってて、唐揚げはその亀にやってるんです。それが不思議なことに、ある日を境に唐揚げを注文しなくなって、なにがあったんだろうと思ってたところに、あの事件ですよ。
渋井　……
岡本　もうひとつ奇妙なことが。その唐揚げを注文しなくなったある日から出前の電話もなくなって、つまり、マリンがコンブの部屋に来た形跡がないんです。
渋井　？　だから？
岡本　おかしいと思いませんか？　だって、唐揚げの注文をしなくなって、妹が消えたんですよ。
渋井　消えたわけじゃないだろ、ただコンブの家に来なくなっただけで
岡本　消えたんですッ！
渋井　なにが言いたいの、お前。
岡本　だ・か・ら、コンブは妹を殺してバラバラにしてあちこちに捨てて、まだ発見されてない右腕は、唐揚げの代わりに亀の餌になってるんですよ。
渋井　あのさ。

岡本　なんですか。
渋井　なんでそうなるの？
岡本　怪しいからですよ。だってコンブですよ、人間なのに。
渋井　それはお前が勝手につけた渾名だろ。
岡本　揺れてるんですもん、いつも。店に入ってくる時だってこんなですよ。（と、真似して）おかしいでしょ、これ。
渋井　おかしいのはお前の頭だよ。バラバラにされたのは男なんだぞ。
岡本　そこですよ。
渋井　どこなんだよ。
岡本　妹だとばかり思ってたマリンは、実は男だったんですよ。
渋井　帰れ、もう！（と、怒鳴る）
岡本　なんだよ、ひとがせっかく捜査の協力してやってるのに。

さやか、現れる。

渋井　（立って）あ、利根川先輩。お疲れさまです。
さやか　今日も電話番？　いいわね、渋井くんは毎日内勤で。
渋井　いや、自分も聞き込みとかやらせて貰いたいんですが。
さやか　本当は外の仕事したいんだ。
渋井　ええ、でも……
さやか　たまにはやってみる？　わたしの代わりに駐車違反の取締り。たまんないよ、毎日暑くて。ああ、日焼け。もう嫌だ。こんなことしてたら嫁の貰い手なくなっちゃう。
渋井　なにか冷たいものでも（と、行こうとする）
さやか　やめて。それくらい自分で出来るから。そこまで疲れてないし。（と、出て行く）
岡本　分かってないなあ、渋井さんは。
渋井　えっ？
岡本　女性の扱いですよ。そりゃ先輩だから相手を立てなきゃって、分かりますよ。でもね、たまにはガツンと食らわせてやらないと女はすぐに図に乗るんですから。チョロイやつと思

渋井　われて、男のことを舐めくさって、さっきみたいにパシリなんかやらされるんですよ。
岡本　やってないだろ。
渋井　やろうとしたじゃないですか。刑事でしょ、渋井さんは。位で言ったら交通課のあの女よりずっと
岡本　(遮って)あの女って言うな!
渋井　え、彼女も男?
岡本　マリンと一緒にするな!　利根川さんは高校の剣道部の先輩なんだ。強かったんだ、俺たち男子部員の誰よりも。稽古のときに一度、ここんとこ(額)に面を決められて、一日中ボーっとしてたことがあった。でも、気持ちよかったんだ。なんか夢の中にいるみたいで、周りの風景が淡い水彩画みたいにぼんやり見えて。
岡本　分かっちゃった、俺。
渋井　なにが?
岡本　渋井さんはMなんだ。
渋井　はあ?
岡本　好きなんでしょ、女に上からガンガンやられるのが。
渋井　バカ言ってンじゃないよ。
岡本　だからあの女の後を追いかけて警察に
渋井　帰れ、もう!

さやか、戻る。手に缶コーヒーふたつ。

さやか　(渋井に)なによ、まだ食べ終わってないの?
渋井　いや、こいつが
岡本　帰りますよ、帰りゃいいんでしょ。(と、立ち上がり)利根川さんでしたっけ?
さやか　なに?
岡本　知ってます?　渋井さん、あんたのことが好きみたいですよ。
渋井　てめえ!
岡本　ワー!

逃げる岡本を渋井追いかけて、ふたり消える。

さやか　くだらない。（と、座って、缶コーヒーを飲む）

渋井、戻ってくる。

さやか　元気があっていいわね。
渋井　いや
さやか　でも間違ってる、エネルギーの使い方。
渋井　違うんです。
さやか　なにが？
渋井　だからさっきの
さやか　座れば
渋井　はい。（座る）

さやか、缶コーヒーを差し出す。

渋井　（受け取って）ありがとうございます。
さやか　なんで先にラーメン食べちゃわないの。
渋井　いや、もう
さやか　食べなさいよ、あと少しなんだから。
渋井　はい。（と、ラーメンをすする）
さやか　あんた、幾つになったの？
渋井　六です。
さやか　十六じゃないよね。
渋井　二十六です。
さやか　なに？　いまのアレ。いつまで子供やってンの？
渋井　すみません。
さやか　自分のこと、もっとちゃんと考えた方がいいと思うけど、真面目に。
渋井　はい。
さやか　はい、じゃなくて。
渋井　考えます。
さやか　例えば？
渋井　例えば？
さやか　ほら、口だけだ。渋井くんは昔からそう。「なんで負けたの？」「弱いからです」「強くなるためにはどうしたらいいの？」「稽古です。ひとの二倍も三倍も稽古をすれば」……あんた、やった？　朝練、いつも遅刻してたじゃない。「目覚ましが壊れてて……」な

渋井　にそれ？　ヤル気がないからでしょ。あったら目覚ましが鳴る前に目が覚めるのよ。
さやか　……
渋井　ああ、もう！　なんでわたしにこんな昔話をさせるわけ？
さやか　すみません。
渋井　いまのこの現状をどう思ってるの？
さやか　現状？
渋井　だから、三日に二日は電話番をさせられてるわけでしょ。
さやか　しようがないですよ。自分はヘマばっかりやってるし。
渋井　例えば？
さやか　例えば、現場で警察犬に追いかけ回されるとか。
渋井　なんで？
さやか　分からないです。妙に自分になつくんです、警察犬が。
渋井　（イライラして）……スープ。
さやか　え？
渋井　飲んだら？　きれいに。
さやか　（スープを飲む）
渋井　一気に行けば！　いけるでしょ、西洋人じゃないんだから！

渋井、一気に飲み干す。

さやか　ああ、ダメ。（と、立ち上がり）なんでこんなにイライラしてンだろ。
渋井　すみません。
さやか　渋井くんのせいじゃないわ。
渋井　……
さやか　わたしやっぱり辞める、警察。
渋井　え？
さやか　向いてないのよ、性格的に。こういう仕事は辛抱強くコツコツやるタイプじゃないとダメなのよ。上はそういうとこちゃんと見てるのよ。ひとのスープの飲み方にキレてるような人間はダメなの。だから渋井くんは刑事になれたのに、わたしはいまだに

渋井　違いますよ。先輩が刑事になれないのは、警察はやっぱいまだに女性差別とかあるから

さやか　同情？

渋井　違います。俺いま利根川さん、凄いと思ったんですよ。なんでこういうひとを刑事にしないのかなって。だって、アレでしょ、この丼の底のネギ、見つけたでしょ、見逃さなかったでしょ。俺、一瞬、背中に電気走って、やっぱこのひとは凄いと思って。

さやか　負けた。

渋井　え？

さやか　確かにわたし、その丼の底、見ちゃった、半ば無意識に。でも本当に凄いのは、わたしのその無意識を見逃さなかった渋井くんの方よ。

渋井　あ、いや、それは……

さやか　わたし、これから家に帰って辞表書く。

渋井　利根川さん。

さやか　もう我慢出来ないの。わたしの仕事ってなに？　意味あるの？　毎日毎日何枚も何枚も切符切ってるのに駐車違反は全然なくならない。叩いても叩いても、あとからあとからモグラは出てくる。疲れた。叩き疲れた。車の持ち主から浴びせられる暴言。これにはもう慣れた。ザマーミロって心の中で呟くだけで不快な気持ちは解消できる。でも、アレは無理。舌打ち。あの冷えた音を聞くたび気分がささくれる。誕生日が来ると二十七になるわたしのお肌は、そんな気分のささくれに敏感に反応する。鏡を見るたび嫌になる。怖くなる。そのうちお肌が砂浜みたいになって、タオルでこするとサラサラと砂がこぼれて、こぼれ落ちた砂に埋もれて、わたしは窒息するんじゃないかって。

渋井　やめて下さい！（と、遮る）

さやか　……

渋井　利根川さんにそんな気の弱いこと言われたら、自分はいったいどうしたらいいか……

さやか　知らない。好きにすれば？　帰るわ。

渋井　辞めないで下さい、警察。

さやか　関係ないでしょ、渋井くんには。

渋井　関係あります。高校の剣道部の先輩と後輩じゃないですか、自分たちは。

さやか　いつまでそんなことを言ってるの？　あれから何年経ったと思ってるの？

渋井　先輩の気持ち、分かります。自分も同じなんです。刑事になれば、なんというか、もう少し毎日が充実するんじゃないかと思っていたのに……

さやか　当たり前でしょ。電話睨んでるだけで充実した気分になれたら、クスリやる人間なんていなくなるわ。

渋井　現場にも行ってます。バラバラにされた体の一部もこの目で見ました。でも、先輩達からは、陰惨な殺しの現場に立ち会うと犯人への憎しみがわいて、それが捜査に立ち向かうエネルギーになるって聞かされてたのに、なにもその、湧き上がるものがなくて。自分が見たのは切断された右足だったんですがゴミ袋に入ってて、そのせいかもしれませんけど、人間てバラバラにされると、壊れた人形みたいにゴミになるんだなあ、哀れだなあと思っただけで。

さやか　なに不謹慎なことを言ってるの。捜査本部なのよ、ここは。

渋井　ついでだからもうひとつ。

さやか　え？

渋井　不謹慎だと知りつつ言わせてもらいます。自分は先輩と離れたくないんです。先輩が、利根川さんがいなくなったら、自分はきっとそれこそ手足をもがれた人形みたくなって……

さやか　だから？　いつまでもそばにいて可愛い後輩の面倒を見ろって？　なに甘ったれたことを言ってるの。わたしはみんなに喜ばれるような、誰からも感謝されるような仕事がしたいの。悪いけど、あんたひとりに構ってなんかいられないのよ。

渋井　好きなんです。

さやか　はあ？　いまなんて言った？

渋井　だから……

電話が鳴る。

渋井　（受話器を取って）もしもし。はい、渋井です。見つかった？　現場は？　大井競馬場の？　分かりました。すぐに各方面に連絡を。

さやか　なに？

渋井　最後の右腕が、大井競馬場のゴミ箱の中から発見されました。

暗くなる。

4

字幕《○○小学校　6年3組の教室　2000年秋　夕暮れ》

中央に机と椅子二脚。小学生の満ちると百合子先生が椅子に。（満ちるの衣裳はS2と同じ）机の上には、壊れたオカリナ。

百合子　誤解しないでね。先生は責めてるわけじゃないの、知りたいだけ。どうして鈴木さんみたいな子がこんなことをしたのか。

満ちる　わざとしたんじゃありません。

百合子　揉みあってる時に落として踏んずけたんでしょ。

満ちる　そうです、二宮くんが自分で。

百合子　踏んずけたのは二宮くんかもしれないけど、あなたが黙って持っていこうとしなければこんなことには

満ちる　黙ってじゃありません。ちゃんと言いました。

ちょっと貸してって。

百合子　でも、嫌だって言ったんでしょ、二宮くんは。言ったけど、どっちでもいいみたいな感じだったんです。

満ちる　そういう子なのよ、二宮くんは。あなただって知ってるでしょ。

百合子　わたし、はっきりしない男の子、嫌いなんです。

満ちる　いくら嫌いだからって……。

百合子　弁償します、わたし。

満ちる　そんなことを言ってるんじゃないでしょ、先生は！

百合子　……

満ちる　どうして借りようと思ったの？

百合子　……

満ちる　自分のオカリナあるのに。どうして？　意地悪？

百合子　違います。

満ちる　じゃ、なに？

百合子　……

満ちる　分かった。今日はもういいわ。あんまり遅くなるとお母さんも心配されるし。でも、明日ちゃんと二宮くんに謝るのよ。

百合子　どうして謝らなきゃいけないんですか。

満ちる　だって二宮くんのオカリナ、こんなになっちゃったのよ。もう元通りにはならないのよ。

（と、少し興奮して）

窓から、すみれの顔が覗く。

百合子　わたしじゃないんです。

満ちる　え？

百合子　きっと魔が差したんです。あの時、悪魔がわたしの心の中に入り込んで、だからふっと、ふだんの自分では考えられないようなことをしてしまったんです。先生だってあるでしょ、あとで考えても、どうしてそんなことをしたのかよく分からないこと。

満ちる　そんなこと、誰に教えてもらったの？

百合子　お祖父ちゃんです。わたしがお母さんに怒られてた時、そう言ったんです。魔が差したんだから赦してやれって。先生、人間はなにか間違えたときに、改めて自分が人間だってことを自覚するんです。人間以外の動物はわけの分からない間違いはしないんです。どうしてだか分かりますか？　人間は、あらゆる生き物の中でいちばん神さまに愛されてるからなんです。中でも子供がいちばん。だから子供は、下らない、自分でもよく分からないことをやってしまうんです。

百合子　よく分からないんだけど。悪魔と神様の関係とか……

満ちる　先生、この世の中に悪魔なんていないんです。

百合子　え？

満ちる　悪魔は神様なんです。

百合子　？　どういうこと？

満ちる　神様は神様ばかりやってると、疲れるし飽きちゃうから、時々悪魔になって悪戯をするんです。ていうか、悪戯させるんです、人間に。

百合子　それもお祖父ちゃんが？

満ちる　そうです。お祖父ちゃんは惚けてるけど、時々普通のひとに戻ってこんな深い話を、あ、戻ってるんじゃなくて、どこか別の世界に行っちゃってるのかも。

百合子　そうね。

満ちる　多分、二宮くんも魔が差したんです。足もとにオカリナが落っこちた時、「あっ」て思って、踏んじゃいけないって思って、思ったときに悪魔が、悪魔になった神様が、面倒だから踏んじゃえばって、二宮くんに命令したんです、きっと。

百合子　（窓のすみれに気づき）誰、そこにいるの。

　すみれ、慌てて顔を隠すが。

百合子　分かってる。堂本さんでしょ。

　すみれ、現れる。（衣裳はS2と同じ）

百合子　待ってたの？　鈴木さんのこと。

すみれ　違います。
百合子　違うの？
すみれ　いえ、待ってたんですけど。満ちるの話、違うんです。本当は
満ちる　すみれ！
すみれ　だって、違うでしょ。満ちるはわたしのために二宮くんのオカリナを
満ちる　違う。先生、違うんです。
百合子　黙ってて、鈴木さんは！（すみれに）どういうことなの？　本当は。
すみれ　満ちるはわたしが二宮くんのこと好きだと思ってて、だからわたしのために、二宮くんのオカリナとわたしのオカリナを交換しようとしたんです。
百合子　（満ちるに）そうなの？
満ちる　……
すみれ　わたし別に、二宮くんのこと好きでもなんでもないんです。
満ちる　だって言ってたでしょ、オカリナ吹いてる二宮くんて、いいよねって。
すみれ　オカリナ吹いてる時だけでしょ、二宮くんがカッコいいのは。先生も言ってましたよね、音楽の授業のとき、二宮くんのオカリナだけみんなと違うみたいだって、なにか秘密があるのかなって。
満ちる　それが恋でしょ。
すみれ　え？
満ちる　自分でもよく分からないのよ、恋の始まりは。
百合子　それもお祖父ちゃんが？
満ちる　お母さんです。
百合子　アララ。
満ちる　思ってるだけでは本当のところはよく分からないんだって。言葉にした時、好きだって文字にした時、口にした時、初めて自分はその子のことが好きだって分かって、それでもっと好きになるんだって。
百合子　そんな難しい話、鈴木さんのお家ではいつもしてるの？
満ちる　みんなで、お父さんもいる日曜の夕ご飯のあととかに。

百合子　いいわね、鈴木さんは、素敵なご家族に囲まれて。（すみれに気づき）あ、ごめんね、先生、そういうつもりで言ったんじゃないのよ。

すみれ　うちもおじさんが、毎週日曜の夕ご飯の時にはいつも競馬の話をしてくれるから。

百合子　競馬？

すみれ　うちのおじさんは昔、競馬の騎手を目指してたんです。その為に凄い頑張って。騎手には体重制限があって大きくなったらいけないんです。おじさんは誰かに、人間は寝てる間に大きくなるって聞いて、中学に入ってからずっと、夜はいつもタンスの引き出しの中で小さくなって寝てたって。

満ちる　でも、ダメだったんでしょ。

百合子　そんなに頑張ったのに？

すみれ　騎手学校には合格したんです。でも、それでいい気になって、お菓子とかバカバカ食べて、入学して三日目に、きみには無理だって言われて学校辞めさせられちゃったんです。ガックシ。

百合子　でも、偉いわよ、合格までこぎつけたんだもん。夢が手に届くところまで行ったんだもん。

満ちる　でも、逃がしちゃった、自分で夢を。魔が差したのね、きっと。

百合子　もう。さっきからそればっかりね、鈴木さんは。

すみれ　先生。

百合子　なに？

すみれ　好きなひといるんですか？

百合子　なによ、急に。

すみれ　山下さんがこの間、先生が男の人と腕組んで駅前のスーパーで買い物してるとこ見たって。

百合子　嘘よ。え、いつ？　それ、いつの話？（と、絵に描いたように慌てて）

満ちる　いいじゃないですか、そんな。どうして隠すんですか？

すみれ　結婚するんですか、そのひとと。

百合子　しないわよ。なんで？　あのひとはただの友達。この間の日曜日でしょ。学生時代の友達がわたしの家にきてみんなでお鍋をしたの。

だから、山下さんが見たのは、そのうちのひとり。なんでもないの。
満ちる　（すみれに）どう思う？
すみれ　なにが？
満ちる　いまの先生の話。信じる？
すみれ　さあ、それは……
ふたり　だよねえ。
百合子　いい加減にしないさい、ふたりとも！
ふたり　（声を揃えて）ごめんなさい。
百合子　鈴木さん、それよ。明日、いまみたいに謝ればいいの、二宮くんに。
すみれ　二宮くんにはわたしが謝ります。
満ちる　なんで？　やったのはわたしでしょ。
すみれ　それはわたしのためでしょ。
満ちる　違うでしょ。わたしが勝手に
百合子　ふたりとも！（と、制して）だったら、ふたりで一緒に謝ることにすれば？　さっきみたいに。
ふたり　（顔を見合わせて）……
百合子　競馬っていえば、先生の好きなお話があるの。オカリナジャックとベティの話。
すみれ　オカリナジャック？
百合子　そういう馬がいたのよ。
満ちる　ベティは？
百合子　兎。オカリナジャックはとても強い馬だったんだけど、時々、考えられないようなひどい負け方をしたのね。原因は分かってた。ジャックは寂しがりやさんで、レースに出る馬は競馬場まで車で運ぶんだけど、その車の中で寂しがって暴れた時にはそこで体力を消耗してしまって、レースに出走するときはもう、走る気力も体力もなくなってしまってるの。
すみれ　だったら他の馬と一緒に
百合子　二頭一緒に入れられるような、そんな大きな運搬車はないのよ。
満ちる　そうか、それでベティが登場するのね。
百合子　そうなの。たまたま、厩務員さんて馬のお世話をするひとなんだけど、そのひとが家で兎を飼ってて、兎を一緒に乗せて運んだらどうかと考えたの。

すみれ　そんなの！　兎なんて小さいから馬は踏みつぶしちゃうんじゃないんですか？

満ちる　バカね。ジャックがベティを踏みつぶしちゃったら、お話にならないでしょ。

すみれ　そうか。

百合子　競走するために生まれて育てられたサラブレッドは神経がとても繊細で、だから、自分の足もとで兎がちょろちょろ動き回ってたら普通は嫌がって、それこそ踏みつぶしたっておかしくないところなのに、ジャックはベティのことが気に入ったのね。なにをされても平気で。それ以来、車の中で暴れることもなくなって、大きなレースも次々勝てるようになったの。

すみれ　（オカリナを手にして）寂しがりやのオカリナジャック……

百合子　どうしてその兎、ベティって名前になったか、分かる？

ふたり　（顔を見合わせ、首を捻る）……

百合子　その当時の中学の英語の教科書は、ジャック・アンド・ベティと言って、ジャックとベティが主人公になってたの。だからそれで。

ふたり　ハイハイ。

百合子　あなたたちも来年は中学生ね。いいわね、ピカピカの中学生よ。二十一世紀になって最初の中学生よ。

百合子の携帯が鳴る。

百合子　（携帯を取り出し）はい、もしもし。ごめん、もう少し。だから、いろいろあるのよ。（ふたりに）ちょっと待っててね。（と言って、再び電話に）いまどこ？　分かった。すぐ行くわ。そうね、あと十分くらいかな（と、電話をしながら教室を出て行く）。

満ちる　あれ、男よ。

すみれ　つき合ってるんだ、やっぱり。

満ちる　もしかしたらいまの話、つき合ってる男の人から聞いたのかも。

すみれ　そうね。先生が競馬の話をするなんて変だもん。
満ちる　ジャック・アンド・ベティ。中学生か。二十一世紀？　ピカピカ？　いいことあるのかな。
すみれ　とにかく、とりあえず、明日は二宮くんに謝る。
満ちる　謝る前に告白すれば？
すみれ　そんな……
満ちる　あとでもいいけど。
すみれ　出来ないよ。
満ちる　やっぱり好きなんだ。
すみれ　……
満ちる　どうするの？　それ（壊れたオカリナ）。
すみれ　持ってる、大事に。
満ちる　壊れてるのに？
すみれ　直すわ。直して吹くわ。
満ちる　ふーん。
すみれ　なに、ふーんて。
満ちる　ため息の長いヤツ？　違うか。

暗くなる。

5

字幕《高杉電気店　リビング　8月1日（日）03時35分》

清美がオカリナを吹いている。テーブルにすみれのバッグと、オカリナが入ってた袋（？）。

下手から、すみれ現れる。

すみれ　清美さんだったのか。
清美　起こしちゃった？
すみれ　わたし、どのくらい寝てました？
清美　帰ってきたのが十一時少し前だったから
すみれ　恥ずかしい。こんなの（バッグ）ここに置いたまま自分の部屋に行っちゃったんだ。
清美　ごめん。黙って借りちゃった。
すみれ　ふー（と、深いため息）。
清美　酔い、まだ醒めないの？
すみれ　それはもう。
清美　珍しいわね、すみれちゃんが酔っ払って帰ってくるなんて。

すみれ　バイト先の女の子の送別会でなんか盛り上がっちゃって。でも、なんだったんだろう？　あれ。

清美　なにかあったの？

すみれ　夢を見てたんです、子供のころの。音楽の授業中。みんながオカリナを吹いてる。わたしも吹いてる。吹いてるんだけど、うんともすんとも音が出ない。気がつくと教室には誰もいなくて、もうそこは教室でもなくて、どこだったんだろう？　おまけに、わたしが吹いているのもオカリナじゃなくて、いつの間にか亀に変わってて。

清美　亀？

すみれ　ウエッとなってその途端に目が覚めたんだけど、どこからかオカリナが聞こえる。あれ？　まだ夢の続きを見てるのかなと思いながら、音の聞こえる方へ来てみたら　…。清美さん、オカリナ吹けるんですか。

清美　説明書あるし。（と、説明書を示し）高校のとき部活でクラリネット吹いてたからこれくらいは。あなたみたいに亀を吹くのは無理だけど。

すみれ　だから、吹けないいんですよ、亀は。

清美　どうなってんだろ、あれ。夢の中の自分って、なんだか知らないけど、いつも一生懸命じゃない？　必死に空を飛ぼうとしたりとか、逆に、落ちまいとして手足をバタバタさせたりとか。

すみれ　確かに。さっきの夢でもこれは夢だと分かっているのに、わたし一生懸命オカリナ吹いていた。

清美　亀だったんでしょ、オカリナじゃなくて。

すみれ　だから変わったんです、途中で亀に。

清美　なんで夢の中ではあんなに夢中になれるのに、現実の生活ではそうなれないんだろう？

すみれ　え、だって清美さんは

清美　なに？

すみれ　情熱的じゃないですか。

清美　そう？

すみれ　結婚してるのに別の男のひとのところへ走っちゃったわけでしょ。
清美　みんな夢だったらいいのに、あれもこれも。
すみれ　後悔してるんですか？
清美　（オカリナを吹き）……オカリナ、いいわね。吹いてると心が洗われる。
すみれ　そうか、分かった。兎と亀だ。
清美　なんのこと？
すみれ　あ、いえ、詰まらない話なんで。
清美　気になる。話してよ。
すみれ　昔、オカリナジャックって馬がいたんですよ。ジャックにはベティという兎の友達がいて
清美　ごめん、いいわ、聞いといてなんだけど。
すみれ　だから詰まらない話だって言ったのに。
清美　動物、嫌いなの。子供の頃、飼ってた犬が車に轢かれるのを見てからどうしてもダメなの。
すみれ　そう言えば、叔父さんは？
清美　小暮と一緒に出かけたんだけど。
すみれ　ふたりで？
清美　たまには男同士で話をしたかったんじゃないの。
すみれ　どこへ行ったんだろう？
清美　英会話教室とか？
すみれ　こんなに夜遅くまで？
清美　だからフィリピンパブとか。
すみれ　え、清美さんも知ってるんですか？
清美　なにを？
すみれ　叔父さんが一時期、錦糸町のフィリピンパブに
清美　あのひと、そんなところに行ってたの?!
すみれ　知らなかったの？　まぐれ?!
清美　なんなの、あのひと。
すみれ　お目当てはビッキーちゃんていって。写真見せてもらったんですけどそれが結構可愛くて。でも、歳は二十八で国に帰ると旦那とふたりの子供がいるんだって。
清美　ま、わたしがとやかく言うことでもないんだけど。
すみれ　寂しかったんですよ、叔父さんは。さ、お風呂入ろう。（と、立ち上がる）

清美　（立ち上がって制し）いいじゃない、今日はお風呂。
すみれ　え、だって
清美　こうしてふたりだけになるなんて今夜が初めてなのよ。
すみれ　考えてみれば
清美　あっちは男同士の話をしてるんだからこっちも女同士の話をしましょ。
すみれ　と言われましても、いったいなにを話せば
……
清美　すみれちゃん、いま好きなひといるの？
すみれ　いきなりそこきます？
清美　あ、いるんだ。
すみれ　いませんよ。いまはお菓子作りの腕を上げて一日も早く自分のお店を持つことしか頭にないし、そんなひまなんか
清美　ほんとかな？
すみれ　不器量、不器量。
清美　えっ？
すみれ　わたしのことより、清美さんは？
清美　わたし？
すみれ　ずっと聞きたかったんです。どうして清美さんは六年も一緒に暮らした叔父さんを捨ててイタッ！　そこ来るの？　真面目な顔して。
清美　叔父さんのどこが無理だったんですか？
すみれ　無理だったわけじゃないけど、なんだろう？
清美　晋さん、優しいでしょ。わたしの父親はなにかというとすぐに手が出るひとだったのね。だから、男はみんなそういうものだって思っていたから、晋さんに会ってびっくりしたの、こんな男のひともいるんだって。それで一緒になったんだけど。でもね、わたし、根がひねくれてるからどうしてもあのひとの優しさが信じられなくて。この優しさにはきっと裏がある、裏はなくても限界はあるはずだって思って。なにをしたら、どこまで行けば晋さんの優しさの限界があるんだろうと思って。それ突き止めたくてわたし、口では言えない、言ったらあなたに軽蔑されそうな悪いことひどいこと、いっぱいしたわ。だけど晋

さんはなんにも言わない。分かっているのによ、傷ついてるはずなのに……。どうしてってわたし聞いたわ。どうして怒らないの、殴らないのって。小暮のことなんてわたし、自分から話したのよ。そしたらなんて言ったと思う？　清美のことを信じてるからって。そうね、もしかしたらあの時、このひとともう無理だって思ったのかも知れない。……分かる？　わたしの言ってること。

すみれ　なんとなく……。

清美　きっと怖くなっちゃったのね。だって優しさの底なし沼なんだもん、晋さんは。

すみれ　小暮さんは？　殴るんですか？

清美　殴らないわよ、見たことないでしょ、あのひとがわたしを殴るとこ。

すみれ　ええ、それは

清美　確かにあのひとは無茶苦茶で危ないひとよ。会社のお金を一億近く使い込むなんて普通じゃ考えられないわ。でもね、ああいうひとは世間にいっぱいいるの。いるでしょ、お年寄り騙してお金を巻き上げるとか、小さな子供に悪戯するとか、衝動的にひと殺しちゃうとか。ちょっとしたきっかけさえあればそれくらい誰だって出来る。ひとはみんなどっか壊れてる。わたしも、多分すみれちゃんだって。壊れてる場所が違うだけ。小暮はわたしと同類なのよ。分からないって言えば分からないけど、小暮の分かりにくさは「分かりやすい」分かりにくさなの。でも晋さんの分からなさは果てしないのよ。

すみれ　……

清美　なにを考えてるの？

すみれ　え？

清美　わたしの話、聞いてなかったでしょ、途中から。

すみれ　ごめんなさい。

清美　いるの？　やっぱり。

すみれ　なにがですか？

清美　好きなひと。

すみれ　だから、そんなひといないんです、わたしには。

清美　もうここへは来ないわよ、手塚さん。

すみれ　え？

清美　借金の話はもうカタがついたんだもん。

　　トイレの水が流れる音。

清美　帰って来たみたいね。

　　下手から小暮が現れる。缶ビールを片手に。

小暮　風呂くらい沸かしとけよ。

清美　だっていつ帰ってくるか分からないでしょ。

小暮　なんなんだ、この家は。今時ないぞ、水張って沸かさないと入れない風呂なんてどこにも。

清美　晋さんは？

小暮　クルマ洗ってる。

清美　どこまで行ったの？

小暮　知らない方がいいよ。

清美　…なにか食べる？

小暮　だから、風呂沸かせって言ってるだろ。

清美　入るの？

小暮　入るよ。

清美　入《はい》れるの？

小暮　ひと仕事して来たんだぞ。見ろ、この汗。こんな体で寝られるわけないだろ。

清美　分かったわ。（と、下手に消える）

すみれ　仕事ってなにを？

小暮　相撲。河原で。高杉さんと深夜の大相撲。俺、大学時代はアメフトやってたの、同好会だったけど。だから高杉さんなんかに負けるわけないんだけど、やっぱりダメだ、セコイ仕事してたら。三勝四敗。卒業してからずっと舌先三寸しか使ってなかったから、すっかり体がなまっちゃって。

すみれ　ほんとに話はついたんですか？

小暮　話？　なんの？

すみれ　だから、小暮さんの借金の

小暮　だったらいいんだけどさ。

すみれ　でもさっき清美さんが、もう手塚さんはここ

小暮　には来ないって。
すみれ　ああ、うん、あいつはね。来月から関西の方へ行くんだって。
小暮　関西？
九州だったかな？　忘れちゃった。とにかく西の方。どっちもいまは不景気でマチ金の激戦区になってるから、スカウトされたんじゃないの？　手塚は仕事出来るし。

清美、戻る。

小暮　風呂、沸いた？
清美　こんなに早く沸くわけないでしょ。
小暮　待ってられない。（と、立ち上がる）
清美　まだ水。
小暮　滝に打たれてお清めするんだよ。（と、下手に去る）

清美、テーブルの缶ビールを飲もうとするが、もう残ってなかった。

清美　もう！　コンビニ行くけど、なにかほしいものある？
すみれ　いえ、わたしは
清美　なんで自分の分しか買ってこないの？（と、下手へ）
すみれ　清美さん。
清美　なに？
すみれ　あ、いえ、なんでもないです。
清美　悪かったわね、起こしちゃって。おやすみ。
すみれ　おやすみなさい。

清美、下手に消える。

すみれ　なに？　わたしはいまなにを聞こうとしたの？　清美さんに。下らない。でも、どうして分かったの？　手塚さんのこと、清美さんに一度も話したことなんかないはずなのに。いいのよ、そんなことはどうだって。どうするの？　どうしたらいいの？　手塚さん、来月からはもうここへは来ないのよ、もう二度と会えなくなるかもしれないのよ。でも約束したわ、来月ふたりで競馬場に行こうって。電話する？　なんて？　だから、競馬場へはいつ行くんですかって。そうよ、競馬場は関西にも九州にだってあるわ。手塚さんがこっちに来るのが無理ならわたしが向こうに行けば　…。言える？　出来るの？　わたしにそんなことが。

(電話をかける練習が始まる)もしもし、手塚さんですか？　すみれですけど。あの、えっと……なにから話せばいいの？

アレは？　今日、手塚さんに出したクイズの。そうよ、あの正解から切り出せばいいんだわ。オカリナジャック！

もしもし、あのね、父トウショウボーイ　母メロディ　母父フォルティノの子供は、オカリナジャックって言うんです。なんで知ってるか？　教えてもらったんです、小学校の担任の先生に。わたし、友達のオカリナ壊しちゃって。直接壊したのは今日家に来てた満ちるなんですけど、事件の黒幕はわたしなんです。あ、黒幕って英語でゴッドファーザーって言うんだって知ってました？　あ、こんな豆知識はどうでもいいんですけど。わたし、その壊れたオカリナの欠片を集めてボンドでくっつけて、それにオカリナジャックって名前をつけて今でも持ってるんです、御守りみたいに。もちろん、音は出ませんよ。でも、あ、好きだったんです、そのオカリナ持ってた二宮くんて男の子のことが、だからそれで。あ、今度見せてあげます、一緒に競馬場に行ったとき　……。

ああ、もうこれ以上無理。話せない。ダメだよ。あ、あの話があった。それそれ。頑張れ、すみれ。

最近ネットで知ったんですけど、ジャックのお父さんのトウショウボーイ、種牡馬になってから「お助けボーイ」って呼ばれてたって、知ってました？　子供たちが予想以上によく走ったからそう言われたらしいんですけど。わたし、それ知って嬉しくなっちゃって。だって、話が出来すぎてるでしょ、わたしの御守りのオカリナジャックのお父さんは、お助けボーイなんですよ、わたしが本当に困った時にはお父さんまで助けてくれるんですよ。

下手から高杉、現れている。

すみれ　（それに気づいて）ワッ！（と、驚き）なによ、急に黙って。

高杉　まだ起きてたのか。

すみれ　別に叔父さんを待ってたわけじゃないけど。

高杉　変わらないな、すみれは、幾つになっても。

すみれ　なんのこと？

高杉　電話でもしてるのかと思ったらひとりでぶつぶつ。子供の時からそうだった。お前の部屋から話し声が聞こえるから、誰か友達でも遊びに来てるのかと思ったら、お前しかいないんだ。

すみれ　楽しかったのよ、ひとりで何人もの役をやって喋るのが。

高杉　なんだ？　オカリナジャックって。

すみれ　聞いてたの？

高杉　聞こえたんだよ。

すみれ　昔、そういう馬がいたのよ。

高杉　誰としてたんだ、そんな話を。

すみれ　相手なんかいるわけないでしょ、ひとりで遊んでたんだから。

高杉　…もう寝ろ、遅いんだから。

すみれ　叔父さんは？

高杉　寝るよ、歯を磨いたら。

すみれ　…なんだかいつもの叔父さんと違う。

高杉　疲れてるんだ。

すみれ　小暮さんとどこでなにをしてたの？　こんな時間まで。

高杉　ドライブだ。お前も知ってるだろ、叔父さんが車に弱いこと。小暮さん、そんなことお構いなしに飛ばすからバンバン。疲れちゃったんだよ、それで。

すみれ　おかしい。叔父さんも小暮さんも清美さんも、なにか隠してる。なにかあったんだ、わたしが出かけたあとに。

高杉　風呂入ってるの、小暮さんか？

すみれ　水風呂よ。

高杉　清美は？

すみれ　コンビニ。きっとビールを買いに行ったんだわ。お酒はやめたはずなのに。

高杉　誰にだって気分を変えたい時があるんだよ。

すみれ　なにがあったの？

高杉　なんにもないよ。（と、テーブルの缶ビールを手にするが中身がないのが分かり）

すみれ　嘘よ。なにかあったんでしょ、わたしが出かけたあとに手塚さんと。

高杉　（手にした缶を握りつぶし）二度と口にするな、あんな男の名前を。

すみれ　どうして？

高杉　金貸しだぞ、あいつは。

すみれ　どうして？　どうしてそんなこと言うの？　だって叔父さん、手塚さんはいいひとだって言ってたでしょ。毎月、手塚さんと競馬の話をするのが楽しみなんだって。

小暮　（現れて）手塚はもうここへは来ないんだ。来たくたって来れないんだよ。

すみれ　どうして？

小暮　さっき話したでしょう、西の、あっちの方へ行ったんだって。

高杉　黙ってろ、お前は！

すみれ　叔父さん。

高杉　もう寝ろ！　何度も同じことを言わせるな。明日も朝早いんだろ、学校遅刻しても知らんぞ。

すみれ　明日は日曜よ。

高杉　日曜に学校へ行ったらいけないって決まりでもあるのか、ないだろ。のんきに人並みに、休んでるひまなんかないんだ、いまのお前には。明日も学校行って、朝から晩までなにもかも忘れて一日中、お前の苦手の生クリームの泡立てに励むんだ、腕が棒になっても。

小暮　泡、あぶく、バブル。うまく行くんじゃない

高杉　かと思った矢先にいつだって弾けるんだ、夢も希望も。今日だって

小暮　（遮って）小暮さん、頼む。あんたも寝てくれ。あとはわたしが

寝たいんですよ、俺だって。こんなに寝たい眠りたいって思ったことは生まれて初めてですよ。出来るものなら、安らかな寝息をたてながら二日でも三日でも心ゆくまで眠り続けたいですよ。だけど、出来ないんだよ、それが。

すみれ　なぜ？

高杉　当たり前だろ、小暮さんは多額の借金を抱えているんだから。目をつむるとちらつくんだよ、札束が。

すみれ　違う。そんなことじゃない。

高杉　いい加減にしないか。怒るぞ、叔父さん。よい子は早く寝るんだ！（と、すみれを下手に追い立てて、ともに去る）

小暮　……嘘だったのか、アレは。おとめ座生まれの男性はラッキーデー。金運恋愛運文句なし。今日は一日なにをやってもうまくいくって言ってただろ、朝のテレビで。ラッキーカラーはグリーンだって言うからほしくもないガムまで買ったんだ、出来るだけのことをしたんだよ、俺は。なにがいけなかったんだ、え？　グリーンガムと一緒に緑茶も買えばよかったのか。

高杉、戻る。

小暮　すみれちゃんは？

高杉　寝ました、おとなしく。

小暮　彼女、勘づいてますよ、きっと。

高杉　そのうち忘れますよ、今夜のことなんか。

小暮　思い切って話したほうがいいと思うけど。高杉さんが無理ならわたしから話しても。そりゃ、聞いたらショックを受けますよ。でも、ズルズル引きずっていつまでもお互い気まずいままでいるより、善は急げっていうか、ま、善というのはおかしいけど、どうせいつかは

高杉　バレるんだから、早め早めと
　　　バレませんよ。そのためにちゃんと手は打ったじゃないですか。
小暮　……
高杉　墓場まで持っていくんですよ、今夜のことは。
小暮　無理です。
高杉　えっ？
小暮　わたしはきっと黙っていられない。自分がこんな重いものを抱えこめるほどの器じゃないことは、わたしがいちばんよく知ってる。だから、きっと喋る、誰かに、楽になりたくて。誰か。もしかしたら相手が犬や猫でも少しは楽になるかもしれない。でも、この鉛のように重い中身がなんなのか、それをいちばん知りたがっているのは誰かと言えば
高杉　どうしてそんな寝た子を起こすような真似をしなきゃいけないんだ。
小暮　寝てないですよ、彼女は。寝られるはずないでしょう、気になって。だから、今夜ここでなにがあったのか、ちゃんと事実を伝えて彼女を楽にさせてやったほうがいいんですよ。
高杉　そんな余計な重荷を背負わされて、すみれが楽になれるわけないじゃないか。
小暮　……
高杉　疲れてるんですよ、小暮さんは。休んで下さい。あとはわたしがやるから。
小暮　あと？
高杉　まだ少し残ってたんですよ、冷蔵庫に。
小暮　なにが？
高杉　大丈夫です。冷凍庫の奥のほうに、すみれには見つからないように隠しておきましたから。
　　　なんで？
小暮　忘れたんですよ、うっかり。
高杉　うっかり?!
小暮　人間は忘れる動物なんですよ。だから、今夜のことだって
高杉　忘れられるんですか、高杉さんは。
小暮　事故にあったと思えばいいんです。
高杉　そうだよ、あれは事故だったんだ。すぐに救急車を呼べばもしかしたら手塚は助かったか
小暮

も知れないし、たとえあのまま死んだとしても、単なる事故でケリはついたんだ。なのにあんたはなにを血迷ったのか

高杉　終わったことじゃないか、もう！

小暮　……なんであんなことが出来たんだろう？　気が動顚してたはずなのに、まるで外科医がオペでもするように、手馴れた手つきであんなこと。それを少し離れたところから震えながら見ている自分がもうひとりいて、いったいどっちの自分が自分だったのか　……気がついたらいつの間にか夜になってた。

高杉　……ひょっとして手塚もおとめ座だったのかな。だからあんな団子を。いくら腹が減ってたからって普通食べないでしょう、あんな緑色の団子なんか。

下手でガチャンとコップの割れる音。ふたり、顔を見合わせる。

小暮　まずい、聞かれてたんだ。

高杉、下手に行こうとすると、清美が現れる。手に缶ビール半ダース。

高杉　なんだ、おまえか。

清美　いけないの？　わたしじゃ。（椅子に座り）おふたりでなにを話してたの？　秘密の談合？　立ち聞きしてたわよ、すみれちゃん。

高杉　すみれはどこへ？

清美　知らない。走って表に出て行ったわ。

高杉、下手に消える。

小暮　どこから聞いてたんだろう？

清美　すみれちゃん？

小暮　最悪のシナリオ。だから先手を打ったほうがいいって。こんな形で知られたら、あとはもう何を言っても言い訳にしかならないんだ。

清美　当たり馬券、見つからなかった。

小暮　はあ？

清美　だから手塚さんの。服とか処分するとき、あちこちポケット探したんだけど。電話で馬券を買ってたみたい。

小暮　お前、ネコババするつもりだったの？

清美　だって、千円買ってたら五百万になってるのよ。

小暮　いくら相手が死んでるからってちょっとそれ、ヒドクね？

清美　犯罪になるわけ？

小暮　なるよ。たとえならなくても許されないだろ、道義的に。

清美　ドーギ的って。あんなことをしたひとが……

小暮　狂ってるんだきっと、モノゴトの大小重さ軽さをはかるモノサシが。ドーカしてるぜ。

清美　なにそれ？

小暮　だから、ブラマヨの吉田の

清美　あんた、テレビの見すぎ。

小暮　しようがないだろ、毎日ひまなんだから。

清美　乾杯する？

小暮　いいけど。なんのために？

清美　わたしたちの明日の幸福のために？

小暮　それとあいつの、亡くなった手塚のご冥福を祈って。

清美　そうね。

ふたり　乾杯。

ふたり、ビールを飲む。

小暮　四時か。あれからもう半日経ったんだ。

清美　今日はいろいろあったわね。

小暮　ありすぎた。昼に青木と会ってた時はベトナム行きであんなに盛り上がっていたのに、気がついたら地獄の底だよ。

清美　元はと言えばわたしがいけないのよ。ネズミ捕りの団子なんか流しの脇に置いとくから。あとで冷蔵庫の裏とかに仕掛けるつもりだったんだけど、そのままにして出掛けちゃって。

小暮　いや、団子は冷蔵庫の中に入ってたぞ。少なくとも俺が帰ってきた時には。てことは？

清美　やめましょ、詰まらない詮索は。いくつかのうっかりと偶然が招いた不幸であることに変わりはないんだから。
小暮　なんだ、これ？（と、オカリナを手にして）
清美　鳩サブレの新商品よ。
小暮　ほんとに？　パクパクパク。美味しい！って、そんなわけねえだろ。
清美　……これからどうなるんだろう、わたしたち。
小暮　うん。
清美　あなたとわたしと晋さんと。
小暮　入れてやれよ、すみれちゃんも。
清美　こんなこと言ったら亡くなった手塚さんに申し訳ないんだけど、わたしあの時、ちょっと感動してたの。ここはふたりでやるからって、わたしをお風呂場に入れなかったでしょ。それが、わたしを気遣ってくれてるっていうのじゃなく、わたしにはわたしの持ち場があるって言われたみたいで、嬉しかったの。わたしはこっちで、台所のガスで燃やせるように、彼の服やズボンをハサミで細かく切り刻んでたわけだけど、お風呂場の緊張感がこっちまでひしひし伝わってくるの。向こうでは、わたしの近しいふたりの男が、優柔不断とぐうたらが、こっちでは救いがたい性悪女が、三人一緒に力をあわせて危ない橋を渡ろうとしてるんだって思ったら、なんかよく分からないんだけど熱いものがこみ上げてきて……。
小暮　なにがあるんだろう？　この危ない橋の向こうには。
清美　明日の幸福だろ、おれたちの。
小暮　絶望的なハッピーエンドだ。

小暮、立ち上がる。

清美　なに？
小暮　高杉さんが。冷凍庫にアレの一部が残ってるらしいんだ。（と、台所の方へ消えて、あとは声のみ）あ、この野郎！

また、皿かなにかが落ちて割れる音。

清美　どうしたの？

小暮の声　ネズミがいたんだ。今日こそ捕まえてやる。どこに隠れた、あ、この野郎！

ドタバタ音がする。

清美　……ドーカしてるぜ。（と、小さく呟く）

暗くなる。

6

字幕《○○署　バラバラ事件捜査本部・別室　8月14日（土）15時15分》

さやかが椅子に座って、ヘッドホンで音楽を聴いている。

渋井　（現れて）あ、先輩。

さやか　どこ行ってたの？

渋井　トイレに。

さやか　ふざけないで！

渋井　そんなことを言われても

さやか　…辞表出したんだって？

渋井　え、どうしてそれを？

さやか　警視の三井さんから電話があったの。頼まれたのよ、なんとか渋井を引き止めてくれって。

渋井　それでここに？

さやか　わたし今日は非番だったのよ。予定だってあったのに。

渋井　すみません。
さやか　どういうこと？
渋井　ですから、自分の能力の限界を感じたというか
さやか　（遮って）そんな寝ぼけた話を聞いてるんじゃないの。あんた、わたしの名前を出したんでしょ、利根川さんが辞めるから自分も一緒にって。
渋井　先輩に迷惑をかけるつもりはなかった（んですが）
さやか　（遮って）かかってる、現に。課長に聞かれたんだから、お前たちいったいどうなってるんだって。
渋井　すみません。
さやか　これだけじゃないんだよね。あんた、仕事を辞めてどうするんだって聞かれて、なんて答えたの？　課長に。
渋井　……
さやか　どうして黙ってるの？
渋井　……
さやか　なんて言ったのよ。
渋井　今後のことは先輩とふたりでじっくり……
さやか　そんな話、ふたりでいつした？
渋井　……
さやか　どうしてそんな、すぐにばれるような嘘をついたわけ？
渋井　利根川さんと離れたくないんです。
さやか　それが迷惑だって言ってるの！
渋井　分かってますよ、自分だってそれくらい！
さやか　なによ、逆切れ？
渋井　先輩も知っておられると思いますが、この事件の最後に発見された右腕は、オカリナを握っていたんです。いや実際には、硬直した半開きの掌に後から差し込まれたのでしょう。でもそれはどう見ても、掌が、右腕が自分の意志で、一度壊れて修復したらしいそのオカリナを、二度と壊すまいとしてそっと握って守っているとしか見えなくて。
さやか　だから？
渋井　ピンと来たんです。分かったんです。なぜ自

分はこの世に生を受け、なぜ自分はここにいて、これからどこへ行けばいいのか。永遠に解けないと思われた不滅の謎が、その時きれいに解けたんです。自分は切断された右腕で利根川さんは壊れたオカリナなんだと。だから、いつも利根川さんのそばにいて守り続けること、それが自分の生きてる証になるんだと。自分たちは傷ついたからだを寄せ合って、互いに励ましながら生きていくんだと。

さやか　わたし謝らなきゃ、渋井くんに。ずっと、高校のときからずっと気になっていたんだけどなかなか言い出せなくて。謝る。今頃遅いけど、ごめん。わたし、いい気になってた。後先考えずにいい気になって渋井くんに面を打ちすぎた、入れすぎた。あんた、いかれてる、哀しいくらいに。でもそれは、きっとわたしのせい、あの頃の後遺症のせいなのよ。

渋井　茶化さないで下さい、自分は真剣なんです！

さやか　はっきり言うわ。渋井くんのことは心配してる、だって可愛い後輩なんだから。でもそれ以上に、いまみたいなことを言われたら余計に、わたしにとって今の渋井くんはただただ迷惑なひと、それ以上でも以下でもないの。

渋井　でもいつか利根川さんの気持ちが変わって

さやか　変わらないわ。

渋井　いいです、それでも。待ってます、自分は、あの右腕のように半分だけ掌を開いて。

さやか　分かってる？　わたしが訴えたらそれ、立派なストーカー行為になるのよ。

渋井　これが自分の、究極の愛の形です。

さやか　ああ、もう！　こんな体でなければいますぐ剣道場に引っ張っていって、参ったって言うまで叩きのめしてやるところなんだけど。……それで？　もう一度聞くけど、警察は？　ほんとに辞めるの？

渋井　はい。

さやか　まだ捜査は終わってないのよ。途中で投げ出すなんて無責任だとは思わないの？

渋井　だから捜査が終わるまでは　……

さやか　分かったわ。でも、三井課長にはなんて報告すればいいんだろう？
渋井　すみません。
さやか　まさかいま聞いた話をそのまま伝えるわけにもいかないし……
渋井　先輩はどうされるんですか。警察を辞めてそれから
さやか　わたし、妊娠してるの。
渋井　え？
さやか　誤解しないで。だから辞めるんじゃないのよ。それが分かったのは昨日のことで、仕事を辞めようって決めたのは、それよりずっと
渋井　相手は？
さやか　渋井くんの知らないひとよ。
渋井　嘘だ、先輩は自分を辞めさせまいとして。
さやか　これから病院行くけど、一緒に行って確かめてみる？
渋井　だって急にそんなことを言われても……
さやか　無理ないわ。わたしだって今でも信じられないんだから。でも、よかった。これではっきり踏ん切りもついたし。わたし、9月から学校へ行くの。介護士の専門学校。願書も取り寄せたわ。そこで資格をとって、春になったら子供が生まれて、しばらくしたら働くの。仕事に子育て。きっと毎日が忙しくなる。でもそれはわたしが望んで選んだ忙しさだわ。
渋井　結婚は？
さやか　しない。子供がいればそれだけで充分。わたしたちは、わたしと子供は、互いを気づかい励ましながらふたりで生きていくの。そう、まるで渋井くんが見たという掌とオカリナのように。もちろん、わたしは申し訳ないほどの健康体で、切断されてもいないし、壊れてもいないわ。でも、この世の中には傷つきいまにも壊れそうなひとたちは数限りなくいて、そういうひとたちを気づかい励ますことがわたしの仕事、わたしの喜び。わたしは二十七歳。まだ遅くはないわ。やり直すの。わたしを必要としてくれるひとたちと手をとりながら、わたしは新しい人生を生き直すのよ。
渋井　すみません、ちょっとトイレに。

さやか　また？　さっきも行ったんでしょ？
渋井　受け止められないんです、この現実を。だから
さやか　ビデオを巻き戻してもう一度、ここに戻って来たところからやり直すわけ？
渋井　いや、頭を冷やしてくるんです。（と、去る）

少し間。さやか、携帯を取り出し、電話をかける。

さやか　わたしです。渋井くん、説得できませんでした。すみません、お力になれなくて。それと、もうひとつお話したいことが……、いや、やめます。電話ではアレなんで。今度お会いした時に話します。失礼します。（と、切る）

満ちる、現れる。

満ちる　あの、さきほど電話したものですが
さやか　ごめんなさい、わたしここの者じゃないんで。もしかして、事件のことでなにか？
満ちる　そうです。直接会って話を聞きたいと言われたので。
さやか　担当の者、すぐに呼んできます。
満ちる　お願いします。

さやか、足早に去る。
辺りがゆっくりと暗くなる。

満ちる　……なんでこんなとこまで来ちゃったんだろう？　そもそもなんで電話を…？　正義感？　そうかも。やっぱり人間として、やっていいこととやっちゃいけないことってあるし。たとえ相手が親しい友達でも、悪いことは悪いって、友達だからこそ言ってあげなきゃいけないし。黙ってそれを見逃してはいけないのよ、人間として。
手塚の声　嫉妬だろ。
満ちる　え？
手塚　（現れて）子供の頃はさ、学校に出てこないあの子のことを気にかけて、おねえちゃん、い

ろいろ面倒見てたわけでしょ。優しい子供だったんだよ、おねえちゃんは。でもその関係がいつの間にか逆転したんだ、高校のとき、バドミントンのシャトルが目に直撃しちゃってから。ホント、人生は厳しい。ちょっとしたことでその歯車は狂ってしまう。他人への優しさって自分の気持ちにゆとりがないと生まれないし、気持ちのゆとりを失くした人間には、他人の優しさが見え透いた同情としか思えない。だからあの子に優しくされるたび、あの子の笑顔を見るたびに、それはかつて自分が優しく接したあの子のあてつけ、仕返しのように思えて、嫉妬はそこから芽生えたんだ。

満ちる　違う。わたし、すみれに嫉妬なんかしていない。昔は昔、今は今。すみれはすみれでわたしはわたし。それくらい分かってる。警察に電話したのは、そうよ、きっと魔が差したんだわ。

百合子の声　まだそんなことを言ってるの？

満ちる　え？

百合子　（現れて）鈴木さん、いくつになったの？　確かにひとは時々、自分でもうまく説明できないことをするわ。それがしてはいけない間違ったことだと分かっているのに、そう、まるで悪魔にとり憑かれたみたいにやってしまうことがあるわ。でも、どんな理由や事情があったにせよ、やってしまったのは自分なの、大人になったら、その責任はとらなきゃいけないの。

満ちる　だったらすみれも、いつまでも逃げたり隠れたりしてないでやったことの責任をとるべきだわ。

百合子　もちろんそうよ、もしも本当にあなたが想像しているように堂本さんがバラバラ事件の犯人だとしたら。

満ちる　すみれです。ニュースで言ってました。競馬場で見つかった右腕にはオカリナが握られていて、そのオカリナは、割れたのをボンドで直したものだって。わたし、知ってるんです。

すみれがずっと、小学校の時わたしが踏んづけて壊してしまった二宮くんのオカリナを直して、自分のお守り代わりにしてたこと。だから犯人は

百合子　堂本さんだって確信してるわけね。

満ちる　だって考えられない、すみれ以外に。

百合子　先生、分からない。

満ちる　なにがですか?

百合子　どうして警察に電話する前に、ここへ来る前に、堂本さんのところに行かなかったの? 直接彼女に会って、どういうこと?って、わたし疑ってるんだけどって、どうして言わなかったの? 聞かなかったの?

満ちる　わたしにはそんな勇気、ないです。

百合子　だって、あなたたち友達でしょ? 悪いことは悪いって言って、許せないことは許せないって言って、でも、友達が困ってたり悩んでたり苦しんでる時には、励ましてあげる、手を差し伸べてあげる。これが友達じゃないの? 友情じゃないの? あなた忘れたの?

オカリナジャックとベティの話。先生、哀しい!

満ちる　……

手塚　田舎に住んでたとき、うちの町内に変なおじさんがいて。どっかの家の前のどぶが汚れてると、頼まれてもいないのに勝手にどぶさらいして、冬になると、やっぱ勝手に雪かきなんかしてお金貰ってた。ま、いわゆる知恵遅れのひとだったから、みんなしょうがないなって感じで渡してたんだと思うけど。おれ、子供心に、すげえなと思って。

満ちる　目が見えなくなるにつれ、わたしは見えないものが見えるようになってきた気がする。

手塚　お祭りが好きだったんだ、マツオさんは。そのおじさんの名前ね。お祭りが近づくと、神社に子供集めてっていうか、ま、子供たちがマツオさん目当てに集まるんだけど、お囃子の笛を吹くわけだ。吹くったって笛はないの。真似をする。エア横笛だな。それがまあ、とにかくうまいんだ。ほんとに笛吹いてるみた

いで、音色だけじゃない、指がもうマンマ動いてる。それだけ出来りゃ吹けるだろって町内のお偉方が笛を渡しても、いらないって言って、ピーヒャラピーヒャラ。俺たち子供が十円玉とか投げると、延々終わらないんだ。…あたりが暗くなると子供たちはみんな後ろ髪ひかれながら家に帰る。でも俺一度だけ、夕ご飯を食べたあと、マツオさん、どうしてるんだろうと思って神社に見に行ったことがある。そしたらマツオさん、そこにまだいて誰もいないのにひとりで笛を吹いてた。おまけに時々、太鼓まで叩いてた。もちろん、エア太鼓。俺ホント、このひとすげえと思って。

百合子　捨てる勇気ね。

手塚　うん?

百合子　あなたは、そのマツオさんが恥とか外聞とか、そういうものを捨ててる勇気に感動したんじゃないかしら。

満ちる　マツオさんの思い出は、手塚さんからすみれを経由してわたしの記憶に刻まれている。それはもうわたしの思い出だ。マツオさんを囲む子供たちの輪の中にわたしがいて、ニコニコ笑って笛を吹くマツオさんを見ている、聴いている。わたしは時々振り返り、探している、今日はまだ来ないすみれを。なにかあったのか?　わたしは考えている。すみれを呼びにいこうかいくまいか。そしてわたしは決断をする。輪を抜けて、すみれの家に会いに行く。

暗くなる。

7

字幕《△△公園　8月8日（日）04時45分》
ベンチに高杉とすみれ。間もなく夜が明ける。

高杉　いまになってみれば、小暮さんの言うように、救急車を呼ぶ手もあったんだ。でもあの時はそんなこと、考えもしなかった。ただもう、口から泡を吹いて胸をかきむしりながら苦しんでいるあの男を、早くなんとかしてやりたいと、それだけしか頭になくて、気がついた時には両手で口を塞いでた。それからあとのことは……。正気の沙汰とは思えない、結果だけを見ればね。でも、思いのほか当人は冷静で、いつになく頭が冴え渡っていたというか。そう、頭の中のモーターがもの凄い勢いで回ってた。次はあれして次はこうしてって、判断に迷いがないんだ。手順に狂いもなくて、以前にふたりで何度も同じことをしたことがあるんじゃないかと錯覚してしまうくらい、小暮さんとの息もぴったりあって。だからって機械的というのじゃなく、傍《はた》からはどう見えていたか分からないが、自分の頭の中にあったのは、母親が生まれたばかりの赤ん坊をお風呂に入れてる時のアレだったんだ。あんな風に、細心の注意を払い、溢れるほどの愛おしさを手にした包丁に込めながら、一つずつ一つずつ……

すみれ　もういいわ。

高杉　恐怖の限界を超えると、ひとはひとでなくなるのかもしれない。

すみれ　でも叔父さんはわたしの叔父さんよ。

高杉　…辛いなあ。（と、両手で顔を覆う）

すみれ　泣かないで、叔父さん。もうじき夜が明ける。日が昇る。朝になる。また新しい一日が始まる。生きていることは辛いわ。生きていくことは苦しいわ。でも、暗い夜が終わると必ず朝がやってくる。朝はわたしの勇気の薬。朝が来るたび、わたしはありがとうって感謝する。昨日の辛さや苦しさを忘れて、忘れることが出来そうで、わたしは生きる歓びでいっぱいになる。暗い夜にも感謝する。それは亡くなったひとたちが甦る時間。お母さんが還ってくる。おじいちゃんが、おばあちゃんが、それからきっと手塚さんも還ってくる。そう思えば、そう思うことが出来たら、叔父さん、これから続く長い長い夜の暗さも怖くなくなる、きっと耐えられる。

高杉　朝に感謝、夜にも感謝。

すみれ　そうよ。生きてあることに感謝しながらわたしたちはお祈りをするの。亡くなってしまったひとたちのために。

高杉　なんと祈れば……？

すみれ　分からないわ。ただ両手をあわせて、そう、亡くなったひとたちの、殺してしまったあのひとの名前を呟くだけで……

高杉、じっと自らの手を見ている。

阿部芙蓉美の『私たちの望むものは』が流れる。

朝が来る。

すみれ　日が昇って、朝が来て、日中の焦げるような暑さが幾分かおさまる夕暮れ、日が沈むのを待って、叔父さん、わたし大井に行くわ。

高杉　大井？

すみれ　ナイター競馬よ。手塚さんと約束してたの、ふたりで競馬場へ行こうって。

高杉　手塚と？

すみれ　行くのよ、一緒に。

高杉　おまえ、なにを考えてる？

すみれ　わたしでしょ？

高杉　なにが？

すみれ　わたしが「冷蔵庫にお団子が」なんて言わなければ、あのひとは食べなかったし、あのひとが食べなければ叔父さんたちは……

高杉　関係ないじゃないか。

すみれ　あるわ。

高杉　だっておまえはなにも知らなかったんだから。

すみれ　知らなくても責任はある。あるでしょ。
高杉　だから？
すみれ　だから一緒に競馬場に行って、手塚さんとわたしの、最後のお別れをするの。

呆然と立ち尽くすふたりを包み込むように、暗くなる。

8

字幕《思い出の教室》
まばゆい光の中で、百合子と子供たちが英語のテキストを読んでいる。

子供たち　What we hope is not to live in pain
百合子　私たちの望むものは
生きる苦しみではなく
子供たち　What we hope is but to live in happiness
百合子　私たちの望むものは
生きる喜びなのだ
子供たち　What we hope is not ourselves for society
百合子　私たちの望むものは
社会のための私ではなく
子供たち　What we hope is but society for us
百合子　私たちの望むものは
私たちのための社会なのだ

子供たち　What we hope is not to given
What we hope is but to take
What we hope is not to kill you
What we hope is but to live with you
Don't stay in your present unhappiness
We fly now to happiness we have not yet seen

男子　私たちの望むものは
くりかえすことではなく
女子　私たちの望むものは
たえず変わっていくことなのだ
男子　私たちの望むものは
決して私たちではなく
女子　私たちの望むものは
私でありつづけることなのだ
全員　今ある不幸にとどまってはならない
まだ見ぬ幸せに今跳び立つのだ
女子　私たちの望むものは
生きる喜びではなく
男子　私たちの望むものは
生きる苦しみなのだ
女子　私たちの望むものは
あなたと生きることではなく
男子　私たちの望むものは
全員　あなたを殺すことなのだ［注②］

エピローグ

子供たちのオカリナ演奏。『ピクニック』（イギリス民謡）、明るく楽しげに。

おしまい

［注］

注① A・チェーホフ『ワーニャ伯父さん』神西清 訳より引用

注② 『私たちの望むものは』作詞・岡林信康、英訳・藤原浩一

〈解説〉に代えて

水沼 健

ここに収められている『東京大仏心中』、および『みず色の空、そら色の水』を含む九〇年代前半の作品が五作収録されている『月ノ光』（一九九六年、三一書房）のあとがきを、竹内銃一郎さんはこのような言葉からはじめている。

「演劇人」という言葉に馴染めない。「演劇」というものにたずさわって、今年でちょうど二十年になるのだが、依然、そのように自らを規定することに躊躇うわたしがここにいる。多分、わたしは演劇が好きではないのであろう。

はじめてこの言葉にふれたとき、なぜだろうか、わたしはとても救われたような気がしたことを覚えている。『月ノ光』が発行された時期は、竹内さんがその「演劇人」のまさにまんなかに立ち、もっとも精力的に活動していたはずの時期であり、私がはじめて竹内さんとご一緒させてもらったのもちょうどこのあたりの時期である。多くの「演劇人」と同じようにわたしにとって竹内さんはまさに、その「演劇人」を代表している人物であったたし、演劇をこころから愛して楽しんでいるように見えた。

少なくともそういった時期で記された言葉であるのなら、多少の照れや、謙虚さ(それらは竹内さんが持つじつに愛すべき特徴だ)とも、理解することはできるだろうけれども、この言葉はあくまでも静かに、訣別を含んだような、透き通った印象を与える。このあとがきに記された「自らを演劇人と規定することの異和感(=断念)」が秘法零番館解散の理由のひとつとして、「今にして思えば、或いは最大のものだったのかも知れない」という言葉につづいていることからわかるように、竹内さんが演劇にかかわり始めたころから変わらず抱きつづけてきた実感なのだろう。だとすると、これまで書かれたほとんどの竹内さんの作品はこの「自らを演劇人と規定することの異和感(=断念)」という感覚の中で書かれたものであると考えてよい、すくなくともここに収められた五つの作品は当然その射程の中に収めることができるのだろう。本書は「引用」という言葉の元に集められた作品であると聞いている。わたしはこれからその「引用」という言葉を足がかりに、この竹内さんの〝馴染めない〟という感覚と接続するものを考えてみたいと思う。

収められた作品を年代順に並べてみると、『酔・待・草』(初演一九八六年)、『東京大仏心中』(初演一九九二年)、『みず色の空、そら色の水』(初演一九九三年)、『ラストワルツ』(初演一九九九年)、そして『オカリナ Jack&Betty』(初演二〇一〇年)となる。ほんの一部とはいえこれだけでも竹内作品群の豊穣さ、世界観の広がりに驚くほかないのだが、その前に『Z』というまだ「竹内純一郎」名義だった頃の作品に触れたい。なぜかというと『Z』という作品は当初ここに収められるはずだったが、事情により変更になった、たいへん残念なのであるが、ともかくこの文章を書くに当たってまず最初に読んだ作品がこの、『Z』だったのである。この作品は主要な人物がZという人物の出現を待っている男二人であること、ラッキーという人物が登場するところから考えてもベケットの『ゴドーを待ちながら』の結構を引用した作品であると考えるが、わたしの興味を引いたのは、その結構の引用よりも、せりふとして引用された言葉のほうである。ここでは、ボードレール「悪の華」、「パリの憂鬱」の数編、ほかに「あなたがいたから僕がいた」、「ひばりの花売り娘」、「皆の衆」、「笑って許して」、「勝手にシンドバッド」等の歌謡曲の一部が引用されている、と末尾に記載されている。『ゴドーを待ちながらの』のヴラジーミルとエストラゴンの低温なたたずまいとは真逆に、この作品の主要な登場人物である、ぽすと、なると、または金の鈴、銀の鈴の掛け合いはいかにも男臭い竹内さん独特の速度感を持った小気味よさがあり、読んでいるだけで自然に、熱量あふれる俳優の演技を想像することができる。むしろ熱量を伴わない俳優たちの演技を想像することが難しいほど、せりふ自体が、読んでいるわたしたちに、ある熱量を要求してくるのを感じる。せりふというものが、先行するせりふ、あるいは状況への反応として成り立っているものと考えると、この「熱」というものは、先行するせりふからその反応として表れるつぎのせりふへと受け渡されると考えることができる。速度が増せば、とうぜん熱量が維持されやすいが、情報は単純化、予測可能なものになる側面もある。では『Z』におけるぽすととなると、または金の鈴、銀の鈴の掛け合いはどうだろうか？　もちろん彼らの掛け合いも、ひとつのせりふと次のせりふは一見連続性があるように見え、リズムを優先した速度感のある「熱」の受け渡しが行われているように思えるが、そこにしばしば、まったく予想しなかった角度を持ったせりふの闖入がみられる。先行するせりふの順接でも逆接でもない、どこか突拍子のない方向から紛れ込んだように感じる台詞が現れるのである。

銀の鈴　それにしても　おじさん　昔と比べて随分朗らかになりましたね

なると　そうかい　だったら久し振りにきみたちの顔を見たからだよ　きっと

金の鈴　ようなしおじさんといえば　いつも部屋の隅っこで膝を抱えて頭をうなだれ

銀の鈴　そう　まるで西洋なしみたいな格好で座ったまんま　俺たちが声をかけたって返事をしてくれるどころかこっちを見向きもしなかったのに

金の鈴　ヤッパリ　とうちゃんのいってたことは本当だったんだ

なると　三太がおじさんのこと　なんかいってたのかい

銀の鈴　ええ　おじさんの人間嫌いは一度死ななきゃ治らないって

なると　?!　ようなしおじさんも死んじゃってるのかい？

金の鈴　さあ　それがハッキリしないんですよ

銀の鈴　とにかく人間嫌いでしたからね

金の鈴　自分が死んだってこと誰にも内緒にしてたらしいんです

銀の鈴　だから今度おじさんに会ったら聞こうと思ったんです　おじさんは本当に死んだのかどうか

金の鈴　おじさんは本当にとうちゃんに殺されたのかどうか

なると　（首をひねりつつ）まあ　ひとにはいろいろ話せないことってあるからねえ

銀の鈴　口に蜜あり　腹に剣あり！
金の鈴　腹に一物　手に荷物
銀の鈴　あんちゃん　違うぞ　どっか違うぞ
金の鈴　そういえば　毛深い手
銀の鈴　あんちゃん　もしかしたらこの人は
なると　そうです　わたしは福岡のいちじくおじさんです

『Z』（三一書房）

これは、作中のなるとと金の鈴・銀の鈴なる自称双子の兄弟のやりとりである。兄弟は自分たちとあまり年の変わらないなるとのことを自分たちのおじさんだと思い込もうとしているが、その理由も、本当にそう思い込んでいるのかも不明だ。そのうえ名前を挙げたおじさんはどうやら死んでいる（とうちゃんに殺された）らしいが、忘れっぽいので、死んだことも忘れて未だに生きている、などと話している。このような荒唐無稽な話を、どういうわけかなるとは受け入れ、会話が進んでいく。ここにおける、特になるとのせりふは、先ほど書いた、どこか突拍子のない方向から紛れ込んだように感じるせりふそのものである。なにが真実か見当がつかないめちゃくちゃともいえる双子の問いかけに対し、戸惑う返答を予想しながら読んでいると裏切られる。金の鈴・銀の鈴を上回るほどの突飛な返答を真顔で発しているだけでなく、そのなるとのせりふにより、さらに加速しながらズレがうまれ、ズレながら成立しているという、実に演劇的な時間が出現する。そしてその予想しにくいせりふの出現により、彼らがかわしている言葉が持つ「熱」の正体が、単純な性格のものではないことがわかるのである。ではそれはいったいどのような性格のものだと考えるのが妥当なのだろうか？　おそらく彼らのせりふは、相手に向かって発話されていると同時に、もうひとつの思考が働いているのだと考えるのが、わたしにはいちばん自然なように思える。かれら自身が戯曲という限定された狭い表現世界に馴染めず、そこから飛び出ようといちいち無駄な跳躍を行いどこか虚空にある言葉をつかもうとしている、と想像する。そしてその跳躍の果てにつかんだ言葉、或いはつかみ損ねた言葉が結果としてせりふとして残される。つまり彼らの発する言葉は、せりふであると同時に、せりふ以外のなにかになろうとした不断の格闘の結果のいちいちなのだ。そして彼らがつかんだ言葉、或いはつかみ損ねた言葉のなかに、たまたま引用があった。そこにおいて彼らがつかもうとした言葉が、すでに存在する言葉（引用）であるか、そうでないかは彼らにとってちがいはなく、等しく跳躍の果てに捉えようとちからいっぱい手を伸ばしたところにたまたまあったにすぎない言葉であり、その跳躍のために費やされた熱量が、あの捉まえにくい「熱」の正体なのではないのだろうか。つまりそれは戯曲という仮構から解放されようとむなしい跳躍を繰り返し、そのたびに敗れ去ったあとの残熱だ。そして、そこにおいて引用とは、既成の権威の利用や異和感の挿入といったものを目的にしたものではなく、捉まえた言葉が、たまたま引用というかたちで予期せず作品世界の中に闖入してきた言葉なのではないか。彼らは、登場人物として戯曲世界の内側にいて、そこにいつづけようとしながら、同時にその外側への逃走の衝動を常に抱えているのであり、この相反する働きが同時に行われていることにより危ない均衡が持続しているのだ。この均衡は、竹内さんの戯曲に共通してみなぎっている緊張感の源であり、

『Z』において言えば、作中への引用文の〝闖入〟を許す事情を準備するのだ。竹内さんがつくりだした登場人物たちは、想像以上に孤独であり、孤立を本質として作中に存在しているのだと考えてよい。そしてそうやって格闘を重ねてきた彼らとは、〝自らを演劇人と規定することの異和感（＝断念）〟を抱えながら格闘を続けた劇作家の誠実な分身であることは言うまでもない。『Z』における引用がそういった物語の構築とそこからの逃走の同時性のもたらす均衡した地平に闖入してきた言葉という性格のものだとすると、『酔・待・草』におけるブッチとサンダンスのやりとりは、同じように『ゴドーを待ちながら』との関連性を強く意識させる『Z』における登場人物たちのもつ会話の性格を継承していると考えていい。同じく刑事と呼ばれ強いコンビ性を与えられているふたりが交わす掛け合いは、刑事の職掌を全うするよりも、むしろ状況を停滞させ、職掌を放棄することを目指しているかのようにも見える。そこにはやはりあの逃走への意識に伴うあの「熱」が持続しているのだ。彼らもまた戯曲というものの外へ飛び出そうとしている孤独な人物たちなのであり、彼らのせりふとして差しはさまれている小説の一文や映画のタイトルといった引用は、やはりあの格闘の果てに生まれたものなのであるはずだ。だがこうした引用文の闖入はしだいに潜在化され、半ば無意識的だった格闘は、きわめて方法的なものになっていく。たとえば『東京大仏心中』。小津安二郎の『晩春』における父娘が泊まる京都の旅館の場面を借用して作られたはずのこの作品で多く引用されている言葉は、その『晩春』や他の小津作品からのものであり、周到に準備された〝いわゆる小津的〟な世界の構築は、〝小津的な〟世界観からの逃走という格闘を生み出しているし、また『みずいろの空、そら色の水』では、チェーホフの『三人姉妹』のせりふが多く引用される場面からなる演劇部の稽古風景が作る中心性と、小グループの中で交わされるブルトンや世良公則の引用、競馬新聞の予想など雑多な文体により構成される周辺性とが重層的に組み合わされ、さらにそれが唐突とも思える『天城越え』の唄声により、包摂されるといった具合にだ。ここに書かれてある登場人物たちはすべて、作品の内側にとどまりながら、同時にその外側への逃走の衝動を常に抱えているものたちであり、彼らの作る世界は一瞬のうちにひっくり返るかも知れないという危うい均衡を孕んでいる。その底に流れる「熱」とは、そこにいることへ異和感（＝断念）を抱えつづけたひとりの劇作家の格闘の果てに残された熱なのである。

竹内さんと、駅で並んで立って電車を待っていたことがある。ずいぶん前のことだ。そのときのわたしは俳優としての自分の力量にすっかり失望して、またせっかく東京に呼んでいただいた竹内さんの期待に応えることができなかった申し訳なさもあり、黙って立っていた。どのような言葉を交わしたのかはもう思い出せない。たぶんほとんど言葉を交わさなかったのかも知れない。ただそのことが、つまりほとんど言葉を交わさずに黙って並んで立っていたことが、奇妙に自分を落ち着かせてくれたことは覚えている。『月ノ光』のあとがきに書かれてある言葉を読んで、なぜか落ち着いた気持ちになったと書いたが、あのとき感じた奇妙にわたしを落ち着かせたものと同じものだったように思える。それから二十四年もたってしまったので確かめることができないけれど。

みずぬま・たけし（劇作家・演出家・脚本家・俳優・MONO所属・壁ノ花団主宰）

思い出、涙と笑いの数々

『酔・待・草』の主人公、ブッチとサンダンスという役名は、映画『明日に向かって撃て』からのイタダキである。話の内容はまったく関係ないが、唯一、ラストの直前に、ふたりが「ヴォリビアへ行こう」というと、自動小銃の連射音が響き渡るところは借用。このシーンの後、劇冒頭、木の下で眠っている少女について語った「かおる先生」が再度、同じ話を語り始める。すると、ゆっくりと舞台の幕がおりるのだが、その幕の向こうで、延々とかおる先生が語り続けるという、このラストシーンは今でも記憶に残る名場面。だって、幕が下りた向こうで台詞を語る声が、ちゃんと明晰に聞こえたんですから。これを演じた森永ひとみは、この年の翌年にわたしが演出した三本の芝居の主役を演じた後、劇団を辞めて帰郷。彼女とはもう三十年以上会っていない。お元気でしょうか？

『東京大仏心中』は、小津安二郎の『晩春』をベースにした、佐野史郎さんと中川安奈さんの二人芝居である。

佐野さんが演じた父親は五十代後半。当時の彼は多分三十代半ばだったはずだが、『晩春』で六十前後の父親役を演じた笠智衆は当時はまだ四十代だったはずなので、彼でいこうと決めたのだった。佐野さんとJIS企画を立ち上げたのは、この作品がきっかけとなった。娘役に中川さんを選んだのは？　多分、映画『敦煌』に出演した彼女を見た時、「なんて綺麗だあ」と思った記憶があり、『晩春』

の娘役はあの原節子だったので、ダメもとでオファーを出したらOKをいただいたのだ。しかし…。中川さんにはこの後、JIS企画の公演で、五十歳を過ぎたらマクベス夫人を演じてもらおうと思っていたのだが、な、なんと四十九歳で亡くなってしまい。思い出すと…(泣)。

『みず色の空、～』にはモデルがある。これを書く半年ほど前だったか。わたしの戯曲を上演する某高校演劇部員から、稽古を見に来てくださいと言われてその高校へ出かけ、稽古終了後。春休み中だったので彼らは高校で合宿していて、一緒に夕食をと誘われ、学食での雑談の中で彼らから〈使えるネタ〉をアレコレいただいたのである。競馬好きの女子部員がいるとか、部員じゃないのにいつも部に顔を出して用足しをする女子がいるとか、たったひとりの男子部員はいつも女子部員達のからかいの対象になっているとか、等々。いまも記憶に残る楽しいひと時だった。この戯曲を書き始める一ヶ月くらい前だったか、乾電池の出演者たちに「劇のネタになるような高校時代の思い出を書いてわたしに提出を」と伝え、いまとなっては、どのシーン・どの台詞がそれらからの引用なのか、まったく記憶にないのだが、唯一覚えているのは、「高校に入って、どこかのクラブに入ろうと思ったのだが、どこも入れてくれず、腹立ちまぎれに部室を放火する」という広岡さんの短編戯曲。もちろん使わなかったが、いやあ笑った笑った。

『ラストワルツ』は、「お断り」に書かれているように、映画『家族の肖像』をベースに始まっているのだが、なぜこれを選んだのかというと、多分、JIS企画の最初の二作、『月ノ光』『チュニジアの歌姫』で佐野さんの演じた役が、これはあくまでも表面的にはであるが、嘘八百をまき散らすおしゃべり男だったので、それとは真逆の、他者との交通を拒み、ひとり住まいの我が家で、本を読み、原稿を書く、静かな老年の男を演じてもらおうと思ったからだった。そんな彼とは真逆の、おしゃべり夫人を演じた鰐淵晴子さん、面白かったな。旅公演で行った鳥取公演が終わった夜のこと。その前日、「鳥取砂丘は夜になるとＵＦＯが見られるから」と言っていた小日向文世さんは、終演後、「ちょっと風邪を引いたみたいで熱が……」と外出しなかったのだが（笑）、みんなで砂丘に出かけて酒を飲み、花火で遊んだりしたのだが、彼女はご機嫌上々、「こんな楽しい夜なんて生まれて初めてヨー」なんて叫びながら走り回っていたのだった。

『オカリナ〜』は、二〇〇九年に学生だった井上竜由と佐藤ゆか里の共作『帰れない二人』を第一作として始めた学生劇団、ＤＲＹ ＢＯＮＥＳの四本目の作品である。冒頭で引用しているチェーホフの『ワーニャ伯父さん』は、二〇〇五年（多分）にその年の一年生の後期授業で上演し、わたしはかなり興奮し、涙した記憶がある。

憧れの競馬騎手になれたと思う間もなく首になってしまった高杉をはじめとして、登場人物の誰もが、挫折と苦闘を繰り返しながら生きているという〈物語〉になったのは、前述した『ワーニャ伯父さん』をベースにしたからである。そう言えば？　主役の高杉を演じ、舞台美術及び公演のチラシデザインまで引き受けてくれた丑田拓麻、芝居が大好きだったはずなのに、結婚して子供が出来たら演劇界から足を洗ってしまったが、きみはいまどこで何してる？

二〇二三年十月十一日

竹内銃一郎

［初演の記録］　※演出はすべて竹内銃一郎が担当

『酔・待・草』秘法10番館公演

一九八六年九月六日～十一日

於：紀伊國屋ホール

スタッフ　舞台美術：島次郎

照明：吉倉栄一

音響：藤田赤目

舞台監督：嶽恭史

絵（チラシ）：樋口千登世

美術助手：西村泉

演出助手：別所文

キャスト　ブッチ：木場勝己

サンダンス：森川隆一

カオル先生：森永ひとみ

ヒムロ：小林三四郎

チャーリー：平出龍男

カスミ：風吹ねむり

『東京大仏心中』東京国際演劇祭'92テーマプロデュース公演

一九九二年九月二十日～二十九日

於：東京芸術劇場・小ホール2

スタッフ　舞台美術：島次郎

照明：吉倉栄一

音響：藤田赤目

演出助手：岩本孝治

舞台監督：青木義博

制作：（株）テスピス・亘理千草

キャスト　中谷耕作（父）：佐野史郎

遊子（娘）：中川安奈

ホテルのボーイ（声のみ）：朝倉杉男

『みず色の空、そら色の水』東京乾電池特別公演

一九九三年九月十八日～三十日

於：シアタートップス

スタッフ　宣伝・舞台美術：西村泉

照明：吉倉栄一

音響：藤田赤目
舞台監督：青木義博
制作：東京乾電池／三股亜由美

キャスト

（三年生）タエ：麻生絵里子
ツグミ：西村喜代子
（二年生）シズカ：鈴木千秋
ショウコ：池村久美子
サチコ：加藤尚美
アサミ：佐々木麻千子
ユキコ：広岡由里子
カヨ：和歌まどか
トモコ：中村小百合
（一年生）マリコ：日永尚見
ミホ：石井麗子（文学座）
ヒロコ：菅川裕子
チグサ：吉添文子
シノブ：黒田訓子
カズミ：吉田友紀恵
ミノリ：山川智子
コウジ：二井内義哉
（演劇部OB）ケンスケ：矢沢幸治
（顧問）スギヤマ：三股亜由美
（顧問）モリオカ：鈴木伸幸
ヤヨイ：宮田早苗
リョウ：乗松薫

『ラストワルツ』JIS企画公演

一九九九年七月二九日〜八月十日
於：本多劇場

スタッフ

舞台美術：奥村泰彦
照明：吉倉栄一
音響：藤田赤目
舞台監督：青木義博
衣裳：樋口藍
宣伝美術：扇谷正郎
写真：小杉又男
制作：東京乾電池・大矢亜由美

キャスト

教授：佐野史郎
夫人：鰐淵晴子
ハル（長女）：中川安奈

メグム（次女）：広岡由里子
トム：小日向文世
スズキ：松尾スズキ
パク：谷川昭一朗
イノリ：小崎友里衣
教授の母：鰐淵晴子
教授の従妹：広岡由里子
教授の妻：中川安奈
教授の息子：小日向文世
チヨ：小崎友里衣

『オカリナJack&Betty　わたしたちののぞむものは』
DRY BONES公演

二〇一〇年八月五日〜八日
於：ウイングフィールド
スタッフ　舞台美術・チラシデザイン：丑田拓麻
照明：藤田佳子
衣裳：桂春日
小道具：砂川奈穂

キャスト

オカリナ指導：永澤学
宣伝映像：河田宏太
高杉：丑田拓麻
すみれ：桂春日
小暮：河田宏太
清美：堀暁子
満ちる：砂川奈穂
手塚：大久保岳
さやか：吉野未紀
渋井：藤岡ヒゲ彦
岡本：北村侑也
百合子先生：山津恵理子

著者略歴

竹内銃一郎（たけうち・じゅういちろう）

1947年、愛知県半田市生まれ。早稲田大学第一文学部中退。

1976年、沢田情児（故人）、西村克己（現・木場勝己）と、斜光社を結成（1979年解散）。1980年、木場、小出修士、森川隆一等と劇団秘法零番館を結成（1988年解散）。以後、佐野史郎とのユニット・JIS企画、劇団東京乾電池、狂言師・茂山正邦（現・十四世茂山千五郎）らとの「伝統の現在」シリーズ、彩の国さいたま芸術劇場、水戸芸術館、AI・HALL、大野城まどかぴあ等の公共ホールで活動を展開。2008年、近畿大学の学生6人とDRY BONESを結成（2013年解散）。2017年よりキノG-7を起ち上げ現在まで活動を継続している。

1981年『あの大鴉、さえも』で第25回岸田國士戯曲賞、1995年『月ノ光』の作・演出で第30回紀伊國屋演劇賞・個人賞、1996年同作で第47回読売文学賞（戯曲・シナリオ賞）、同年JIS企画『月ノ光』、扇町ミュージアムスクエアプロデュース『坂の上の家』、劇団東京乾電池『みず色の空、そら色の水』『氷の涯』、彩の国さいたま芸術劇場『新・ハロー、グッバイ』の演出で第3回読売演劇大賞優秀演出家賞、1998年『今宵かぎりは…』（新国立劇場）、『風立ちぬ』（劇団東京乾電池）で第49回芸術選奨文部科学大臣賞を受賞。

著書に、『竹内銃一郎戯曲集①〜④』（而立書房）、『Z』『月ノ光』（ともに三一書房）、『大和屋竺映画論集　悪魔に委ねよ』（荒井晴彦、福間健二とともに編集委員、ワイズ出版）などがある。

2004年、紫綬褒章を受章。

竹内銃一郎集成 全5巻ラインナップ

Volume			
I	花ノ紋	『恋愛日記'86春』『風立ちぬ』他2篇	2021年5月（既刊）
II	カップルズ	『今は昔、栄養映画館』『氷の涯』他4篇	2022年1月（既刊）
III	耳ノ鍵	『マダラ姫』『満ちる』他2篇	2023年5月（既刊）
IV	引用ノ快	『酔・待・草』『ラストワルツ』他3篇	2024年2月（既刊）
V	コスモス狂	『ラメラ』『チュニジアの歌姫』他3篇	2024年（予定）

*刊行時期、タイトル、収録作品は予定となります。

竹内銃一郎集成《たけうちじゅういちろうしゅうせい》

Volume IV

引用《いんよう》ノ《の》快《かい》

発行日　2024年2月29日　初版第一刷

著者　竹内銃一郎

発行者　松本久木

発行所　松本工房

住所　大阪府大阪市都島区網島町12-11
雅叙園ハイツ1010号室

電話　06-6356-7701

FAX　06-6356-7702

URL　https://matsumotokobo.com

編集協力　小堀　純

装幀・組版　松本久木

印刷　シナノ書籍印刷株式会社

製本　誠製本株式会社

表紙加工　太成二葉産業株式会社

カバー製作　株式会社モリシタ

Printed in Japan
ISBN978-4-910067-17-9 C0074